汪曾祺全集

汪曾祺
全集

主 编／季红真

戏剧 卷

戏剧卷主编／汪 朝

人民文学出版社

1987 年　在家中

1991 年　在家乡高邮的芦苇荡

目　录

1995 年

1979 年

王　昭　君①
（古典民族歌剧）

第　一　场

幕后合唱

　　　　　春光静如水，

　　　　　宫墙四面围。

　　　　　宫里梨花，宫外柳绿垂。

　　　　　年年岁岁，

　　　　　唯见黄鹂自在飞。

〔幕启：王昭君居住的庭院。

盈　盈　　又过一辆宫车，（对王昭君）昭君姑娘，你不去看看吗？

戚　戚　　今天宫里热闹极了。你听！宫里的人都到太液池边，等着看
　　　　　匈奴的大单于。

〔鼓乐声。

〔人喊："匈奴大单于就要进宫，车驾已到未央宫，后宫肃静。"

盈　盈　　（跑到门缝望）多少人哪！多少仪仗！快来看！人家大单于
　　　　　几千里路来到长安，要娶汉朝公主。长安的人都出来了，要看
　　　　　我们汉家的女婿，昭君姑娘，——您怎么半天不说话，想什
　　　　　么呢？

1

王昭君　我想一件事。

盈　盈　什么？

王昭君　你说，人可以活几年？

盈　盈　几年？七八十来年吧。

王昭君　关在这墙里要几年？

盈　盈　这……也七八十来年吧。

王昭君　那，我为什么要进来呢？

盈　盈　您是天子选的，您的姑姑姜夫人送来的。姜夫人说，您是命中注定要当皇后的。

王昭君　我要出去。

戚　戚　出去？

王昭君　（唱）富贵非吾愿，

　　　　　　　帝乡不可留。

　　　　　　　我愿为鸿鹄，

　　　　　　　长作逍遥游。

　　　　　　　我要走，

　　　　　　　我要离开这宫墙园囿，

　　　　　　　挥手，

　　　　　　　拂袖，

　　　　　　　再也不回头。

　　　〔把手中卵石向池塘扔去，惊起水禽，翅声咯咯。

戚　戚　姜夫人来了。

盈　盈　昭君，您姑姑来了。

　　　〔姜夫人上。

姜夫人　昭君，有件大喜事我要告诉你。你就要——你就要——咦，你怎么不吭声，怎么一点喜容都没有呀？

王昭君　您的"喜事"还没有说，我从哪儿"喜"去？

姜夫人　对，不说。憋你们一会儿！昭君，我昨天给你们讲《礼记》，讲到哪儿了？

2

王昭君　　您讲到"德言工容"。姑姑。

姜夫人　　对,"德、言、工、容"。德,就是德行。昭君,你是总归要见到皇帝的人,要做万民之母,天下之后,要有德行,要像我这样。不要胡思乱想。除了想皇帝,什么都不想。

王昭君　　天骤然暖了,花气更香了。

姜夫人　　你说什么? 说什么?

王昭君　　我什么也没有说。

　　　　　〔隔壁传来孙美人幽幽的歌声。

　　　　　　　"北方有佳人,

　　　　　　　　遗世而独立……"

盈　盈　　隔壁孙美人在唱歌呢。

　　　　　〔歌声。

　　　　　　　"一顾倾人城,

　　　　　　　　再顾倾人国……"

姜夫人　　我讲到哪儿啦?

盈　盈　　"德、言、工、容"。德,就是像您那样。

姜夫人　　对。言,就是说话。工,就是做针线活。容,容,就是打扮。这可重要极了,重要极了! 我该走了! 刚才喜鹊向哪边飞了?

盈　盈　　向南。

姜夫人　　开南门! (对昭君)你可就要见到咱们皇上了!

　　　　　〔下。盈盈、戚戚送下。

王昭君　　母亲,你生我为何来?

　　　　　(唱)难道说要我来数花朵、绣鸳鸯?

　　　　　　　难道说要我来守着这春风秋月,蝶闹蜂忙?

　　　　　　　朝朝闻钟鼓,

　　　　　　　夜夜点更香。

　　　　　　　对镜梳我青青发,

　　　　　　　这长日悠悠,日影更比发影长。

　　　　　姑姑呀,

你错打算，欠商量，

急慌慌把我送进这三丈八尺的汉宫墙。

难道我王昭君，

就和这后宫粉黛三千人一样？

我只想——

我想什么？讲不出，也不敢讲，

也只好无言默默，望苍苍。

〔盈盈、戚戚急上。

盈　盈　坏了，坏了，孙美人来了。

戚　戚　一定是看门的宫娥忘了上锁。怎么办？怎么办？

王昭君　那有什么？

盈　盈　可她是个傻子。

〔鹦鹉声："孙美人到了。"

盈　盈　这是鹦鹉说话，孙美人的鹦鹉。

王昭君　迎接她。

〔戚戚跪下。

王昭君　接美人。（作礼）

〔孙美人上。

王昭君　孙美人，让我扶着您吧。

孙美人　不用扶，春水碧如天，水映如花面。

戚　戚　她在干什么？

盈　盈　傻东西，她在照呢。

孙美人　这是——

王昭君　水里的花。

孙美人　不对。

王昭君　（同情地）是您，孙美人。

孙美人　聪明的姑娘。你十几了？

王昭君　十九岁啦。

孙美人　几月的生日？

4

王昭君　　五月。

孙美人　　那你还是我的姐姐呢。柳絮、杨花,多么轻的杨花呀!（走进王昭君的寝宫）

戚　戚　　她到您的寝宫里去了。

王昭君　　让她去吧。

盈　盈　　从前她明白的时候,总说她母亲生她的时候,梦见日头扑在怀里。选进了后宫,她天天梦着万岁宣召她,天天打扮得这样,五十多年了。

王昭君　　拿琵琶来。（戚戚递给她）我要唱一个歌,（对戚戚）你用箜篌伴着。

戚　戚　　唱什么?

王昭君　　《长相知》。

盈　盈　　《长相知》?昭君姑娘,你不能唱这个。

戚　戚　　这是唱了要杀脑袋的情歌啊!

戚　戚
盈　盈　　（同跪）昭君姑娘,可不能唱呀!

王昭君　　（唱）上邪,

　　　　　　　我欲与君长相知,

　　　　　　　长命毋绝衰……

　　　　　〔屋里孙美人又幽幽地唱起。

　　　　　　　"……

　　　　　　　一顾倾人城,

　　　　　　　再顾倾人国,

　　　　　　　宁不知倾城与倾国,

　　　　　　　佳人难再得。"

　　　　　〔鹦鹉叫:"万岁到了,接驾!"

　　　　　〔孙美人忽然不唱了。

戚　戚　　坏了,她听见了。

　　　　　〔孙美人悄悄走上。

5

孙美人　是万岁来了吗？

王昭君　是,孙美人。

孙美人　万岁在哪里？

王昭君　在——昭阳殿。

孙美人　那就快吧,快吧,我要打扮。我的青铜镜呢？

王昭君　这里,孙美人。

孙美人　（唱）空镜新磨秋月朗,

　　　　左面照。

王昭君　是,孙美人。

孙美人　右面照。

王昭君　是,孙美人。

孙美人　（唱）照花前后映红妆。

　　　　发髻够高了吗？

王昭君　够高了。

孙美人　（唱）一尺高髻时新样,

　　　　衣袖够宽了吗？

王昭君　够宽了,都快拖到地了。

孙美人　（唱）全帛翩翩舞袖长。

　　　　我的玉搔头呢？

王昭君　这里。（从自己头上取下送给孙美人。孙美人未接住。啪的
　　　　一声,玉簪跌断）

孙美人　（唱）碧玉搔头波荡漾,

　　　　我的双明珠呢？

王昭君　（一摸,自己耳上没有）您戴上了。

孙美人　（唱）耳畔双珠明月珰。

　　　　陛下赐给我的金跳脱呢？

王昭君　您腕上戴着呢。

孙美人　（唱）金跳脱,丁当响,

　　　　陛下赐给我的蕙香囊呢？

6

王昭君　您挂着呢。

孙美人　（唱）腰间又挂蕙香囊，

　　　　　哪里是双鸳鸯相依傍？

王昭君　您系着呢。

孙美人　（唱）快寻来我那湘纹血色红罗裳。

王昭君　（低声）戚戚，快进去，把我的红罗裳找出来。孙美人，请到屋
　　　　里去换吧。

孙美人　（唱）我只怕万岁爷久候在昭阳殿上，

王昭君　（唱）您且自从容装扮莫慌忙。

　　　　〔王昭君正要陪孙美人进去，盈盈走来。

盈　盈　昭君姑娘。

王昭君　（留下）怎么啦？

盈　盈　真奇怪，真的是皇帝宣召她来了。

王昭君　啊？

盈　盈　驾崩了的先皇帝，在坟里的先皇帝，说是给当今的皇帝托了
　　　　梦，说他在坟里寂寞得很，要从前的美人去陪他。

王昭君　去陪坟里的先皇帝？

盈　盈　就是。进宫一辈子，也没见过皇帝，这次可真的被皇帝叫
　　　　去了。

王昭君　孙美人！

　　　　〔王昭君正想进屋，姜夫人匆匆上。

姜夫人　昭君，你回来！

　　　　〔王昭君止步。

姜夫人　你十多天前到掖廷令那里去了？你，你写了帖子，你，你，你说
　　　　你愿到匈奴去和亲？

王昭君　皇帝有旨，后宫待诏，愿到匈奴跟随单于的，都可以请行。

姜夫人　别人能去，你不能去！

王昭君　别人能去，为什么我不能去？

姜夫人　你跟别人不同。你生下来满屋喷香，看相的说，你是命中注定

要当皇后的。你怎么能想着离开汉宫,离开皇帝身边呢?你疯啦?你发了迷啦?

王昭君　登上崑苍望四方,奔腾浩荡心飞扬。

姜夫人　这是谁的话?

王昭君　屈原。

姜夫人　屈原?

王昭君　大鹏乘风飞上天,一飞就是九万里。

姜夫人　这又是谁的话?

王昭君　庄子。

姜夫人　啊呀,你怎么听这两个疯老头子的话呢?姑姑为你想了三年,走了门路,好容易给你弄了个"美人"的缺。眼看着"美人"你就要当上了,眼看着个个都得叫你王美人了,你从此就可以见着皇上了。孩子,你去告诉掖廷令,说你不去了,你自己去把请行的帖子取回来,好孩子,啊?

王昭君　我不去。

姜夫人　你去不去?

王昭君　不去!

姜夫人　啊呀,都是这些书卷子,害得你,你胡思乱想。去你的屈原!去你的庄子!把这些书卷都烧了,烧了!

王昭君　姑姑!

姜夫人　好,都是我不好,都是我惯的你,惯坏了你。你这忘恩负义的东西!一句话,您听不听我的?

王昭君　我想一想。

姜夫人　那你去,你就去改。

王昭君　我不。

盈　盈　姜夫人,说不定会选不中的。

姜夫人　我一定不要你去和亲,一定要你当"美人",你等着瞧吧!(怒下)

盈　盈　昭君姑娘,你真的要走吗?

王昭君　盈盈,你把箜篌弹起来。

〔一老黄门上。后随一宫女,拿着衣包和琵琶。

宫　女　请孙美人登辇。

〔孙美人由内走上。

孙美人　皇帝在等着吗?

王昭君　等着呢。

孙美人　再见,我的好姑娘,好心肠的姑娘。我要是得了宠,我在皇帝
　　　　面前不会忘记你,我是不忌妒你的。

〔王昭君送孙美人,盈盈陪孙美人下。

戚　戚　(问宫女)到哪里?

宫　女　到皇陵去,到先皇的坟里去。

〔戚戚抽泣。

〔正门大开,姜夫人捧着一套"美人"的宫服,兴冲冲地走上,
　　　　后随一大黄门,拿着黄绫,笙箫齐奏。

姜夫人　好了,我的孩子,黄门令准了你是"美人"了,快接封吧。

大黄门　王美人接封。

宫　女　王美人,大喜。(跪)

戚　戚　(跪)王美人!

姜夫人　去呀,孩子,戴上黄绫,叩头谢恩!

〔门外哭泣声。盈盈满面悲戚,捧孙美人的琵琶上。

王昭君　怎么啦?

盈　盈　孙美人她——

王昭君　她怎么啦?

盈　盈　她死了! 她一上车,欢喜过度,一下子就断气了。

王昭君　哦。

盈　盈　这是她的琵琶,她上车前说是送给那个好姑娘的。

〔王昭君低头拾起断簪。

姜夫人　你拿着那断了的玉簪干什么? 快叩头谢恩! 皇恩浩荡啊!

〔鼓乐齐鸣,小黄门提香炉,老黄门捧圣旨上。人喊:"圣

旨下！"

老黄门　接旨！

〔大家跪下。

老黄门　"汉胡和好，天地同春。单于朝贺求亲，良家子王昭君自愿请
　　　　行。王昭君德行昌懋，可为单于阏氏备选，即令上殿陛见。"
　　　　王姑娘，叩头接旨吧。

姜夫人　老哥哥，我们王姑娘，皇上已经封她为"美人"，她是天子的臣
　　　　妾，不能接旨了。

老黄门　怎么？

姜夫人　昭君，跪下，快接封！

大黄门　接封吧。

宫女等　（跪）王美人！

姜夫人　孩子，我那听话的儿啊！

王昭君　这里有过孙美人，永远不会有王美人。（走向老黄门）良家子
　　　　王昭君，接旨奉诏！（跪，复起）
　　　　（唱）叫盈盈你与我更换衣裙，

　　　　　　　着我紫绮襦，

　　　　　　　穿我金凤屐，

　　　　　　　开奁匀素面，

　　　　　　　对镜点唇朱。

　　　　　　　建章宫朝天子去见单于。

〔王昭君仪态大方，姗姗走下，后随衣饰辉煌的宫女一群。

〔姜夫人追了两步，颓然坐地。

姜夫人　昭君，我的活冤孽呀！

——幕落

第 二 场

　　幕后合唱

　　　　　　柳拂长安荫，

　　　　　　花醉建章宫。

　　　　　　城里笙歌，城外鼓蓬蓬。

　　　　　　胡汉和亲，

　　　　　　千秋万岁沐春风。

　　〔幕启：建章宫便殿。

　　〔一宫女跪着向温敦献酒。

宫　女　左大将，请再饮一杯葡萄美酒吧。

　　〔温敦一口气将酒喝完，放下金斗。

宫　女　再喝一杯。

温　敦　不要！走！

　　〔乌禅幕上。

乌禅幕　温敦，这是什么地方，你怎么这样放肆！

　　　　（对宫女）天子脚下的汉家姑娘，你们辛苦了，休息去吧。

　　〔宫女施礼退下。

　　〔汉礼官上。

礼　官　匈奴大单于驾到！

　　〔呼韩邪单于上，后随苦伶仃。

呼韩邪　苦伶仃，我的老奴，长安的美酒没有把你醉倒吗？

苦伶仃　骆驼见了柳，匈奴人见了酒。单于的酒量惊呆了天子，老奴的
　　　　酒量吓倒了马夫。

呼韩邪　温敦，我的内弟，你怎么脸上总是挂着一层严霜啊？

温　敦　大单于，请您向北站，让我行匈奴大礼，天地所生，日月所置，
　　　　呼韩邪大单十好！（行礼）

呼韩邪　你这是干什么？为什么给我念那么多头衔？

温　敦　我怕您忘了。

乌禅幕　温敦！

呼韩邪　有话，你就讲出来吧。

温　敦　大单于！

　　　　（唱）咱匈奴长天大地，

　　　　　　　匈奴人全都是脆登登的巴图勇士，

　　　　　　　你本是天地所生，日月所置的大单于，

　　　　　　　却怎么低头屈膝，当什么汉家的女婿！

呼韩邪　（唱）阴山积雪也有融化时，

　　　　　　　为什么你拳拳一念，坚似岩石？

　　　　　　　匈奴内乱多年矣，

　　　　　　　连年灾旱，赤地几千里。

　　　　　　　多亏了汉家的粮草接济，

　　　　　　　才能够肉乳充盈，六畜蕃息。

　　　　　　　龙廷大会，长老贵人相计议，

　　　　　　　决定归附汉天子。

　　　　　　　诺水东山，告天盟誓。

　　　　　　　汉匈一家，盟约上字字非虚。

　　　　　　　我怎能重违天意？

　　　　　　　你怎能重违天意？

温　敦　（唱）匈奴人马背上安家，

　　　　　　　长刀大箭是生计。

　　　　　　　"汉匈一家"，

　　　　　　　草头的露水而已，

　　　　　　　我求您，求您赶快回去，

　　　　　　　别迎娶汉家女子当阏氏。

呼韩邪　（愠怒）温敦，你居然到了天子朝廷上还存着这样的念头，你疯了！

乌禅幕　饶恕他吧！是我没有把他管教好。

呼韩邪　（停顿）温敦，匈奴人和汉人是手足，是兄弟，要娶汉家的公主作阏氏，这是不能更改的。（转对乌禅幕）乌禅幕老侯爷，我的心腹老臣，我和你故去的女儿，玉人阏氏，是患难夫妻，我对她永世不忘，对你乌禅幕一家的赫赫功劳，也永世不忘。我向上天起誓，玉人永远在我心里。老侯爷，你就是我的父亲；你，温敦，就是我的兄弟。你好好待我的妹妹，你的妻子，阿婷洁大公主。我会把你看得比亲兄弟还要亲的。

乌禅幕　（跪）谢单于深恩！

温　敦　（心思一转，跟着跪下）温敦无可报答，只有忠心一颗。

呼韩邪　起来，（扶乌禅幕）快快起来。

〔萧育上。

萧　育　大单于，天子要驾临建章宫，再次赐见单于，已离凤阙不远。

呼韩邪　天子光宠过甚了。（向乌禅幕）随我一同迎接。

〔呼韩邪、萧育、乌禅幕下。

〔休勒上。

休　勒　小侯爷，你吩咐办的事，我已经办好。

温　敦　哦？

休　勒　我的人在鸡鹿寨关市上，把汉家的商队抢了！

温　敦　我们的人落到汉人手里没有？

休　勒　我那两个儿子带着骑兵，像一阵狂风来无踪，去无影。

温　敦　好！看看呼韩邪怎样讨他岳父的欢心吧！（冷笑）赫赫赫赫……

〔休勒下。

〔撞钟击鼓，乐声大作。汉元帝和呼韩邪上，后随萧育、王龙及黄门。

元　帝　（对黄门）止乐。

王　龙　天子赐见诸侯王，照例当奏大乐。

元　帝　朕要和单于在幽静的地方再叙一叙。

萧　育　　吩咐止乐。

　　　　　　〔乐声止。

元　帝　　呼韩邪单于,请登胡床吧。

呼韩邪　　臣谨谢。(坐)

元　帝　　单于,十八年前,我们在长安畅游聚首了多次,你还记得吗?

呼韩邪　　那时陛下还未继承大位,臣很荣幸,和陛下在太子宫中饮酒高
　　　　　歌了几个晚上。

元　帝　　岁月如流,朕还没有忘记你的嘹亮的歌声。

呼韩邪　　臣在匈奴的战伐之中,也常想起陛下吹的洞箫,真是人间仙
　　　　　乐。苦伶仃!

　　　　　　〔苦伶仃走上,跪呈一支金镶玉嵌、精美绝伦的胡管。

呼韩邪　　这是臣家中传世之宝,一支……

元　帝　　胡管。精美极了!一定能吹出天籁一般的音乐。好,单于,我
　　　　　也送你一件礼物。希望这礼物能给你带来幸福,给匈奴带来
　　　　　安宁。

呼韩邪　　哦,有这样神奇的礼物吗?

元　帝　　(对萧育)传吧。

萧　育　　(对黄门)传。

黄　门　　王昭君上殿!

　　　　　　〔宫乐飘飘,宫娥、仪仗迤逦摆开。

　　　　　　〔王昭君上。丰容靓饰,光明汉宫,顾影徘徊,竦动左右。姜
　　　　　夫人、盈盈、戚戚随上。

王昭君　　(唱)才离了梨花院落,屏风斗帐,

　　　　　　　　又来到建章宫百尺高堂。

　　　　　　　　行过了复道回廊,阿阁绮窗,

　　　　　　　　霎时间人间天上,金碧辉煌。

　　　　　　　　乱纷纷笙箫响,

　　　　　　　　氤氲氲御炉香,

　　　　　　　　亮晶晶仙仪仗,

黑压压文臣武将,贵戚侯王。

六宫粉黛,

搴帘将我偷眼望。

我怎能怯生生,虚恍恍,意张皇!

羽翣下,

坐的是匈奴的单于,汉朝的皇上,

这朝觐,这陛见,岂若寻常。

休管它赫赫威仪,轩昂气象,

我淡淡装,

天然样,

就是这样一个汉家姑娘,

理环佩,整衣裳,

婷婷款款,来见君王。

王昭君　(跪拜)后宫王昭君朝见天子陛下,天子万岁! 万万岁!

萧　育　请贵人仰望天子。

王昭君　遵命。(抬头仰视)

〔天子、单于大惊愕。半晌。

元　帝
呼韩邪　哦!

苦伶仃　(旁白)满朝上下,

变成了庙里的泥胎,

皇帝和单于,

全都发了呆。

鱼沉水,

花羞败。

天上地下,

只一个女人的眼睛,

在发着光彩。

萧　育　贵人朝见大单于殿下。

王昭君　后宫王昭君觐见大单于殿下，千岁，千千岁！

呼韩邪　（自语）眼前忽然一亮，仿佛在哪里见过，这眉眼，这模样。在梦里？在家乡？

元　帝　汉宫中居然有这样的美玉，真美，美得像音乐一样。

温　敦　我恨这个女人，恨得牙痒！

元　帝　平身。

王昭君　谢天子。

元　帝　好，为了娱乐嘉宾，你给我们唱一段朕最近谱写的《鹿鸣之曲》吧。

王昭君　后宫王昭君万死，昭君没有学过。

元　帝　哦？

王昭君　王昭君愿意唱一支比《鹿鸣》还要尽意的歌子。

　　　　〔举朝震惊。

元　帝　什么？

王昭君　（从容地）《长相知》。

　　　　〔姜夫人忍不住"哎呀"了一声，盈盈、戚戚大惊失色。

王　龙　大胆！这是乡俚下民的情歌，怎能亵渎圣听！

元　帝　《长相知》这叫什么东西？

王昭君　（从容不迫）就是《长相知》，陛下愿听吗？

萧　育　实在是不可想象！

元　帝　（被王昭君雍容自若的态度吸住，笑着）好，你唱吧。下面有人能伴奏吗？

　　　　〔殿下无人回答。

苦伶仃　（走出跪下）老奴苦伶仃愿试一试。

王　龙　（抗议地）陛下！

元　帝　让她唱。

　　　　〔苦伶仃拿出胡管吹奏。

王昭君　（唱）上邪！

　　　　　　我欲与君长相知，

16

长命毋绝衰。

山无陵,江水为竭,

冬雷震震,夏雨雪,

天地合,乃敢与君绝。

长相知啊,长相知。

（唱毕,跪拜）

元　帝　唱得好,唱得真好。平身。

王昭君　谢陛下。（站起）

元　帝　（忽然）但是你不觉得你有罪吗?

王昭君　（又跪下）昭君死罪。昭君没有逢迎圣意,没有歌唱陛下的御作,昭君死罪。

元　帝　不是。你在这样的嘉宾面前,唱起这样儿女之情的情歌,不是失礼了吗?

王　龙　王昭君应即交付掖廷治罪。

王昭君　陛下能容臣昭君一言不?

元　帝　好,你说。

王昭君　这样的话是要站着说的。

元　帝　好,你就站着说。

王昭君　臣昭君谨谢!（立起来,侃侃而谈）礼发于诚,声发于心,行出于义。于今,汉匈一家,情如兄弟,理应长命相知,天长地久。长相知,不相疑;不相疑,才能长相知。长相知,长不断,此乃陛下与单于之深情,亦即乃汉匈百姓之深情。长相知啊长相知,这岂是区区的男女之情,碌碌的儿女之情哉!

元　帝　好! 好!

呼韩邪　陛下,真是说得好极了。

元　帝　（对苦伶仃）可你怎么会吹这个调子呢?

苦伶仃　启奏天子,塞上胡汉百姓,都会唱这个歌子的。

元　帝　哦,原来这是两家百姓的心声。

　　　　〔一老黄门执羽书上。

黄　门	启奏陛下,鸡鹿寨关市被匈奴骑兵抢劫一空!
呼韩邪	啊?!

〔黄门将羽书交萧育。

萧　育	(念羽书)鸡鹿寨都尉陈昌等急奏天子陛下……
元　帝	不要念了。(忽然立起,对王昭君)你刚才说什么"相疑相知",是怎样讲的?
王昭君	长相知,不相疑;不相疑,才能长相知。
元　帝	(对呼韩邪)对呀,不相疑,才能长相知,匈奴刚刚太平,难免有不臣之徒找一点麻烦,趁单于在长安之际,给你难堪。朕虽不德,能够上这个当吗?
呼韩邪	臣惶恐,臣定要彻查此事。
元　帝	不说这些了吧。(对萧育)这就是单于未来的阏氏吗?
萧　育	就看大单于的心意了。
呼韩邪	臣感谢天子。
元　帝	恭贺单于,万福吉祥。单于的阏氏,吉祥如意。
温　敦	启奏陛下,温敦万死,不知我们的新阏氏是天子哪家的公主?
元　帝	(转身对王昭君)王昭君听封。
王昭君	臣王昭君在。
元　帝	汉天子刘奭,御封王昭君为昭君公主。
姜夫人	(惊喜)哎呀,你公主啦!
元　帝	佩紫绶金印,鸾旗凤辇,仪同汉王妃。
姜夫人	(自语)我的儿,你王妃了!
王昭君	王昭君恭谢圣恩。
元　帝	萧育、王龙听旨。
萧　育 王　龙	在!
元　帝	萧育是辅弼大臣太傅萧望之之子,明习边事,累建功勋,兹命萧育持节匈奴,为汉天子送亲正使,并将匈奴所需丝棉、铁器、粮食、文物送往龙廷,作为昭君嫁妆。

萧　育　臣领旨。

元　帝　王龙是朕王皇后幼弟,汉家国舅。现封王龙为昭君之兄,晋封
　　　　"送亲侯",并作萧育副使。

王　龙　……

元　帝　请单于、昭君公主更衣,即往未央宫举行大礼。请!

　　　　〔全朝上下欢呼:"单于和亲,千秋万岁!"

　　　　〔乐声大作。

　　　　〔呼韩邪、王昭君拜元帝。

　　　　〔元帝下。

　　　　〔呼韩邪、王昭君下。

　　　　〔余人渐下。

　　　　〔乐声不断。

——幕落

第　三　场

幕后合唱

　　　　　　　听惯胡地语,

　　　　　　　犹着汉宫装。

　　　　　　　苍苍茫茫,草低见牛羊。

　　　　　　　一鞭马上,

　　　　　　　欲把他乡作故乡。

　　〔幕启:大草原,呼韩邪单于的行殿——华丽的毡幕外边。夏
　　　天的傍晚,晚霞绚烂。姜夫人、盈盈、苦伶仃坐在地上。王龙
　　　提马鞭上。

王　龙　昭君公主呢?

盈　盈　到海子边去了。

19

王　龙　我们到匈奴三个月了。明天昭君公主就要进匈奴的祖庙。龙
　　　　廷上下都在贺庆加封,我专来给她贺喜,她为什么不在后帐?

盈　盈　我跟您说过了,昭君娘娘到海子边去了。

王　龙　她去干什么?

盈　盈　从远方来了一群牧民,受了天灾,昭君娘娘去看看他们。

王　龙　她一个人?

盈　盈　阿婷洁大公主陪她去的。

王　龙　谁?

盈　盈　单于的亲妹妹,温敦侯爷的夫人。

王　龙　怎么去的?

盈　盈　骑马去的。

王　龙　骑马?汉朝的公主骑马?

盈　盈　不骑马,还坐长安的牛车吗?

王　龙　(问姜夫人)谁教她骑马的?

姜夫人　阿婷洁大公主。

王　龙　夫人,你为什么不拦?

姜夫人　娘娘说,她自己要想想了。

王　龙　她想什么?她会想什么?她现在脸上搽一种红不溜丢的东
　　　　西,那,那叫……

盈　盈　那叫胭脂。

王　龙　汉朝的贵妇人什么时候搽过这种红不溜丢的东西?这又是谁
　　　　教的?

苦伶仃　是我,苦伶仃。

王　龙　(诧异)这是谁?干什么的?

苦伶仃　我会喝酒,会唱歌;我会熏狐狸,挖田鼠;我会吹掉眼睛里的沙
　　　　子,会说蒺藜一样的真话。

盈　盈　他叫苦伶仃,单于最爱的老奴,是单于特意派来伺候娘娘的。

王　龙　是你教的?

苦伶仃　爱美,是女人的天赋,我只是把胭脂递给娘娘,她自己就搽

上了。

王　龙　（对姜夫人）你怎么不拦？（发现姜夫人也搽了胭脂）你，你也搽了胭脂？你们都搽上了？

姜夫人　老妾倒也觉得这不很难看。

王　龙　什么？吩咐所有从长安来的汉家宫女一起洗脸，把胭脂洗掉！

姜夫人　老妾遵命。

王　龙　本侯制定的后帐礼则，你都记得么？

姜夫人　（背书一样地）要老妾随时提醒昭君公主，要保持汉廷的威仪，不食胡食，不穿胡衣，不习胡语。

王　龙　和单于相会呢？

姜夫人　（背诵）先通知胡、汉礼官，阏氏诏"可"，奏"鼓吹乐"，三次更衣，四次奉茶。单于进，奉汉食三次。阏氏坐于南，单于坐于北。阏氏四次更衣，奏"雅乐"。宫漏三下，奏"安室乐"。单于出牙帐，奏"燕乐"，进后帐，奏"小胡乐"。五次更衣，奏细乐。礼官高呼："全宫安静，阏氏进帐，单于进帐了——！"

王　龙　你按照这样办了没有？

姜夫人　老妾就行了一次。

王　龙　就一次？

姜夫人　以后，单于就再也不来了。

王　龙　不来也好么。

姜夫人　以后就废了。

王　龙　废了？

姜夫人　这是萧育正使的谕告。

王　龙　你们究竟听谁的？听一个小正使的？你们说。

盈　盈　您是副使。

　　　　〔戚戚引萧育上。

戚　戚　萧育正使到。

　　　　〔戚戚下。

王　龙　（站起）萧正使！

萧　育　送亲侯,姜夫人,我问你们一句话,从长安启程,三个月来,昭
　　　　君阏氏的心境如何?

姜夫人　……唉!

盈　盈　第一个月,咱们娘娘有说有笑;第二个月,娘娘不苟言笑;第三
　　　　个月,娘娘不言不笑。

萧　育　哦?!

盈　盈　您问送亲侯。

萧　育　送亲,送亲,送得昭君公主这样的不安,我们为臣的,不觉得于
　　　　心有愧吗?

王　龙　小侯只知振大汉之天威,不能顾儿女的私情。

萧　育　送亲侯!

　　　　(唱)单于,阏氏,

　　　　　　并非人家儿女子,

　　　　　　他们的欢好,

　　　　　　乃万民安乐所系,

　　　　　　这岂是区区小事?

　　　　　　这岂是区区小事?

王　龙　小侯亦非三尺童儿,大道理闻之久矣。

萧　育　王大人!

　　　　(唱)塞下春来风景异,

　　　　　　关市重开,百货如山积,

　　　　　　人往人来,胡语汉语,

　　　　　　中原文化进大漠,

　　　　　　胡人纷纷习耕织,

　　　　　　马上胡歌汉家儿,

　　　　　　驼铃摇曳长安市,

　　　　　　这和睦交流,

　　　　　　得来非容易,

　　　　　　毁之在旦夕,

昭君长住在龙廷，

抵多少持节的汉使，防边的将士，

为臣者当战战兢兢，

怎能够恣睢放肆？

王　龙　莫非要损弃了汉家威仪？

萧　育　从今后，公主的后帐之中，一切按龙廷的规矩办事。

王　龙　萧大人，你大权在握，一切由你，不过，回了朝廷，我是要向天
　　　　子面奏的。

萧　育　请奏。

王　龙　告辞。

萧　育　回来，今天晚上，温敦是不是又要请你赴宴？

王　龙　你怎么知道？

萧　育　你就不要去了。

王　龙　为什么？

萧　育　这个人的心摸不透。

王　龙　你管得太宽了吧？

萧　育　王大人，天子吩咐我，对你有管教的责任，天子上月的诏书，你
　　　　要我对你再读一遍吗？

　　　　〔王龙低头，嘘了一口气。

　　　　〔匈奴卫士高呼："国舅骨突侯温敦侯爷驾到！"温敦上。

温　敦　哦，正使大人，阏氏就要加封晋庙，龙廷大宴三日，您二位怎么
　　　　不去喝酒啊？

萧　育　我们到后帐为昭君阏氏叩喜来了。

温　敦　呼韩邪单于请正使大人到前面草滩去看看单于送给长安的
　　　　好马。

萧　育　多谢传旨。（下）

温　敦　萧正使真是大臣风度，走起路来一步一步，都显出中原文
　　　　化来。

王　龙　什么中原文化，一个老木头橛子！（想起一事）温敦侯爷，昨

天你说单于背后对我不恭敬,那是怎么一回事?

温　敦　龙廷的事是不许乱说的。

王　龙　温敦侯爷,你还是不肯说,不肯相信我吗?

温　敦　不,不能说,说了您会生气,我也会生气!

王　龙　你说,你说我不生气!

温　敦　(唱)他说是王皇后住在昭阳院,

　　　　　　你是她枕边讨来的裙带官,

　　　　　　你是个少年新贵事理全不谙。

　　　　　　只懂得斗鸡走狗踢球打弹,

　　　　　　你是个臭羊头烹不烂,

　　　　　　送亲侯值不得半片牛粪干。

王　龙　他目无朝廷,欺人太甚。我真后悔当初在长安,没有把他扣押
　　　　起来。

温　敦　(唱)扣押他只恐怕难成罪案。

王　龙　他纵容部下抢了关市,至今仍未查清。我曾经奏请天子将他
　　　　扣押。非但扣押,依我之见,立刻将他杀了,一了百了。

温　敦　(唱)为什么葫芦提放虎归山。

王　龙　天子失策哇!

温　敦　(唱)满朝中只您一人有远见。

王　龙　怎么他还有什么非分之念?

温　敦　(欲言又止,唱)他,他,他,他是我头上一重天!

王　龙　你说,别害怕,有我哪!

温　敦　(唱)待不说,对不起天子恩眷,

　　　　　　若说了,谁信我远域孤忠一寸丹。

王　龙　你对我说,就跟对天子说一样。

温　敦　(唱)送亲侯,你来看。

王　龙　那是一片马群,不是单于要送到长安去的吗?

温　敦　(唱)哪里是诚心奉献,

　　　　　　暗地里瞒俏藏奸,

这是些能征战马筋骨健，

他待要倾巢穴，犯中原。

王　龙　多少人马？

温　敦　（唱）控弦五万。

王　龙　何处进关？

温　敦　（唱）鸡鹿寨，直下长安。

王　龙　几时发兵？

温　敦　（唱）只待秋高马力全。

王　龙　好，一边是天子，一边是单于，你站在哪一边？

温　敦　（唱）我若是心存异念，

　　　　　　怎能够沥胆披肝。

王　龙　到了那个时候？

温　敦　（唱）呼韩邪一朝发难，

　　　　　　我不会袖手旁观。

王　龙　怎样对付呼韩邪？

温　敦　（唱）五尺钢刀明湛湛，

　　　　　　欲为君王斩楼兰。

王　龙　温敦侯爷，你真是一位豪杰，事若成功，我一定禀奏天子，将有
　　　　意想不到的大事，等着你呢！

温　敦　（一躬到地，唱）

　　　　　　愿效忠汉天子死而无怨。

王　龙　（扶起温敦，唱）

　　　　　　你真是汉家的塞上坚关。

温　敦　（唱）远臣今夜洁杯盏，

　　　　　　旋割驼峰炙马肝。

　　　　　　胡舞婆娑歌曼曼，

　　　　　　专等王侯醉一番。

王　龙　我一定去，告辞了！（下）

温　敦　恭送天子国舅！

〔休勒暗上。

休　勒　侯爷,你把话说得太满了,万一漏了底……

温　敦　把谎话堆成山,不相信,也会疑心,王龙是汉朝皇帝的小舅子,用他的嘴替我说话,十句里只要皇帝听一句,呼韩邪的日子就不好过。只要长安不再信任呼韩邪,我就可以把他干掉。五年之后,我的马头就要指向长安了。(抽出宝刀)刀!我的宝刀,我的命,我的眼珠子!你就是兵权,你就是威力。有了你,我就可以调动匈奴的骑兵,我就可以夺取龙廷,有了你,我就有一切,没了你,我的一切就完了。

乌禅幕　(内喊)好恼!(上)

　　　　怒火难压!

　　　　怒火难压!

　　　　叫人胸气炸,胸气炸!

休　勒　老侯爷您今天怎么了?

乌禅幕　你做的好事,

　　　　有人告发。

　　　　你挑唆孩儿们抢了关市,

　　　　斑斑罪证须非假!

休　勒　为这件事……

温　敦　爹爹,休勒不是这样的人。

休　勒　我可以对天盟誓,您要不信,(撕开自己的前襟)这是亮堂堂的心,我可以一刀刺进去,死给你看!

乌禅幕　(掏出一把尖刀,扔在休勒面前)你现在就死给我看!(沉默)

休　勒　(畏葸地)老侯爷!

乌禅幕　死给我看,往下扎!

温　敦　爹爹,让他活着,他是儿子得力的人。

乌禅幕　你是窝醉马草,

　　　　你是根荨麻。

　　　　你是红矾你是砒,

26

你是个祸害的根芽!

〔夺过休勒手中的刀,对准他。

休　勒　老侯爷,饶命!

温　敦　(拦住乌禅幕)爹,有话好说。(抢过尖刀)

乌禅幕　来人,把他押下去!

〔卫士们上,押住休勒。

休　勒　(一面走,一面回头)老侯爷,老侯爷!

乌禅幕　(鄙夷地)

你原来如此不值价,

亏你是匈奴的贵族

枉作了男子汉戴发嚼牙!

滚开!

〔休勒被押下,乌禅幕气得坐在石墩上。

温　敦　(不知所措)爹爹!

乌禅幕　(忽然立起)你怎么做出这样的事,这样不要脸!

温　敦　爹爹,你对儿子说的是什么?

乌禅幕　你是主谋,他是从犯,没有你的命令,他不敢。

温　敦　爹爹,斧子再快,不能往自己的木把上砍。

乌禅幕　你说实话,要不然你活不到太阳出山!

温　敦　我就是贪,抢惯了,不愿意拿东西换。

乌禅幕　你知道那时候单于正在长安吗?

温　敦　……

乌禅幕　你知道你这样做,会叫他多么难堪吗?

温　敦　……

乌禅幕　我的马群里怎么出了你这样一只疯骆驼!我恨不得这一拳!

(猛然对温敦狠狠一拳)

温　敦　你真的那样爱你的女婿,爱你的呼韩邪大单于?你把我最聪明的姐姐嫁给他,把全部家业传给他买刀买马,你随他日夜驰驱,杀败了多少单于,你的两个儿子都为他而战死,我的姐姐

　　　　　　也已经故去,告诉我这是为什么?

乌禅幕　因为他是一个好太子,别的单于都很残暴贪婪,只有他看得
　　　　远,想得周全。

温　敦　他得到什么?

乌禅幕　匈奴的龙廷。

温　敦　我们呢?

乌禅幕　匈奴的太平。

温　敦　你得到了什么?

乌禅幕　牛羊健壮,草原上飘着奶茶香,匈奴人不用再去打乱仗,我就
　　　　可以闭眼睛入土安葬。

温　敦　可我得到了什么?

乌禅幕　刀痕横在脸上,是你的荣光,因为你的战功,单于封你为左
　　　　大将。

温　敦　这在龙廷里,数不上。

乌禅幕　你真是刁钻古怪,你别忘了单于对我们全家的恩宠和信赖。

温　敦　信赖,恩宠,这已经是秋天的萤火虫,你的女儿死了,没有人拴
　　　　住他的心,现在他依靠的是汉人,不是我们。

乌禅幕　你究竟想什么?你心里藏着什么?你要在我的心里挑唆些什
　　　　么?你说,你说呀! 我不能让你毁了我乌禅幕全家! 我要!
　　　　我要——

温　敦　你要向呼韩邪去告发?告发去吧,告发你的亲儿子,告发去
　　　　吧,我不怕死,可是我告诉你,爹,我死了,你身边就一个亲骨
　　　　肉也没有了,没有我,你就是一个孤老头子了。想想吧,你过
　　　　得下去吗?你活得下去吗?
　　　　〔外面高喊:"单于圣驾到!"
　　　　〔呼韩邪上,后随卫士。

呼韩邪　(对乌禅幕)我已告诉萧育正使把抢关市的人捉住了,(望
　　　　见温敦)哦,你也在这里。

乌禅幕　那就要告诉萧育正使,我们如何发落了。

呼韩邪　（郑重地）是的。（对温敦）你也在一旁听着吧。

乌禅幕　传休勒。

　　　　　〔卫士传休勒上。

休　勒　单于,大单于,撑犁孤突单于。

呼韩邪　你的孩子们干的事,你知道吗?

休　勒　休勒不知道。

乌禅幕　你撒谎,传犯人。

　　　　　〔卫士们推拥着两个捆绑着的年轻匈奴贵族上,苦伶仃随上。

二贵族　叩见单于。

乌禅幕　（对犯人指休勒）你们认识他吗?

二贵族　爸爸,我的爸爸。

休　勒　他们——

一贵族　爸爸,我们招了!

另一贵族　爸爸,我们承认了。

二贵族　我们抢了关市。

休　勒　跪下,求单于饶命。

呼韩邪　抢关市的人,照例应该如何?

乌禅幕　按照龙廷大法,应该杀头。

二贵族　爸爸,爸爸!

呼韩邪　拖下去,斩。

休　勒　斩!

二贵族　爸爸,救救我们,救救我们!

　　　　　〔卫士一拥而上,押住他们。

休　勒　（一拳将其子打昏）你这狼心狗肺,对不起单于的东西。

　　　　　〔卫士拖休勒二子下。

苦伶仃　九月草黄,十月围场,射中狐兔,放走豺狼。

呼韩邪　苦伶仃你住嘴,（向帐外）把他们斩了。

乌禅幕　（内心十分矛盾）单于,这件事就这样完了吗?

温　敦　（止住他）爹爹!

29

呼韩邪　就这样完了。

乌禅幕　就这样禀报天子吗？

呼韩邪　就这样禀报。不要再问下去了。告诉他们斩！

〔外传鼓号声，卫士上。

卫　士　启禀单于，已经正法。

呼韩邪　休勒，你要好好教训你们家里人。你听懂了吗？

休　勒　（跪下）叩谢单于的大恩大德，休勒永远不忘。

呼韩邪　（对乌禅幕）告诉萧正使，抢劫关市一案，犯人已经正法，请他上报长安。

乌禅幕　是，单于，老臣有一个请求。

呼韩邪　老侯爷请讲。

乌禅幕　现在汉胡和好，天下太平，左大将的兵权应该收归龙廷。（目视温敦）左大将温敦应该立刻交兵。

〔温敦大吃一惊，乌禅幕紧紧盯着他。

呼韩邪　（看一看他们父子，沉吟一下）老侯爷说得很对，（和蔼地）左大将温敦，让我们共享太平吧。

温　敦　（一直咬着牙低着头，突然抬起头来满面忠诚，态度爽朗）温敦早有此心，（解下宝刀，双手呈献）这是调兵的宝刀，应该交给单于的新阏氏掌管。

呼韩邪　左大将温敦，你随我血战多年，功劳很大，现封你为右谷蠡王，加管阴山右方草地。

乌禅幕　您对他恩宠太深了。

呼韩邪　老侯爷，草地上有我，便有你们一家。

乌禅幕　单于，您对我全家的爱护，我至死不忘，温敦谢恩，跪下。

温　敦　（立即跪下）单于千岁，千岁，千千岁。

呼韩邪　我有点不太舒服。

温　敦　速传医官。

呼韩邪　不用，（对所有的人）你们去吧，我想歇一歇。

〔乌禅幕父子、卫士退下。

苦伶仃　（轻声地）单于您不好过吗？

呼韩邪　（指胸）我这里有一点闷。

苦伶仃　单于，您做错了一件事。

呼韩邪　（一字一顿）我知道。

　　　　（唱）我高抬着手不能放下，

　　　　　　　难道能对他苦追查动大法。

　　　　　　　玉人阏氏一口奶一口茶把他养大，

　　　　　　　他须是老侯爷嫡亲儿的后代根芽，

　　　　　　　他随我骑战马，掌征伐，

　　　　　　　额头上现留着刀疤，

　　　　　　　我怎能忘玉人垂危时的一句一句话，

　　　　　　　她嘱咐我保护她的老幼全家。

苦伶仃　我是个小丑，只能陪你解闷谈天说笑话，可是我怕你救的是一
　　　　条毒蛇，他长着毒牙。

呼韩邪　（唱）倘若是这消息驰报到长安阙下，

　　　　　　　却原来抢关市，是我们宠信近臣至亲姻娅，

　　　　　　　汉天子他怎能不疑心，不惊诧，

　　　　　　　那时节我只怕

　　　　　　　怕胡汉一家成虚话，

　　　　　　　纵不是雨打梨花，

　　　　　　　也难免白璧微瑕。

苦伶仃　汉天子不是说过"既相知，不相疑"吗？

呼韩邪　（唱）你是个奴隶心无私假，

　　　　　　　解不到朝廷事微妙复杂。

苦伶仃　可是单于……

呼韩邪　（唱）只可惜玉人归泉下，

　　　　　　　坟头草绿遍天涯。

　　　　　　　到如今，

　　　　　　　冷清清谁能共我倾心话，

作一个单于

谁知我情怀恶,滋味寡

叫伶仃,与我备马!

苦伶仃　你要出去吗?

呼韩邪　(唱)我要到大青山里去看一看她。

〔呼韩邪忧郁地走下。

〔苦伶仃叹一口气,从另一侧下。

——幕落

第　四　场

幕后合唱

青山花漫漫,

黑水鸣溅溅。

君身不远,君意在谁边?

思思念念,

心事翔飞大草原。

〔幕启:静夜,圆月。

〔王昭君、阿婷洁上。后随匈奴侍女盈盈。

王昭君　(仰望)好圆的月亮啊,大公主。

阿婷洁　(挽起王昭君双手,端详着她)你真好,我真喜欢你。今天一
　　　　天骑马射箭,你没累着吧?

王昭君　不累,阿婷洁大公主。

阿婷洁　你学得真快!

王昭君　是你教得好!

阿婷洁　(向匈奴侍女)你们下去候令。

侍女们　是。(行礼)阏氏,大公主!

王昭君　（对盈盈）你们也下去吧。

盈　　盈　是,娘娘。

〔盈盈、侍女下。

阿婷洁　昭君嫂嫂,你吩咐办的事,我已经办好了。

王昭君　哦,在哪里?

〔阿婷洁走到布幔前,拉开布幔,露出轻纱的幕帐,帐中立着
玉人的石像。

阿婷洁　你看!

王昭君　（惊异地望着）这就是……

阿婷洁　这就是我故去的嫂嫂玉人阏氏的像。她死后,我哥哥请巧手
的匠人雕的。你来之前,我哥哥把它送进大青山里去了。

王昭君　哦,这就是她! 她多美呀!

阿婷洁　你知道吗? 昭君嫂嫂,是玉人阏氏把你接来的。

王昭君　怎么,是她! 她把我接来的?

阿婷洁　她常说,匈奴要太平,百姓要过好日子,一定要和汉朝和好。
她临终时嘱咐我哥哥,要迎接一位汉家姑娘来代替她,把匈奴
和汉结成一家。

王昭君　（深深感动）玉人啊,你是这样智慧贤明的一位阏氏啊! 原来
你是这样的期望着我!（沉默片刻,微微叹息）大公主,我真
怕不能代替玉人阏氏。

阿婷洁　（热情地）不,你能! 我们的新嫂嫂。你聪明,善良。你不小
气,你叫我把玉人嫂嫂的像搬回来,我就明白你的心肠是多
么好。

王昭君　（真诚地）我看出单于怀念玉人阏氏,我真想叫他高兴一点。

阿婷洁　（高兴地）对,只有真爱自己丈夫的女人,才能说出这样的话。
我真高兴,你是爱我哥哥的,是不是?

王昭君　（在这样率直的匈奴妇女面前,还不免羞涩,但也坦白地）是。
他是那样明智勇敢,真诚,是个真正的英雄。

〔呼韩邪从绵帐中缓步走出。

33

王昭君　单于来了,他一个人,要到哪里去?

阿婷洁　(轻声地)嫂嫂你去和他谈谈话。

　　　　〔呼韩邪沉思着走来。一抬头,望见玉人像。

呼韩邪　(惊异)怎么,玉人,我正要去找你,你却来了!

　　　　〔马嘶声。苦伶仃上。

苦伶仃　单于,马备好了,您还去大青山吗?

　　　　〔呼韩邪摇摇头。他用手托着前额,低下了头,仿佛对玉人在
　　　　祷念着什么。

　　　　〔王昭君一抬眼,面前是沉浸在哀思中的呼韩邪,她一声不响
　　　　望着他。

王昭君　(缓缓地唱)

　　　　　　呼韩邪,呼韩邪单于啊!

　　　　　　他在想些什么?

　　　　　　他在想些什么?

　　　　　　一双眼,似江水,不扬波。

　　　　　　我真想知道,

　　　　　　江水下,

　　　　　　可也有激流,漩涡?

　　　　　　我本是巫山下的女儿,

　　　　　　少出门,懂事不多。

　　　　　　只为了两家的百姓欢乐,

　　　　　　千里迢迢,不惮奔波。

　　　　　　萧正使告诉我,

　　　　　　要入境问俗,多看,少说。

　　　　　　他说我这是到家了,该快乐。

　　　　　　答应的,我都做。

　　　　　　可是,我心头总觉得这样寂寞,

　　　　　　总觉得这样寂寞。

　　　　　　家,我的家在哪里?

我的家在秭归的村落，

长江流水门前过。

我真想，真想在江边坐，

洗着衣服，唱着歌。

我喜欢这里，丰草绿如泼，

我喜欢这里，天大，地阔。

这里的人对我殷勤，周到礼数多。

只是藏不住他们眼中的疑惑。

龙廷里飘忽着轻云朵朵，

真叫人难捉摸。

单于是那样的高贵、温和。

只是他少开口，话不多。

单于呀，我愿随你终身过，

怎能这样，相逢对面，隔着天河？

〔呼韩邪缓缓抬起头来。

呼韩邪 （唱）

一年，

我的玉人，

你死去已一年。

怎能忘，

二十年患难夫妻，贴心的同伴。

想当初，

我失去宝座，

投奔到岳父帐前。

你合家在我身边站，

平定了塞北漠南。

二十年，

你和我同饮一壶水，

同吃一块肉干；

二十年，

你帮我策划谋算,解决疑难。

到如今石像空留春风面，

剩下我孤单单,独自盘桓。

践遗言，

我迎来了汉家公主神仙眷。

我不知她心意深浅，

镇常是默坐通宵无一言。

玉人哪，

为什么你近来梦中和我常相见？

你怪我，

怪我得新忘旧,见异思迁？

你知否？

我心里酸楚淹煎。

你知否？

我心里酸楚淹煎。

〔呼韩邪深情地望着纱帐里的玉人走过去。

〔王昭君默默地望着他们。

王昭君　（唱）

玉人,草地上美丽的玉人，

我多么羡慕你。

我来了,你喜欢,还是生气？

我来了,是想替你,替你和他同风雨。

可是我不知道,不知道他的心思。

他的心似双扉,紧紧闭。

似湖水,深不见底。

难道说胡人夫妻,都是这样语话稀？

告诉我,怎样当匈奴的阏氏？

告诉我,怎样做单于的伴侣？

36

玉人哪，我多么羡慕你，

你在他心里，栩栩如生似旧时；

我明明活着，却仿佛已经不在人间世。

〔王昭君坐在石墩上，望着皓月。

呼韩邪　（缓缓地走到王昭君背后，唱）

她？

为什么一个人，冷清清，望着月华？

她在想什么？

想汉朝？

想家？

她，

小小年华

貌美如花，

似名驹宝马，

似韵箫清笳。

在长安，她曾经当廷奏对，娴娴雅雅，

为什么，三月来，渊渊默默不吐一句心里话？

王昭君　（独白）我不能再等了，我要说，说出我心里的情愫。

呼韩邪　（独白）不，我不能冷淡一位汉家公主。让我探一探她心里藏
着什么。（走到昭君面前轻轻地）昭君阏氏，你穿得少了吧？

王昭君　（惊醒，立起）单于，不冷。

呼韩邪　草地的夜晚还是凉的。

王昭君　单于冷吗？

呼韩邪　匈奴人是不大怕冷的。喜欢我们的草原吗？

王昭君　喜欢，喜欢得很。夜晚的草地也是美的。

呼韩邪　是，美得很。（望着月下的草原）我很高兴阏氏喜欢。

王昭君　听人说，过去草原上常常打仗，流血死人。

呼韩邪　是的。

王昭君　现在好了。单于，我希望草原永远这样美。这样安宁。

呼韩邪　（深思了片刻）阏氏想长安吗？

王昭君　（老老实实地）想。我在长安住了三年。

呼韩邪　噢。还想什么？

王昭君　还想长江，秭归——我生长的地方。

呼韩邪　那个地方远吗？

王昭君　远得很，比长安还远呢。

呼韩邪　阏氏，你口直得很。为什么在我面前你要说想念故乡呢？

王昭君　（微笑）我心里有什么，难道就不应该对您讲吗？

呼韩邪　对，说得对。有什么说什么，我喜欢这样的脾气。你多大岁数
了，阏氏？

王昭君　十九岁，单于。

　　　　〔沉默。轻云从月下飘过。

王昭君　月亮圆了。

呼韩邪　又圆了。——昭君阏氏，你来到匈奴不后悔吗？

王昭君　我是自愿请行，来到胡地的。

呼韩邪　（惊讶）什么，你是自愿来的？

王昭君　我是带着整个汉家姑娘的心来到匈奴的。

呼韩邪　哦，整个汉家姑娘的心？

王昭君　单于，我没有像您那样看过那么多回圆月。我一生说的话，不
及您一天说得多，说得好。

呼韩邪　（旁白）啊，多么明亮的眼睛！

王昭君　但是，比这月亮还亮的，是女人的心，比这圆月还满的，是一个
女人希望得到的恩情。

呼韩邪　（旁白）哦，她这样想。

王昭君　比你骑马奔跑过来的路还长的，是一个女人对她丈夫的情意。

呼韩邪　（走近）你为什么不早说？

王昭君　鞍子下面湿了，就知道乘马的路程。善良的人才知道一个女
人的真心。

呼韩邪　（旁白）多么像玉人说的话！年轻的阏氏，从前我的心也是为

着一个女人跳着的,但是,那个女人死了。

王昭君　我知道这是多大的不幸。

呼韩邪　哦,你知道?

王昭君　她的名字也好——玉人。

呼韩邪　谁告诉你的?

王昭君　阿婷洁大公主。(忽然)我们汉人有一句话,"将缣来比素,新人不如故。"这就是说,新人虽好,总不及旧人。

呼韩邪　(高兴起来)对,对,你怎么懂得这样多! 可是……

王昭君　怎么样,单于?

呼韩邪　也看什么样的新人了。

　　　　〔苦伶仃、盈盈暗上。

呼韩邪　昭君阏氏,你不怪我谈起从前的阏氏吧?

王昭君　为什么?

呼韩邪　因为你……你也是一个女人。

王昭君　单于,为什么要怪? 我只有喜欢。您不能忘记玉人,难道有一天您会忘记我? 对人忠诚的人,也应该对他忠诚。

呼韩邪　可是我的忠诚已经给了……

王昭君　(真挚地)忠诚的男子是少的,忠诚的单于岂不更少? 单于啊,我为什么不喜欢?

呼韩邪　(喜悦地)奇怪,我眼前出现了什么? 我去迎的是一位汉家的公主,接来的却是我想要的女人。

王昭君　(也喜悦地)单于啊,您来领我见玉人吧。

呼韩邪　(还是有些不安)可以,可是她在……

苦伶仃　(一直高兴地听着)她就在眼前。

呼韩邪　你!

苦伶仃　(笑着)玉人阏氏的像,就是昭君阏氏告诉阿婷洁大公主搬回来的。

呼韩邪　(惊喜)哦,是你,昭君!

王昭君　(诚恳地)让她有时也能安慰安慰你,我多希望看见你的笑容。

呼韩邪　（不觉仔细注视她的眉眼）昭君,昭君。

怪不得我一见你,便觉得在哪里见过,原来你的眼睛多么像她,她又多么像你,昭君阏氏啊。

王昭君　盈盈,你把合欢被拿来。

〔盈盈下。复捧合欢被上。

王昭君　单于,您来看,这是一床合欢被。

呼韩邪　合欢被?

王昭君　上面绣着双鸳鸯,里面放着"长相思"。

呼韩邪　"长相思"?

王昭君　我们汉家姑娘把丝棉叫作"长相思"。这四面系着的是"结不解"。

呼韩邪　"结不解"?

王昭君　我们汉家的姑娘把四边的花结叫作"结不解"。长相思,结不解。

呼韩邪　叫它拉不断,扯不开。

王昭君　（笑着）是啊,单于。

您总是要出巡打猎的,

让这床合欢被经常陪着您,

让我们永远长相知。

呼韩邪　好极了,长相知啊,长相知!（接合欢被,交苦伶仃）

〔远处宫女唱:

文彩双鸳鸯,

裁为合欢被。

著以长相思,

缘以结不解。

以胶投漆中,

谁能别离此。

〔呼韩邪望着年轻美丽的昭君阏氏,忽然沉醉在对她的情感之中。

〔温敦上,看到单于与昭君,愣了一下,犹豫了片刻,上前。

温　敦　呼韩邪单于,昭君阏氏,小王子婴鹿在大公主帐里,等着拜见
　　　　新母亲。

呼韩邪　(向昭君探问地)昭君阏氏……

王昭君　(欢悦地)单于,让我们去看他吧。

　　　　〔呼韩邪、王昭君下,盈盈、苦伶仃随下。

　　　　〔休勒上。

休　勒　听您的吩咐,毒药、斧子都准备好了。

温　敦　去吧。

温　敦　(阴森地)长相知,长相知,看你们相知到几时!

——幕落

第　五　场

　　　幕后合唱

　　　　　　　浓云遮落月,

　　　　　　　大雾满龙廷。

　　　　　　　枭鸣格格,鸡唱两三声,

　　　　　　　谁醉谁醒,

　　　　　　　耿上东方犹未明。

　　　　〔幕启:前场次日,黎明之前,大雾。

　　　　〔温敦扶王龙上。

温　敦　天子国舅,你喝多了,喝多了。走路当心。

王　龙　没有,没有。自离长安,只有今夜跟你痛饮最乐。别忘了,我
　　　　要到你的草地上去打黄羊。

温　敦　温敦就要辞别单于,回我的草地,我一定在那里等候天子

国舅。

王　龙　　以后我准来。酒！酒！我还要喝！（下）

〔休勒拿着一柄斧子上。

休　勒　　侯爷！

温　敦　　毒药呢？

休　勒　　已经放了。

温　敦　　那么玉人的像呢？

休　勒　　（把斧子一举）我这就去办。

温　敦　　不怕么？

休　勒　　为了侯爷成龙，我两个儿子都舍了，还怕什么？

温　敦　　好朋友！事成之后，你的头功。

休　勒　　（猛然扑在地上，连连叩头）感谢至高无上的撑犁孤突单于！

温　敦　　（惊吓）你，你怎么现在就这样称呼我？你发疯了！

休　勒　　（匍匐地上）我心里没有别人，只有您，我的至高无上的撑犁孤突！

温　敦　　（急忙闪开）还不快去，呼韩邪单于，就要过来了。

〔休勒爬起来，走下。

〔温敦跪下向玉人祈祷。

温　敦　　啊，仁厚、多情的单于，你又在我的姐姐面前祈祷了吗？让我也向玉人祈祷吧！

〔呼韩邪走上来。

温　敦　　玉人，我的姐姐，我要走了。我有满怀心事，要向你诉说。

呼韩邪　　（旁白）哦，他在祈祷。

温　敦　　你很孤单，因为你离开了人间，离开了你那神一般的单于，你的多情的丈夫。

〔呼韩邪深沉地长叹。

温　敦　　我比你更孤单，因为我就要离开龙廷，离开我慈父一样的恩主。

呼韩邪　　哦，他是这样看我？

42

温　敦　单于是这样聪明正直,而又那样的豁达大度。就拿关市被抢一事来说,他处理得多么英明。这件事本来与我无关,但若是深究下去,就难免牵扯到我的头上,然而单于却适可而止,不再株求。这是对我的爱护,也是对您的深情。这样的大恩,我怎能不感激,不铭记在心啊!

呼韩邪　他是知道感恩的。

温　敦　玉人姐姐,我要离开龙廷了。我把原来属于至高无上的单于兵马交还给单于了。我的肩膀轻松了,可是我的心沉重了。以后谁来保护我的主人,我们草地上独一无二的神鹰哪!玉人姐姐,你给我启示,告诉我该怎么办吧!

呼韩邪　他这是祈祷,还是说给我听的?(逐渐走近温敦)温敦,你跪在这里做什么?

温　敦　(转身)哦,单于,我的主子!
　　　　〔月光照着温敦的满眼泪水。

呼韩邪　(扶起温敦)哦,温敦,你怎么满脸都是眼泪?

温　敦　我的恩人哪!温敦告别了,请单于多多珍重。(转身欲走)

呼韩邪　不要难过,我会到草地来看你和我的妹妹阿婷洁公主的。

温　敦　不,不,您千万不要来。

呼韩邪　为什么?

温　敦　您千万不能离开龙廷。

呼韩邪　为什么?

温　敦　好,我说。昨天夜里,王龙告诉我,三月前单于在长安求亲的时候,朝廷原来是想扣押单于的。有人主张,趁单于和亲,不作戒备,在鸡鹿寨驻扎重兵,但等时机一到——

呼韩邪　我看王龙这个少年新贵的话,不值得深信?

温　敦　天心难测呀!
　　　　〔马蹄得得,一骑兵急上。

骑　兵　单于,紧急密报!

呼韩邪　哪里来?

骑　兵　鸡鹿寨。

呼韩邪　讲!

骑　兵　我们的骑兵在鸡鹿寨外草地上发现汉军马粪多处。

呼韩邪　拿来!(掰开)

温　敦　(也拿一块马粪掰开)果然,里面有黑豆与谷米。我们的马是
　　　　从来不喂黑豆和谷米的。

呼韩邪　(对骑兵)你下去吧!回来!这件事不能和任何人讲。泄露
　　　　了,要杀头!

骑　兵　喳!(下)

温　敦　汉军到草地上来了!单于,龙廷里有奸细。

呼韩邪　谁?

温　敦　汉家派来的阏氏。

呼韩邪　你在胡说些什么?

温　敦　单于啊,她是汉,我们是胡!

　　　　〔苦伶仃喝得醉醺醺地,蹒跚走上。

苦伶仃　单于,单于,有人要害你。你不要听他们的话,你听我的。

呼韩邪　你又喝醉了。

苦伶仃　我的腿醉了,我的心是醒着的。

温　敦　快下去!你又喝多了。

苦伶仃　喝多了!我把阴山黑水,盐池草地,湖海苍天,都喝进去,连
　　　　你,这个无情无义的侯爷,也喝在我的肚子里!(醉倒)

温　敦　放肆!

　　　　〔呼韩邪坐下,用手遮住脸。

温　敦　单于,你累了,歇一歇吧!我先回帐去了。(下)

呼韩邪　(唱)

　　　　　　伶仃啊,伶仃,

　　　　　　你怎么醉不醒!

　　　　　　我有话要说给你听,

　　　　　　只能说给你听。

我好像做错了一件事情，

我找到一个汉家姑娘，

像在沙漠中找到了泉水清清。

我好像半醉微醺，

忽然感到重又年轻。

我要把传世的宝刀交给她，

这调动兵马的权柄，

我现在犹豫不定，

不知道她对匈奴是假意是真心。

我想跟你说说，伶仃，

伶仃，伶仃，你怎么醉不醒！

〔苦伶仃忽然立起，弹琴，唱歌。

苦伶仃　（唱）

浓云遮落月，

大雾满龙廷。

大雾满龙廷，

鸡叫两三声。

鸡叫两三声，

东方犹未明。

东方犹未明，

大雾满龙廷。

（走到呼韩邪身边）单于，你身边有人要害你。

呼韩邪　什么？谁呀？又是昭君吗？

苦伶仃　昭君阏氏的眼睛像泉水一样的明净，昭君阏氏的心像鲜奶一样的芳馨。

呼韩邪　那么是谁？

苦伶仃　你的内弟，温敦。

呼韩邪　你胡说！不，不会，他是玉人的弟弟。

苦伶仃　玉人阏氏是女神，他是魔鬼！

〔阿婷洁匆匆上。

阿婷洁　哥哥,不好了,婴鹿死了,忽然死了!

呼韩邪　什么!

阿婷洁　吃了什么坏东西。

呼韩邪　吃了什么?

阿婷洁　奶母说,他吃了昭君阏氏赐给的糖食,就……

苦伶仃　单于,我去看看他。(下,阿婷洁跟下)

呼韩邪　吃了昭君的糖食,就死了。(忽然感到有些恍惚,悲恸万分)

　　　　玉人,玉人,我们的小婴鹿——你的亲骨肉……

　　　　〔呼韩邪突然发病晕倒,四面无声,雾越发浓了。

　　　　〔温敦急步走上。

温　敦　单于,我的单于,您怎么啦?啊,他又发病了,他晕死过去了。

　　　　(四望)这是天赐给我的机会,就只有我一个。

　　　　〔休勒悄悄上。

休　勒　(阴沉地)还有我。

温　敦　还有人吗?

休　勒　没有别人了。只有侯爷、我和满天大雾。

温　敦　(从怀中掏出一把尖刀)尖刀,你不是日夜想着仇人的血吗?

　　　　来吧!(举刀对准呼韩邪)

　　　　〔忽然远处雾里传来欢呼声。东方现出鱼肚白,火把闪耀。

温　敦　(恐惧地)这是什么声音?

休　勒　快!卫士就要来了!

温　敦　这是什么声音?什么声音?

休　勒　天快亮了,王昭君就要晋庙了,王公贵族向着单于的帐幕欢

　　　　呼呢!

　　　　〔欢呼声:"单于和亲,千秋万岁!"……

休　勒　快动手吧,不能再等了!

温　敦　(举着尖刀)我好恨哪!我恨我不能扎下去!

休　勒　为什么,侯爷?

温　敦　不能,不能为一次冲动而葬送整个前程。现在这个人死了,匈奴的贵族会立刻起兵讨伐我,长安的天子也会讨伐我。我手中恰恰没有调动龙廷兵马的宝刀!

休　勒　一刀下去,龙廷就是你的了!

温　敦　不,不成!我要取得他的信任,对他更忠诚。我要叫长安疑心呼韩邪,呼韩邪疑心长安。我要叫这个人把宝刀从那个汉家女人的手里拿过来再交给我。我要他说出出兵、反汉。到那个时候把这个人的头割下来,就像割草一样的容易了!

休　勒　(抢过尖刀)您害怕了!让休勒替你担当这滔天大罪吧!(对呼韩邪)神鹰呀,你的末日到了!

温　敦　放下!

　　　　〔休勒疯狂地刺下去。

温　敦　(护着呼韩邪,抢回尖刀,痛揎休勒)狗!你醒了没有?

休　勒　(清醒)我,我醒了。

温　敦　(低声)卫士要到了,你走开。

　　　　〔休勒顺从地下。

温　敦　(温柔地)单于,醒醒吧!温敦在救你呢。单于,我的恩人,你怎么了?单于,我的父亲,你怎么了?醒醒吧,快醒醒吧!

呼韩邪　我怎么了?

温　敦　您发病了,晕倒了。

呼韩邪　哦,就只有你在我身边?

温　敦　就我一个。我的单于,您把我急坏了。

呼韩邪　你怎么了?你哭了?

温　敦　我怕,怕您万一醒不过来。(抽噎)

呼韩邪　(感动地)哦,是你,是你把我救活的!你!——我的忠心的温敦。……(忽然)伶仃!叫伶仃来!

温　敦　您忘了,伶仃去救婴鹿了!

呼韩邪　(仿佛不记得)什么?

温　敦　刚刚婴鹿不是吃了昭君阏氏的糖食,忽然死了吗?

呼韩邪　（恍然记起）哦，是的。我要去看看他。

　　　　　〔阿婷洁上。

阿婷洁　哥哥，放心吧！幸亏伶仃去了。他说羊血可以解毒，给小婴鹿灌了羊血，已经醒过来了。

呼韩邪　哦，好，好！（沉思地）那么放毒的人——

　　　　　〔一宫女慌慌张张上。

宫　女　启奏阿婷洁公主，玉人阏氏的像，不知叫什么人打碎了！

阿婷洁　啊？

呼韩邪　是谁做出这样的事？

温　敦　谁这样恨我的姐姐？

阿婷洁　怎么，婴鹿刚救过来，玉人的像又碎了。

温　敦　昭君阏氏现在就要晋庙了。

阿婷洁　哦，会有这样可怕的事吗？

呼韩邪　不，不，不像。

温　敦　（庄严地）天神说，草原外面的人会做出我们想不到的事情。

阿婷洁　刚才姜夫人和我说……

呼韩邪　说什么？

阿婷洁　昭君阏氏已经有了喜了。

温　敦　这就难怪了……

　　　　　〔远处连续喊："接昭君阏氏！"

温　敦　她来了。（对呼韩邪，低声）让她晋庙吗？

　　　　　〔呼韩邪紧闭嘴巴，沉默着。

　　　　　〔喊声："昭君阏氏圣驾到！"

　　　　　〔汉胡细乐。王昭君圣装上，姜夫人陪着她。后随盈盈、戚戚。

姜夫人　恭喜大单于，我们的昭君阏氏，她有喜了。单于殿下千岁，千千岁。

呼韩邪　谢谢姜夫人来报喜。

王昭君　昭君奉命晋庙，参拜祖先鬼神。单于千岁，千千岁。

呼韩邪　阏氏千岁,千千岁。

礼　官　(高声)晋庙时间到!

温　敦　候单于锡旨。

呼韩邪　(沉默一下,对王昭君)昭君阏氏,我刚才晕倒了过去,——

王昭君　(吃惊,关切地)怎么了,我的单于?

呼韩邪　现在好多了,可是还是不舒服。(有礼貌地)加封晋庙的大礼,是不是可以延迟一下,昭君阏氏?

王昭君　(惊讶,立刻顺从地)当然。谨奉命,单于殿下。

温　敦　(立刻大声传呼)单于有命,晋庙典礼暂停!停止奏乐!

　　　　〔乐声骤止,众皆惊愕。

呼韩邪　阏氏,我想独自去歇一歇。

王昭君　是,单于。

　　　　〔呼韩邪下。温敦、阿婷洁随下。众随从默默下。

姜夫人　(低声)这是怎么回事?

王昭君　不要紧的,姑姑,您先去休息吧。都下去吧。盈盈留下。

　　　　〔姜夫人不安地下。侍女随下。

盈　盈　(十分同情地)娘娘。

王昭君　你去请萧大人来。

盈　盈　是,娘娘。(下)

　　　　〔台上只余王昭君一人。

王昭君　(唱)

　　　　　　地覆天翻,

　　　　　　霎时间地覆天翻。

　　　　　　昨日里真心一瓣,情意绵绵,

　　　　　　今日里忽然间这样冷淡。

　　　　　　盛夏,——秋天,

　　　　　　薰风,——霜霰,

　　　　　　难道说龙廷也似汉宫院,

　　　　　　乍寒乍暖,暮四朝三?

加封晋庙，我并不悬悬在念，

只是摸不透为什么龙廷中变化多端。

止不住满腹疑团，

满腹疑团，

惊恐，

惶惑，

不安。

恰便似风暴沉沉压草滩，

呼啸，

翻卷，

无边。

我该怎么办？

怎么办？

〔盈盈引萧育上。

萧　育　（庄严地向王昭君行礼）臣萧育参见昭君公主，千岁，千千岁！

王昭君　（仿佛见到自己的父亲）萧大人，萧大人，加封晋庙的事延期了，您知道吗？（突然眼泪止不住地流下来，急忙用帕子掩住）

萧　育　昭君公主，不要这样难过。单于欠安，一时改期，也没有什么。

王昭君　萧大人，我管不住，我实在难过。我感到事情不那么简单了，到底出了什么事情？

萧　育　公主殿下，臣萧育应该向您禀告，刚才龙廷发生了两件事。小王子婴鹿突然中毒。

王昭君　（大吃一惊）哦！

萧　育　虽然救活了，玉人阏氏的雕像又被打碎了！

王昭君　哦！谁敢这样，萧大人？

萧　育　难以得知。臣以为是恶人中伤，要把罪名推在公主的身上。

王昭君　（如遭雷击）难道单于都怀疑是我吗？

萧　育　公主，你不要这样想。

王昭君　（喃喃地）所以单于忽然对我那样冷淡……

萧　育　昭君公主！

　　　　（唱）

　　　　　　劝公主休烦恼,放胸襟,

　　　　　　听老臣一言奏禀:

　　　　　　你本是年轻的公主,与人无争竞,

　　　　　　怎招来这样的怨毒恚恨?

　　　　　　只因为"汉匈一家",你身负着重任,

　　　　　　才有切齿皱眉人。

　　　　　　这毒药,毒的是单于的忠悃,

　　　　　　这利斧,砍的是胡汉和亲。

王昭君　萧大人,这是不能允许的。

萧　育　昭君公主,你说的极是。……（接唱）

　　　　　　单于附汉,情真意真,

王昭君　我知道。在长安时,我已经明白了。

萧　育　（接唱）

　　　　　　你对他要信赖,谅情。

　　　　　　有什么一时委屈不顺心,

　　　　　　为了国家安宁,

　　　　　　为了天下苍生,

　　　　　　你要耐忍。

王昭君　萧大人,我感谢您的指教,昭君记住了。

萧　育　（接唱）

　　　　　　公主请上受臣一拜。（跪下,盈盈等同跪下）

王昭君　（接唱）

　　　　　　兀的不折杀昭君!

萧　育　我拜的不是你!

　　　　（接唱）

　　　　　　拜的是你肩头责任如山重,

拜的是胡汉和好万年春，

拜的是两家百姓对你的期望和信任。

王昭君　（接唱）王昭君决不辜负两家百姓，不负长安，不负龙廷！

————幕落

第　六　场

　　　　幕后合唱

海南胡马嘶，

塞北杨柳枝。

苜蓿东移，缯帛到辽西。

百族济济，

千秋万岁长相思。

　　〔幕启：前场次日下午。王昭君的毡幕中。

　　〔戚戚及匈奴宫女在练乐。

　　〔歌声：上邪！

我欲与君长相知，

长命毋绝衰……

　　〔姜夫人进帐。

戚戚等　姜夫人安好！

姜夫人　戚戚，昭君阏氏呢？

戚　戚　娘娘和苦伶仃骑马出去了。

姜夫人　骑马去了？这是什么时候，骑马去了？

　　　　〔马蹄声。

戚　戚　大概是娘娘回来了。

　　　　〔苦伶仃、盈盈和一群武装的匈奴侍女簇拥着王昭君胡服戎
　　　　装上。

侍女们　迎接阏氏殿下。

姜夫人　（也只好行礼）参见公主娘娘。

王昭君　姜夫人请起。

姜夫人　（对侍女们）你们都下去。

〔侍女们退下。

姜夫人　昭君，你究竟想干什么？这是什么时候，还出去骑马？

王昭君　我闷，出去走走。

姜夫人　你也太不懂事了。怪不得送亲侯不高兴你，我看，你把温敦侯爷也得罪了。看你日后在龙廷的日子怎么过。

王昭君　（长吁一声）"亦余心之所善兮，虽九死其犹未悔！"

姜夫人　你说什么？

王昭君　屈原的话，我的脾气就是这样。

姜夫人　又是这个疯老头子！（低声）昭君，单于昨天晚上对你说点什么没有？

王昭君　（尽力自然地）他昨晚一夜没回来。

姜夫人　（吃惊）怎么，到现在，你还没有见到单于的面吗？孩子，这可不是闹着玩的事。昭君，你一定得向单于辩白清楚。

王昭君　你叫我辩白什么？有什么可辩白的？我心里是亮堂的，"水清石自见"。

姜夫人　废话！后宫的事，水总是浑的。昭君，我的苦命的孩子，我眼看就要走了。把你搁在这儿，上不上，下不下，身边没有一个亲骨肉，单于又对你这样，你看看，我舍得了你吗？千不该，万不该，当初不该自愿请行。要是在汉宫当上"美人"，一见上皇帝，就前程无限了。

王昭君　（静静地）姑姑，您忘了孙美人了？

姜夫人　就算像孙美人，也比到这儿吃羊肉，喝马奶，当这个受气的阏氏强！

王昭君　（安详而坚定）我不是孙美人，我是王昭君！

姜夫人　什么？你是王昭君！你气死我了！

王昭君　姑姑,您喝口茶,平平气。(端茶给姜夫人)

姜夫人　(端茶到嘴边,一闻)这是奶茶,我不喝!

王昭君　(自己喝了一口,真诚地)喝着挺香的,是挺香的。

姜夫人　(勃然)告诉你,我不喝!

　　　　〔盈盈上。

盈　盈　姜夫人,您还没说完哪?王龙王大人等了您好半天了。

姜夫人　哎呀,你怎么不早禀告我?你这个糊涂丫头,真是糊涂。真糊涂,真糊涂!

　　　　〔急忙整容,念念叨叨,急匆匆下。

　　　　〔姜夫人走后,王昭君坐下不语,呆呆地出神。

盈　盈　娘娘,您怎么啦,又发愣啦?

王昭君　(没有听见盈盈的话,低声吟唱)

　　　　　心逐云飞,

　　　　　恹恹地,浑如醉,

　　　　　不是怀人,不是思归,

　　　　　不恨谁,不怨谁。

　　　　　平生不解,

　　　　　此时滋味。

盈　盈　娘娘,我给您梳梳头吧。

王昭君　(接唱)

　　　　　待梳头,

　　　　　怕镜中蹙损双眉翠。

盈　盈　要不您弹弹琵琶。

王昭君　(接唱)

　　　　　空对着玉轸檀槽,

　　　　　懒拂弦上尘灰。

　　　　　有谁知我,

　　　　　此时滋味?

　　　　〔戚戚上。

54

戚　戚　启禀昭君娘娘,阿婷洁公主到。

　　　　〔阿婷洁上,后随侍女。

阿婷洁　(深深施礼)昭君阏氏,愿您安好。

王昭君　(回礼)大公主安好,您吉祥如意。

阿婷洁　(激动地)昭君阏氏,我的嫂嫂,我的亲嫂嫂!(忽然停住,对
　　　　侍女们)你们退下。

　　　　〔侍女们退下。盈盈目视王昭君,王昭君点头示意,盈盈、戚
　　　　戚也退下。

阿婷洁　(满腔悔恨,突然流出眼泪)阏氏,我的亲嫂嫂,我向您请罪
　　　　来了。

王昭君　(惊异)大公主,这是怎么说起?

阿婷洁　阏氏,我的公公乌禅幕老侯爷已经把下毒药害婴鹿的罪人逮
　　　　住了,打碎玉人阏氏的石像的,也是这个人。我……我……

王昭君　大公主,请讲吧。对我没有什么不可以说的。

阿婷洁　我原来也疑虑过您。现在我明白我错怪了您。我想了多次,
　　　　我要向您请罪。您是清白的。

王昭君　大公主,我的妹妹!我万分感激,万分感激你。

阿婷洁　老侯爷要面陈单于,说明这两件事的真相。

王昭君　感谢老侯爷,感谢你们全家。

　　　　〔帐外卫士们高声报:"呼韩邪单于驾到!"

　　　　〔宫女列队迎接。

　　　　〔呼韩邪上,后随卫士长拔都和卫士。

　　　　〔王昭君、阿婷洁跪接。

王昭君　昭君迎接单于殿下,千岁,千千岁!

呼韩邪　快请起来,昭君阏氏。妹妹请起。(回头对卫士等)你们都
　　　　退下。

拔　都　是,单于。(下)

呼韩邪　妹妹,你是来看望阏氏的?

阿婷洁　我来是为了告诉嫂嫂,罪人已经逮住了。哥哥,嫂嫂想必等您

好久了,我告辞了。

王昭君　送大公主。

　　　　〔侍女们送阿婷洁下。

呼韩邪　(走到昭君面前,深怀歉意,温和地)昨天我突然身体不舒服,
　　　　加封晋庙改了期,晚上我又没有回来看望你,恐怕引起了你的
　　　　不安吧?

王昭君　(明朗地)刚才大公主已经告诉了我,我完全明白。

呼韩邪　你不怪我吗?

王昭君　(微笑)你想想,我会怪你吗?

呼韩邪　(感动地)昭君!

王昭君　(轻轻地)嗳。

　　　　〔呼韩邪轻轻地握着王昭君的手,夫妻二人衷心欢悦,相视
　　　　而笑。

　　　　〔盈盈在帐外大声禀报:"送亲侯王龙王大人到!"

　　　　〔王龙手提马鞭醉醺醺地闯入,勉强行礼。站立不稳,一屁股
　　　　坐下。

王昭君　送亲侯,你怎么又喝醉了?

王　龙　我没喝醉!

王昭君　你先回去,等清醒了再来。

王　龙　我没醉,我不走!

呼韩邪　王大人,你还是先请回去吧。

王　龙　你怎么管起我来了? 你为什么老叫我王大人? 你知道,我是
　　　　送亲侯,我是汉朝天子的国舅! 你,你这是看不起我呀! ……
　　　　(一边说一边用手里的鞭梢对着呼韩邪指指点点)

呼韩邪　(耐不住)把你的鞭子放下! 你来了龙廷三个月了,你难道不
　　　　知道,拿鞭子进帐,是对主人的失礼吗?

王　龙　(不放鞭子,反而更嚣张起来)失礼? 你昨天才失礼呢,加封
　　　　晋庙这样一件大事,你说推迟就推迟。你这是眼睛里没有我,
　　　　瞧不起我;瞧不起我,也就是瞧不起她,就是瞧不起朝廷——

56

王昭君　（大怒）王龙！你站起来！你胆敢对单于这样的不敬！

　　　　〔王龙不动。

呼韩邪　左右,把他的鞭子拿出去！

王昭君　撤座！站起来！

　　　　〔卫士们应声上,夺下王龙的鞭子,把他架起来。

王　龙　（挣扎着大叫）好！呼韩邪！你敢这样对待我！这这是目无
　　　　朝廷！目无天子！你反汉！

呼韩邪　什么？

王昭君　你疯了！（对呼韩邪）单于,不要听他的昏话。

呼韩邪　（对王龙）你说什么？

王　龙　我说你反汉！

呼韩邪　送亲侯,你知道这两个字的份量有多重吗？“诺水之盟”,汉
　　　　匈一家,我是杀了白马,喝了血酒,对天盟了誓的。天子相信
　　　　我的忠诚,我接来了昭君阏氏,你身为送亲侯,居然当着阏氏
　　　　的面说我反汉！你有什么根据？

王　龙　好,第一条,你预备那五万骑兵,是要干什么？

呼韩邪　什么？

王　龙　第二条,我都知道你们的行动日期！

呼韩邪　什么日期？

王　龙　打长安的日期啊！三个月内,秋高马肥,你准备将这五万骑兵
　　　　向长安进攻。有没有这回事？

呼韩邪　（气得说不出话来）哦？（对王昭君）我居然有这样大的阴谋！

王昭君　王龙,你对单于这样罗织罪名,无中生有！我问你,这些消息
　　　　是谁告诉你的？

王　龙　我不答复。

王昭君　那就是你捏造的！

王　龙　什么？我捏造？（对呼韩邪）是你的左大将亲口对我说的,那
　　　　还有错吗？

呼韩邪　温敦？他会这样陷害我？

王　龙　（对王昭君）你明白了吗？温敦才是忠于汉朝的。

〔温敦急慌慌上。

温　敦　温敦参见单于、阏氏。送亲侯，您也在这儿。

呼韩邪　你来得正好。

温　敦　我听说谋害小王子的罪犯已经抓到，是真的吗？

呼韩邪　（不答复温敦，转向王龙）王大人，你刚才说的话，请你再说
　　　　一遍。

〔王龙不作声。

呼韩邪　好，你不讲，我来替你讲。（对温敦）王大人说，你告诉他我反
　　　　汉，我还练了五万骑兵，预备在三个月内进犯长安。你说过
　　　　没有？

温　敦　我……我……王龙，你这条癞皮狗！你竟敢在单于面前捏造
　　　　我这么大的罪名！单于，他这是离间我们君臣，这是个大
　　　　阴谋！

王　龙　你骂我癞皮狗？是你赖还是我赖？你没说过呼韩邪反汉？没
　　　　说过请求长安出兵？

温　敦　我，我没有！

王　龙　你说过！你还说长安一出兵，你就杀了呼韩邪，起来响应！

温　敦　（大叫）我没说过！（歇斯底里地）我不能忍受这样的冤枉！
　　　　单于，我的主人，为了让您看看我的心，我愿死在你的面前，追
　　　　随我的玉人姐姐……（拔刀，作自刺状）

呼韩邪　（厌恶地）放下刀！不要来这一套！

〔温敦立刻泄了气，握刀的手垂下来。

〔乌禅幕步伐沉重地走上来。

乌禅幕　单于，阏氏，我把罪人押来了。（对帐外）押进来！

〔卫士押休勒上。

乌禅幕　休勒，你向单于老实招供，小王子婴鹿是不是你毒的？

休　勒　（低声）是。

乌禅幕　玉人阏氏的像是不是你打的？

58

休　勒　是。

乌禅幕　（对呼韩邪）还有一件大事，汉军根本没有出兵，草地上的马
　　　　　粪是他假造的。（问休勒）是不是？

休　勒　是。（一抬头见温敦，嘶声喊叫）可是我冤枉啊，是他（指温
　　　　　敦）叫我——

　　　　〔温敦不等休勒话落，抽刀向休勒扎去。休勒惨叫一声倒地。

呼韩邪　（大吼一声）温敦！你这个阴险毒辣的东西！（狂怒地扑上
　　　　　去，猛掐温敦的脖子）你，你……

温　敦　（窒息地）单于！单于！

呼韩邪　（气得浑身发抖，把温敦甩到帐门口）给我滚！

　　　　〔温敦一跃而起，窜出帐外。立刻听见马蹄声急驰而去。

乌禅幕　（怒叫）你给我回来，我杀了你这畜生！（急追出帐）

呼韩邪　（暴怒地挥手）你们都走！都走！

　　　　〔王龙吓得面如土色，随卫士们下。

　　　　〔呼韩邪像笼中的猛虎似的走来走去。王昭君十分同情地看
　　　　　着他。

王昭君　单于，单于！

呼韩邪　（突然在胡床上坐下，像是瞬息间老了十年，对王昭君，又像
　　　　　对自己）

　　　　阏氏，我不行了。

　　　　我曾经百战沙场，

　　　　看透了多少虎豹豺狼。

　　　　可是我却相信了他，

　　　　相信了这样一个凶神恶煞。

　　　　我把我花一样的妹妹嫁给他，

　　　　我把我的心也给了他。

　　　　而他，却日夜盼望我立刻就死，

　　　　偏这时又来了汉家的花花公子，

　　　　他们串通一气，想杀我，

想把汉匈百姓的鲜血摆成庆功的筵席。

王昭君　（满腔同情）

　　　　单于,是我们没有尽力,

　　　　没有保护好你。

呼韩邪　不,不,汉家派来的阏氏,

　　　　是我不曾好好地看重你,

　　　　这一天,我真老了,

　　　　我曾经看见过多少次月圆花好,

　　　　岁月像水一样的流过,

　　　　年龄像逝去的清波,

　　　　孩了,年轻的昭君,我的孩子,

　　　　你是我的阏氏又是我的孩子,

　　　　在你面前,我已经衰老了。

王昭君　我的单于,你不老,

　　　　你是松树,枝叶不凋,

　　　　你是骏马,还能在草原上奔跑。

呼韩邪　过去我觉得你怕我,敬我,

　　　　现在我知道你的心是一团火。

　　　　过去我觉得你离我很远很远,

　　　　现在我知道我多么需要你,你是谷米,

　　　　你是泉水,你是地上的盐。

王昭君　（伸出手给呼韩邪）

　　　　单于,我离你很近,很近,

　　　　我就在你的身边。

呼韩邪　昭君啊,

　　　　有人在我的背后插上尖刀一柄,

　　　　我一回头,拿刀的却是我亲手带大,又十分相信的温敦!

王昭君　我知道,你的心受了伤,

　　　　你太累了,你躺一躺。

呼韩邪　我是累了,我要躺一躺。

　　　　你坐在我身边,轻轻地唱。

王昭君　我给你盖上我们的合欢被,

　　　　你闭上眼睛,睡一睡。

　　　〔呼韩邪在胡床上躺下。王昭君取下琵琶,轻轻地弹拨,像一
　　　　个年轻的母亲唱摇篮曲那样温柔地缓缓唱起来。远处有合唱
　　　　队用"m—"声相和。

王昭君　(唱)

　　　　　　　上邪!

　　　　　　　我欲与君长相知,

　　　　　　　长命无绝衰。

　　　　　　　山无陵,江水为竭,

　　　　　　　冬雷震震,夏雨雪,

　　　　　　　天地合,乃敢与君绝。

　　　　　　　长相知啊,长相知。

　　　〔呼韩邪睡着了。王昭君抚摩着他。

　　　〔远处隐隐有军鼓声。

　　　〔呼韩邪从床上一跃而起。

呼韩邪　你听!

王昭君　什么?

呼韩邪　远处有军马向我们来了。

王昭君　哦? 没有吧。

呼韩邪　(耳贴地面,细听)有! 马蹄的声音,近了,更近了!

　　　〔卫士长拔都奔跑进帐。

拔　都　单于,我们被包围了!

呼韩邪　多少人马?

拔　都　五百左右。

呼韩邪　什么人?

拔　都　看不清。好像是郅支的残部。

呼韩邪　（拿刀和弓箭）召集我的卫士！

拔　都　早已成列。

呼韩邪　迎击！

王昭君　单于，你要保重！

呼韩邪　（向外）苦伶仃！

〔苦伶仃急上。

呼韩邪　保护阏氏！

苦伶仃　是。

〔呼韩邪出帐，拔都随下。听到马队飞奔而去。

〔黑夜降临草地。

〔雷鸣、电闪、悲笳、急鼓。

王昭君　呀！

（唱）

闪熠熠，

雷隆隆。

狂风追着狂风，

乌云绞着乌云。

鼓声震地，

号角悲鸣。

人马纷纷，

似浪涛滚滚无定。

接白刃、交短兵，

箭似飞蝗阵，

到处是鲜血殷红，

到处是喊杀声声。

天塌地沉，

天塌地沉，

哪里是我的单于，

哪里是我的夫君！

　　　　　　　　（呼喊）单于！我的呼韩邪单于！

　　　　　　　　（取刀）我要去找他！

苦伶仃　　不行！你不能离开帐幕,你会丢了性命。

王昭君　　（挣脱）放开我,我要去找我在危难中的夫君！

　　　　　〔狂风掀起帐幕,王昭君冲了出去。

　　　　　〔苦伶仃急随冲出。

苦伶仃　　（呼喊）阏氏！昭君阏氏！

王昭君　　（呼喊）单于,我的呼韩邪单于！

　　　　　〔暗转。

　　　　　〔灯光复明。朝日、白云。云中隐约可见单于的祖庙。草原
　　　　　的后方,筑起一个平坛,坛上铺着锦绣的地衣。

苦伶仃　　（唱）

　　　　　　　　龙廷又动刀兵,

　　　　　　　　反了宠戚近臣。

　　　　　　　　光明战胜黑暗,

　　　　　　　　单于擒住温敦。

　　　　　　　　草原太平无事,

　　　　　　　　依旧丰美安宁。

　　　　　　　　戴胜耸着花冠,

　　　　　　　　百灵声似银铃。

　　　　　　　　山丹、百合开得多旺盛,

　　　　　　　　姑娘们唱得多好听！

　　　　　〔传来人们欢乐的声音:“开关市了！”“开关市了！”

　　　　　〔少女歌舞。

少女们　　（唱）

　　　　　　　　关市重开,关市重开,

　　　　　　　　草原上,喜盈盈,

　　　　　　　　听,这是什么声音?

合　唱　　这是汉家商队的驼铃,

他们送来铜、铁、盐、米，

丝絮轻盈，

茶叶青青。

领　唱　我们送去了什么？

合　唱　骏马,羊群,

异兽,珍禽,

动人的音乐,

汉胡一家的深情。

领　唱　还有什么喜事？

合　唱　还有大喜事,普天同庆,

还有大喜事,普天同庆。

汉家的阏氏就要晋庙,

朝拜单于的祖先神灵。

领　唱　还有什么事叫人高兴？

合　唱　单于要晋封昭君,

加给她最美好的名称。

最美好的名称。

领　唱　什么是最美好的名称？

合　唱　（彼此问）

什么最美好的名称？

什么最美好的名称？

领　唱　我还不知情。

合　唱　（白）我也不知情。

我也不知情。

同　唱　我们只好等,等,

等单于宣告那最美好的名称。

〔呼韩邪和王昭君穿着晋庙的礼服上。身后随着乌禅幕、萧

育等人。

乌禅幕　逆子温敦,举兵谋反,已经就擒,请单于传旨定罪。

64

呼韩邪　　老侯爷,你看,应该如何处置?

乌禅幕　　臣以为应该即日正法。

呼韩邪　　昭君阏氏,你看呢?

王昭君　　昭君以为,应将他送往长安,请天子发落。昭君愿附书禀奏,
　　　　　请天子从宽处理。萧大人——

萧　育　　臣在。

王昭君　　送亲侯王龙亦应送回长安,请王皇后严加管教。

萧　育　　公主所言,明识大体,极是,极是!

阿婷洁　　我愿随往长安,一同待罪。

呼韩邪　　也好。

王昭君　　大公主,一路上,你要照顾左大将的身体。

　　　　　〔盈盈、苦伶仃上。

盈　盈　　娘娘,上回您看望过的那个受灾的老头儿还在等着您呢。

呼韩邪　　他要干什么? 不是阏氏已经送给了他粮食和衣服吗?

苦伶仃　　他要求昭君阏氏赏给他一点自己的东西。

王昭君　　(沉吟)我自己的东西? 我带来的东西都是汉宫的,如今这一
　　　　　切都是匈奴的。(摇头微笑)我这个阏氏是穷得什么都没
　　　　　有的。

苦伶仃　　他说您有,您有。

王昭君　　(忽然想起来)哦,是,我是有——可是我已经送给单于了。

呼韩邪　　什么东西,我的阏氏?

王昭君　　那床合欢被! 那是我做女儿的时候,在灯前月下,一寸寸织
　　　　　成,一针针绣成的,是我自己的。贤明的单于,您说该怎么办?

呼韩邪　　那还是看贤明的阏氏吧。

王昭君　　好。(对盈盈)盈盈,把合欢被拿来。

盈　盈　　是,娘娘。

　　　　　〔盈盈下,取合欢被上。

王昭君　　给他送去吧。

　　　　　〔盈盈捧被下,苦伶仃随下。

乌禅幕　吉日良辰,是单于晋封阏氏的时候了。请单于和阏氏殿下升坛。奏乐。

〔呼韩邪领着王昭君缓步登坛。

乌禅幕　请单于授刀。

呼韩邪　这是匈奴传世的"经路"宝刀,凭刀可以调动五万骑兵,多年来一向归玉人阏氏保管。现在,我把它交给你,我的阏氏。（交刀）

王昭君　昭君谨谢单于。

乌禅幕　请阏氏受封。

呼韩邪　（庄严地）我,匈奴第十四代单于,挛鞮、稽侯珊呼韩邪、若鞮撑犁孤突,亲往长安求婚,承天子洪恩,赐婚昭君公主。上下臣民,欢欣爱戴,塞内塞外,和悦安宁。今天晋庙祭告祖先,特册封昭君公主为宁胡阏氏!（对昭君贺喜）宁胡阏氏千岁,千千岁!

王昭君　宁胡阏氏昭君谢恩,谢恩。

呼韩邪　宁胡阏氏请起。

〔人群欢呼:"单于千岁!""宁胡阏氏千岁!""千千岁!"

〔苦伶仃上。

苦伶仃　真是稀罕的事情,神奇的事情!

呼韩邪　什么事情?

苦伶仃　飞了!

呼韩邪　什么飞了?

苦伶仃　那个苦老头子。他接过合欢被,忽然刷的一下变成一只金色的大雁,点了点头,腾的一下就飞了。

王昭君　合欢被呢?

盈　盈　那合欢被,一阵风把它吹起来,就忽悠忽悠地跟着那金色的大雁飞走了,飞上天去了!那不是,正在飞呢!那不是大雁?那不是合欢被?

少女们　（合唱）

　　　　　　　合欢被啊,真是神明,

　　　　　　　变成了一床仙被轻轻。

呼韩邪　（唱）

　　　　　　　像天那样大,广无垠!

王昭君　（唱）

　　　　　　　愿中原塞北,千秋万代,同此寒温!

合　唱　　　愿中原塞北,千秋万代,同此寒温!

　　　〔呼韩邪和王昭君向庙中走去。

　　　　　　　　　　　　　　　　　　　　　　　　——幕落

　　　　　　　　　　　　　　　　　　　　　　　　（全剧终）

注　释

①　本昆曲剧本是作者根据曹禺同名话剧改编的剧本。据北方昆曲剧院 1979
　　年 1 月复写本编入。

附录：

王 昭 君 _{（京剧剧本）}①

第 一 场

时间：汉竟宁元年（公元前三十三年）暮春清晨

地点：长安，汉长门宫侧的一个庭院里

〔姜夫人上。

姜夫人 （唱）

单于款塞朝天子，

长安丝管日纷纷，

深宫寂寂春如海，

晴窗日课教女箴。

〔戚戚、盈盈上。

盈　盈
戚　戚　迎接姜夫人！

姜夫人　怎么不见你们姑娘？

盈　盈　（指幕内）您瞧！昭君姑娘一句话也不说，半天了，倚着廊柱，

望着天上的大雁，池里的游鱼。

姜夫人　这孩子！

盈　盈　昭君姑娘，姜夫人来了！

〔戚戚与姜夫人奉茶。

68

〔王昭君上。

王昭君　（唱）

梨花淡淡柳丝黄，

朝钟夜漏日月长。

宫墙森森高三丈，

心随飞雁向北方！

姑姑来了！

姜夫人　昭君，我今天先开讲，然后有事要问你。昨天我讲到哪儿啦？

王昭君　您讲到"德言工容"了，姑姑。

姜夫人　对，今天讲"德言工容"。"德"就是女子的德行。你们要目不斜视，耳不旁听，口不乱问，心不乱想。如今，你在汉宫三年，这就更不同了，你总归是要见皇帝的人，要做万民之母，天下之后，要想，就想皇帝，想天子。

王昭君　天骤然暖了，花气更香了。

姜夫人　你这倔丫头！又在想什么？告诉我。

王昭君　没有想。姑姑，我什么都没有想。

盈　盈　姜大人，我陪昭君姑娘进宫三年了，我是天天替姑娘想着，怎么皇帝还不来呢？

〔隔壁传来歌声：

"北方有佳人，

遗世而独立……"

盈　盈　隔壁孙美人在唱呢。

王昭君　她唱得真好，就像个小姑娘似的。

盈　盈　小姑娘？她六十多岁了。她想了皇帝四十多年，都想成疯子了。

王昭君　在这墙里，好着，疯了，过起来都是很长的啊！

姜夫人　昭君，你是在胡思乱想了。我来问你，十天前你到掖庭令那里去了？

王昭君　去了。皇帝有旨，后宫人待诏等，愿到匈奴跟随单于的，都可以请行。

姜夫人　你自己向掖庭令请行去了？

王昭君　是。

姜夫人　你知道，跟着匈奴大单于去，就再也看不见长安，见不着姑姑了。

王昭君　知道。

姜夫人　你这个活冤孽！你不能去呀！

（唱）

　　　　你和别人不一样，

　　　　落生时满屋喷香。

　　　　算命的说你有异相，

　　　　天注定要当皇后做娘娘。

　　　　我的儿再不要胡思乱想，

　　　　万不能和亲出塞到远方。

王昭君　登上昆仑望四方，奔腾浩荡心飞扬。

姜夫人　这是谁的话？

王昭君　屈原。

姜夫人　屈原？

王昭君　大鹏乘风飞上天，一飞就是九万里。

姜夫人　这又是谁的话？

王昭君　庄子。

姜夫人　啊呀，什么屈原，庄子，都是疯子！也怪我找人教你读了书，都读成糊涂虫了。你快去，找掖庭令收回帖子。

王昭君　姑姑呀！

（唱）

　　　　富贵非我愿，

　　　　帝乡不可留。

　　　　我愿化鸿鹄，

　　　　长作逍遥游。

挥手自兹去,

再也不回头!

姜夫人　怎么,你不听我的话,你这狠心的孩子!我一定要你当"美人",看看谁厉害,是你,还是我!(怒下)

盈　盈　昭君姑娘,您真的要走吗?

王昭君　真的要去。盈盈,你把箜篌弹起来。我要唱一个歌。

盈　盈　唱什么?

王昭君　《长相知》。

盈　盈　《长相知》?这是民间的情歌,叫掌刑太监听见要杀头的。

〔戚戚暗下。

王昭君　你不要管。(自弹自唱起来)

上邪!

我欲与君长相知,

长命毋绝衰。

……(划然而止,掩面哭泣)

盈　盈　昭君姑娘,你怎么了?

王昭君　我在想守边塞的爹爹,想我那屈死的母亲。

盈　盈　您的双亲不是早已亡故了吗?

王昭君　他们新婚不到一月,爹爹守边一去就是十年,母亲总是望着北方唱着这支歌,她说要等爹爹八十年。突然爹爹的死讯传来了,母亲便毅然离开我寻了短见。可是普天下有多少男子仍旧跟着兵车,年年守边。听人都说塞外的人想和好,塞内的人也想和好,可这事太难,要人去做。我此去权当替我死去的爹爹守边。

盈　盈　可您是女孩儿,做不成啊!

王昭君　成,能成。

〔戚戚慌慌张张走上。

戚　戚　不好了,孙美人向我们这边来了。怎么办?

王昭君　那有什么,她出来看看,不好吗?

盈　盈　可她是疯子。

王昭君　迎接她。

盈　盈　(跪)迎接孙美人。
戚　戚

王昭君　接美人。

〔孙美人上。

王昭君　孙美人,让我扶着您吧。

孙美人　春水碧如天,水映如花面。

戚　戚　她在干什么?

盈　盈　傻子,她在照呢。

孙美人　这是——

王昭君　水里的花。

孙美人　不对。

王昭君　是您,孙美人。

孙美人　聪明的姑娘,你十几了?

王昭君　十九了。

孙美人　几月的生日?

王昭君　五月。

孙美人　那你还是我的姐姐呢。你很美,很好看,也是一个很好的姑娘
　　　　呢。你看,柳絮! 杨花! 多么轻的杨花呀! (向空中轻轻扑
　　　　捉着)

王昭君　她真是一个很好看的美人呢!

盈　盈　从前她明白的时候,总说她母亲梦见日头扑在怀里,才生下她
　　　　来。选进了后宫,全家都说她定要当皇后,她天天梦着万岁召
　　　　见她,天天打扮得这样好,五十多年了。

王昭君　噢,五十多年了! ……

戚　戚　我来和她开个玩笑:"万岁到了,美人接驾!"

盈　盈　哎呀,你真惹事! 这可怎么办?

孙美人　是万岁来了吗!

王昭君　　是,孙美人。

孙美人　　万岁在哪里?

王昭君　　在前面——昭阳殿。

孙美人　　候着我吗?

王昭君　　是候着。

孙美人　　那就快吧,快快,我要打扮。好姑娘,我的青铜镜呢?

王昭君　　这里,孙美人。

孙美人　　后面照。

王昭君　　是,孙美人。

孙美人　　左面照。

王昭君　　是,孙美人。

孙美人　　右面照。

王昭君　　是,孙美人。

孙美人　　发髻够高吗?

王昭君　　好,高得很。

孙美人　　衣袖够宽吗?

王昭君　　宽,宽得都拖到地了。

孙美人　　我的玉搔头呢?

王昭君　　这里。(从自己头上取下来送给孙美人,孙美人没接住,落地
　　　　　摔断了)

孙美人　　(空手往发髻上插簪)好看,我的双明珠呢?

王昭君　　(一摸自己耳上没有)您戴上了,孙美人。

孙美人　　好看,陛下赐给我的金跳脱呢?

王昭君　　您腕上戴着,响当当的不是吗?

孙美人　　陛下赐给我的蕙香囊呢?

王昭君　　您挂着呢。

孙美人　　我的双鸳鸯呢?

王昭君　　您系着呢。

孙美人　　我的红罗裳呢?

王昭君　这不是么？（指孙美人的身上）

孙美人　这不是，这不是呀！

王昭君　戚戚，把我的红罗裳找出来。

　　　　〔戚戚应下。

　　　　〔盈盈急下。

孙美人　怎么办？怎么办？

王昭君　来得及，莫要慌！

　　　　〔戚戚捧衣上，帮孙美人穿上。

　　　　〔盈盈急上。

盈　盈　昭君姑娘，真的是皇帝宣召她来了。

王昭君　什么，真的宣召她了？

盈　盈　说是先皇帝给当今的皇帝托了梦，说他在坟墓里寂寞得很，要从前的美人去陪伴。

王昭君　去陪伴死了的皇帝？

盈　盈　是的。进宫一辈子没见过皇帝，这下可真的被皇帝叫去了！

王昭君　孙美人，你！……

　　　　〔一年老黄门，后随一名宫女拿着衣包和琵琶上。

宫　女　请孙美人登辇。

孙美人　皇帝在等着吗？

王昭君　等着呢。

孙美人　好心肠的姑娘，我在皇帝面前忘不了你。我要走了。（将琵琶交给王昭君）

　　　　〔王昭君呆若木鸡。

宫　女　请孙美人登辇。

　　　　〔盈盈陪孙美人下。后随年老黄门和宫女。

戚　戚　到哪里？

宫　女　到皇陵去。（下）

戚　戚　到老皇帝的坟墓去了？！……

王昭君　呀！

（唱）

朝朝开明镜，

夜夜点红灯。

日日盼君君不至，

可怜白发暗中生。

人言汉宫是仙境，

却原来是黄金铸就的地狱门。

美人香魂归何处？

琵琶十指有余温。

此情此景动魄惊心！

怎不叫人费沉吟，叫人费沉吟！

〔正门大开，姜夫人捧着一套"美人"的宫服，兴冲冲走上。后跟一大黄门，拿着黄绫。宫女随上。笙管齐奏。

姜夫人　好了，我的孩子，黄门令准了你是"美人"了。这是皇帝封的，快接封吧。

大黄门　王美人接封。

宫　女　王美人，大喜。（跪）

戚　戚　王美人！（跪）

姜夫人　去呀，我的孩子，戴上黄绫，叩头谢恩！

〔门外哭泣声，盈盈满面悲泣，上。

王昭君　怎么啦？

盈　盈　孙美人她——

王昭君　她怎么了？

盈　盈　她死了！她一上车，欢喜过度，一下子就断气了。

王昭君　哦。

〔王昭君低头拾起断玉簪。

姜夫人　你拿着断了的玉簪干什么？快叩头接封，皇恩浩荡啊！

〔鼓乐齐鸣，小黄门提香炉，老黄门捧圣旨上。

〔有人喊："圣旨下！"

老黄门　接旨！

〔大家跪下。

老黄门　"胡汉和好，天地同春。单于朝贺求亲，良家子王昭君自愿请
　　　　行。王昭君德行昌懋，可为单于阏氏备选，即令上殿陛见。"
　　　　姜夫人，您大喜了，王姑娘，叩头接旨吧。

姜夫人　老哥哥，我们王姑娘，皇上已封她"美人"了，她是天子的臣
　　　　妾，不能接旨了。

老黄门　怎么？

姜夫人　昭君，跪下，快接封！

大黄门　接封吧！

宫女等　（跪）王美人！

姜夫人　孩子，我那听话的儿啊！

王昭君　来了！（走向老黄门，跪）

　　　　（唱）

　　　　　　　良家子王昭君奉诏接旨，

　　　　　　　整容颜，理衣裾，匀素面，提金履，

　　　　　　　姗姗细步，棣棣威仪！

　　　　　　　正正当当堂堂皇皇走出去，

　　　　　　　建章宫朝天子，去见单于。

〔姜夫人颓然坐地。

——幕落

第　二　场

时间： 前场午后

地点： 建章宫便殿

〔幕启:汉礼官上。

汉礼官　匈奴大单于驾到!

〔众官女出迎。

〔呼韩邪单于上,乌禅幕、温敦、苦伶仃随上。

呼韩邪　(唱)

汉天子授匈奴无限光宠,

未央宫朝圣驾赞拜不名。

胡汉和好成姻眷,

千秋万岁沐春风。

苦伶仃,长安的美酒没有把你醉倒吗?

苦伶仃　单于的酒量惊呆了天子,老奴的酒量吓倒了马夫。

呼韩邪　温敦,我的内弟,你怎么脸上总是挂着一层严霜啊?

温　敦　大单于,请你向北站,让我行匈奴大礼。天地所生,日月所置,

呼韩邪大单于好!(行礼)

呼韩邪　你这是干什么?为什么给我念那么多头衔?

温　敦　我怕您忘了。

乌禅幕　温敦!

呼韩邪　有话,你就讲出来吧。

温　敦　大单于!

(唱)

咱匈奴天似穹庐笼盖大地,

匈奴人全都是巴图勇士。

你本是天地所生,日月所置,

当什么汉家女婿,低头屈膝!

呼韩邪　(唱)

阴山也有雪化时,

为什么你拳拳一念似岩石?

怎能忘我匈奴战乱多年,赤地千里,

怎能忘汉天子接济粮草相扶持。

龙廷会长老贵人同计议，

附汉廷求和亲众口一词。

我与汉使诺水东山曾盟誓，

俯民情顺天意怎说屈膝？

温　敦　（唱）

匈奴人长刀大箭是生计，

"汉匈一家"草头露水能几时！

切莫受汉家的羁縻，

切莫娶汉家的女人做阏氏！

呼韩邪　温敦，你来到天子朝廷上，还存着这样的念头，你疯了！

乌禅幕　饶恕他吧，是我没有把他管教好。

呼韩邪　温敦，匈奴人和汉人是手足，是兄弟，要娶汉家的公主做阏氏，这是不能更改的。乌禅幕老侯爷，我的心腹老臣，我和你故去的女儿玉人阏氏是患难夫妻，我对她永世不忘，对你乌禅幕一家的赫赫功劳，也永世不忘。我向上天起誓，玉人永远在我心里。老侯爷，你就是我的父亲，你，温敦，就是我的兄弟。

乌禅幕　（跪）谢单于深恩！

温　敦　（跟着跪下）温敦无可报答，只有一颗忠心。

呼韩邪　起来，（扶乌禅幕）快快起来。

〔萧育上。

萧　育　大单于，天子要驾临建章宫，再次赐见单于，已离凤阙不远。

呼韩邪　天子光宠过甚了。（向乌禅幕）你们随我迎接天子。

〔呼韩邪、萧育、乌禅幕下。

〔休勒上。

休　勒　小侯爷，你吩咐我办的事，我已经办好了。

温　敦　什么？

休　勒　我的人在鸡鹿寨关市上，把汉家的商队抢了。

温　敦　我们的人落到汉人手里没有？

休　勒　我那两个儿子带着骑兵，像一阵狂风来无影，去无踪。

温　敦　好,看看呼韩邪怎样讨他岳父的欢心吧!

〔休勒下。

〔钟鼓乐声大作,汉元帝和呼韩邪单于上。后随萧育、王龙及
　黄门。

元　帝　(对黄门)止乐。

王　龙　天子赐见诸侯王,照例当奏大乐。

元　帝　朕要和单于在幽静的地方再叙一叙。

萧　育　吩咐止乐。

〔乐声止。

元　帝　呼韩邪单于,请登胡床吧。

呼韩邪　臣谨谢。(坐)

元　帝　单于,十八年前,我们在长安,畅游聚首了多次,你还记得吗?

呼韩邪　那时陛下还未继承大位。臣很荣幸,和陛下在太子宫中饮酒
　　　　高歌了几个长夜。

元　帝　岁月如流,朕还没有忘记你的嘹亮的歌声。

呼韩邪　臣在匈奴的战伐之中,也常想起陛下吹的洞箫,真是人间仙
　　　　乐。苦伶仃!

〔苦伶仃走上,跪呈一支胡管。

呼韩邪　这是臣家中传世之宝,一支……

元　帝　胡管。精美极了,一定能吹出天籁一般的音乐!好,单于,我
　　　　也送你一件礼物。希望这礼物能给你带来幸福,给匈奴带来
　　　　安宁。

呼韩邪　哦,有这样神奇的礼物吗?

元　帝　(对萧育)传吧。

〔官乐飘飘,官娥仪仗迤逦摆开。

〔王昭君上。丰容靓饰,光明汉宫,顾影徘徊,竦动左右。

王昭君　(唱)

　　　　　　才离了梨花院,屏风斗帐,

　　　　　　又来到建章宫,百尺高堂。

行过了复道回廊,阿阁绮窗,

霎时间人间天上,金碧辉煌。

乱纷纷笙箫响,亮晶晶仙仪仗。

黑压压文臣武将,贵戚侯王。

六宫粉黛搴帘将我偷眼望,

我怎能怯生生,虚恍恍,意张惶?

羽翚下坐的是匈奴的单于,汉朝的皇上,

我淡淡装,天然样,就是这样一个汉家姑娘。

婷婷款款,来见君王。

〔王昭君风韵万千,吸摄着一朝上下的眼神。

王昭君　（跪拜）后宫王昭君朝见天子陛下,天子万岁,万万岁!

萧　育　请贵人仰望天子。

王昭君　遵命。（抬头仰望）

〔天子、单于大惊愕,半晌。

元　帝
呼韩邪　哦!

苦伶仃　（旁白)

满朝上下,

变成了庙里的泥胎,

皇帝和单于,

全部发了呆。

鱼沉水,

花羞败,

天上地下,

只有一个女人的眼睛

在发着光彩。

萧　育　贵人朝见大单于殿下。

王昭君　后宫王昭君觐见大单于殿下,千岁,千千岁!

呼韩邪　（自语）眼前忽然一亮,仿佛在哪里见过,这眉眼,这模样。在

80

梦里？在家乡？

元　帝　汉宫中居然有这样美玉，真美，美得像音乐一样。

温　敦　我恨这女人，恨得牙痒！

元　帝　平身。

王昭君　谢天子。

萧　育　下面还有备选的美人，叫她们上殿吗？陛下。

元　帝　不，不用了。

萧　育　大单于呢？

呼韩邪　不，不，就依天子陛下吧。

元　帝　好，你为我们唱一段朕所谱写的《鹿鸣之曲》，来欢祝单于吧。

王昭君　后宫王昭君万死，昭君没有学过。

元　帝　哦？

王昭君　臣昭君愿唱一支比《鹿鸣》还要尽意的歌子。

　　　　〔举朝震惊。

元　帝　什么？

王昭君　《长相知》。

王　龙　大胆！这是乡俚下民的情歌，怎能亵渎圣听！

元　帝　《长相知》，这是什么东西？

王昭君　就是《长相知》，陛下愿听吗？

萧　育　这个姑娘简直是出人意外。

元　帝　（被王昭君雍容自若的态度所吸住，笑着）好，你唱吧。下面
　　　　有人伴奏吗？

　　　　〔殿下无人回答。

苦伶仃　（走出跪下）老奴苦伶仃愿试一试。

王　龙　（抗议地）陛下！

元　帝　（温和地）让她唱。

　　　　〔苦伶仃拿出胡管吹奏。

王昭君　（唱）

　　　　　　上邪！

　　　　　　我欲与君长相知，

　　　　　　长命勿绝衰。

　　　　　　山无陵，江水为竭，

　　　　　　冬雷震震，夏雨雪，

　　　　　　天地合，乃敢与君绝。

　　　　　　长相知啊，长相知。（唱毕跪拜）

元　帝　唱得好，真唱得好。平身。

王昭君　谢陛下。

元　帝　但是你不觉得你有罪吗？

王昭君　（又跪）昭君死罪。昭君没有逢迎圣意，没有歌唱陛下的御
　　　　作，昭君死罪。

元　帝　不是。你在这样的嘉宾面前，唱起这样儿女的情歌，不是失礼
　　　　了吗？

王　龙　王昭君应即交付掖庭治罪。

王昭君　陛下能容臣昭君一言不？

元　帝　好，你说。

王昭君　这样的话是要站着说的。

元　帝　好，你就站着说。

王昭君　臣昭君谨谢！（立起来，侃侃而谈）礼发于诚，声发于心，行出
　　　　于义。于今汉匈一家，情同兄弟。理应长命相知，天长地久。
　　　　长相知，不相疑；不相疑，才能长相知。长相知，长不断，此乃
　　　　是陛下与单于之深情，亦即匈汉百姓之深情。长相知啊长相
　　　　知，这岂是区区男女之情，碌碌儿女之情哉！

元　帝　好，好！

呼韩邪　陛下，真是说得好极了。

元　帝　（对苦伶仃）可你怎么会吹这个调子呢？

苦伶仃　启奏天子，塞上胡汉百姓，都会唱这支歌子。

元　帝　哦，原来这是胡汉的心声。

　　　　〔一老黄门执羽书上。

黄　门　启奏陛下,鸡鹿寨关市被匈奴骑马抢劫一空!

呼韩邪　啊?!

〔黄门将羽书上交萧育。

萧　育　(念羽书)鸡鹿寨都尉陈昌等急奏天子陛下……

元　帝　不要念了。(忽然立起,对王昭君)你刚才说什么"相疑相知",是怎么讲的?

王昭君　长相知,不相疑;不相疑,才能长相知。

元　帝　(对呼韩邪)对呀,不相疑,才能长相知。匈奴刚刚太平,难免有不臣之徒找一点麻烦,趁单于在长安之际,给你难堪。朕虽不德,能够上这样的当吗?

呼韩邪　臣惶恐,臣定要彻查此事。

元　帝　不说这些了吧。(对萧育)这就是单于未来的阏氏吗?

萧　育　就看大单于的心意了。

呼韩邪　臣感谢天子。

元　帝　恭贺单于,万福吉祥。单于的阏氏,吉祥如意。

温　敦　启奏陛下,温敦该死,不知我们的新阏氏是天子的哪家公主?

元　帝　(转身对王昭君)王昭君听封。

王昭君　臣王昭君在。

元　帝　汉天子刘奭,御封王昭君为昭君公主。佩紫绶金印,鸾旗凤辇,仪同汉朝王妃。

王昭君　王昭君恭谢圣恩!

元　帝　萧育、王龙听旨。

萧　育
王　龙　在。

元　帝　萧育是辅弼大臣,太傅萧望之之子,明习边事,累建功勋,兹命萧育持节匈奴,为汉天子送亲正使,并将匈奴所需丝棉、铁器、粮食、文物,送往龙廷,作为昭君嫁妆。

萧　育　臣领旨。

元　帝　王龙是朕王皇后幼弟,汉家国舅。现封王龙为昭君之兄,晋封

"送亲侯"，并作萧育副使。

王　龙　……

元　帝　请单于、昭君公主更衣，即往未央宫举行大礼。请！

〔全朝上下欢呼："单于和亲，千秋万岁！"

〔乐声大作。

〔呼韩邪、王昭君拜元帝。

〔元帝下。呼韩邪、王昭君下。

〔余人渐下。

〔乐声不断。

——幕落

第　三　场

时间：前场三月以后，夏天的傍晚

地点：大草原。呼韩邪单于的行殿——华丽的毡幕外边

〔幕启：姜夫人、盈盈、苦伶仃坐在地上。

〔王龙提马鞭上。

王　龙　（念）

来到草原三月，

盼到吉日良辰。

昭君即将晋庙，

龙廷歌舞纷纷。

有请昭君公主。

盈　盈　娘娘到海子边去了。

王　龙　明天，昭君公主就要进匈奴的祖庙了，龙廷上下都在庆贺，她
　　　　到海子边干什么？

盈　盈　从远方来了一群牧民,受了天灾,昭君娘娘去看看他们。

王　龙　她一个人?

盈　盈　阿婷洁大公主陪她去的。

王　龙　谁?

盈　盈　单于的亲妹妹,温敦侯爷的夫人。

王　龙　怎么去的?

盈　盈　骑马。

王　龙　什么?骑马?汉朝的公主骑马?

盈　盈　不骑马,还坐汉朝的牛车吗?

王　龙　夫人,你为什么不拦?

姜夫人　娘娘说,她自己要想想了。

王　龙　她想什么?她会想什么?她现在脸上搽上一种红不溜丢的东
　　　　西,那叫……

盈　盈　那叫胭脂。

王　龙　汉朝的贵妇人什么时候搽过这种东西?谁教她的?

苦伶仃　是我,苦伶仃。

王　龙　这是谁,干什么的?

苦伶仃　我会喝酒,会唱歌;我会熏狐狸,挖田鼠;我会吹掉眼睛里的沙
　　　　子,会说蒺藜一样的真话。

盈　盈　他叫苦伶仃,单于最爱的老奴,是单于特意派来伺候娘娘的。

王　龙　是你教的?

苦伶仃　爱美是女人的天赋。我只是把胭脂递给娘娘,她自己就搽
　　　　上了。

王　龙　(对姜夫人)你怎么不拦?(发现姜夫人也擦了胭脂)你,你也
　　　　搽了胭脂?你们都搽了?

姜夫人　老妾倒也觉得这不很难看。

王　龙　什么?吩咐所有从长安来的汉家宫女一起洗脸!把胭脂
　　　　洗掉!

姜夫人　老妾遵命。

王　龙　本侯制定的后帐礼则,你都记得么?

姜夫人　(背书一样的)要老妾随时提醒昭君公主要保持汉廷的威仪,不食胡食,不穿胡衣,不习胡语。

王　龙　和单于相会呢?

姜夫人　先通知胡汉礼官。阏氏诏"可",奏鼓吹乐,三次更衣,四次奉茶。单于进,奉汉食三次。阏氏坐于南,单于坐于北。阏氏四次更衣,奏"雅乐"。宫漏三下,奏"安室乐"。单于出牙帐,奏"燕乐"。进后帐奏"小胡乐",五次更衣,奏细乐。礼官高呼:"全宫安静,阏氏进帐,单于进帐了——!"

苦伶仃　我的祖宗! 哎哟! 这一夜,可真把我们单于折腾够了。

王　龙　你按照这样办了没有?

姜夫人　老妾就行了一次。

王　龙　什么? 一次?

姜夫人　以后,单于就再也不来了。

王　龙　不来也好嘛。

姜夫人　以后就废了。

王　龙　废了?

姜夫人　这是萧正使的谕告。

王　龙　你,你们究竟听谁的? 听一个小小正使的,还是听送亲侯的? 你们说!

盈　盈　您是副使。

　　　　〔戚戚引萧育上,身后侍从持节旄。

戚　戚　萧正使到!

　　　　〔戚戚、苦伶仃下。

王　龙　萧正使。

萧　育　送亲侯,姜夫人,我问你们一句话,从长安启程,三个月来,昭君阏氏的心境如何?

姜夫人　……唉!

盈　盈　第一个月,娘娘有说有笑;第二个月,娘娘不苟言笑;第三个

86

月,娘娘不言不笑。

萧　育　哦?!

盈　盈　您问送亲侯。

萧　育　送亲,送亲,送得昭君公主这样的不安,我们为臣的,不觉得于心有愧吗?

王　龙　小侯只知振大汉之天威,不能顾儿女的私情。

萧　育　送亲侯!

　　　　(唱)

　　　　　　　单于阏氏相欢好,

　　　　　　　万民安乐端赖之,

　　　　　　　这不是区区小事,

　　　　　　　怎说是儿女之私。

王　龙　老大人,这一套和亲的大道理,我不明白是对谁说的?

萧　育　王大人!

　　　　(唱)

　　　　　　　塞下春来风景异,

　　　　　　　关市重开,百货如山积。

　　　　　　　中原文化进大漠,

　　　　　　　胡人纷纷习耕织。

　　　　　　　这和睦交流得来非容易,

　　　　　　　失慎毁之在旦夕。

　　　　　　　昭君长住在草地,

　　　　　　　抵多少持节的使臣,防边的将士,

　　　　　　　她是龙廷一帜汉旌旗。

　　　　　　　为臣者就该当战战兢兢,

　　　　　　　怎能够少检点放肆恣睢。

王　龙　莫非要抛却了汉家的规矩。

萧　育　(唱)

　　　　　　　奉天子圣谕!

到匈奴要入境问俗,切合时宜。

王　龙　萧大人,你大权在握,一切由你。回了朝廷,我要面奏天子。

萧　育　请奏。

　　　　〔匈奴卫士高呼:"国舅骨突侯温敦侯爷驾到!"

　　　　〔温敦上,苦伶仃暗上。

温　敦　哦,正使大人。阏氏就要加封晋庙,龙廷大宴三日,您二位怎
　　　　么不去喝酒啊?

萧　育　我们到后帐为昭君阏氏叩喜。

温　敦　呼韩邪单于请正使大人到前面草滩,看看单于送给朝廷的
　　　　好马。

萧　育　多谢传旨。(下)

温　敦　萧正使真是大臣风度,走起路来,一步一步,都显出中原文
　　　　化来。

王　龙　什么中原文化,一个老木头橛子! 温敦侯爷,昨天你说单于背
　　　　后对我不恭敬,那是怎么一回事?

温　敦　龙廷的事,是不许乱说的。

王　龙　难道我们不是无话不说的亲兄弟吗?

温　敦　那要看什么话。

苦伶仃　这下,上了笼头了!

温　敦　(踢了苦伶仃一脚)滚! 老东西,不挨打,你就不舒服。

苦伶仃　是喽,我要走了,我长了一对多余的耳朵。(摇晃着下)

王　龙　温敦侯爷,你还是不肯说,不肯相信我吗?

温　敦　不,不能说,说了您会生气,我也会生气。

王　龙　你说,你说! 我不生气。

温　敦　(唱)

　　　　　　他说是王皇后住在昭阳院,

　　　　　　你是她枕边讨来的裙带官。

　　　　　　只懂得斗鸡走狗,踢球打弹,

　　　　　　你是个少年新贵事理全不谙。

　　　　　　　你是个臭羊头,烹不烂。

　　　　　　　送亲侯值不得半片牛粪干。

王　　龙　他目无朝廷,欺人太甚! 竟敢辱骂天子派来的人! 我真后悔,
　　　　　当初在长安,没有扣押他!

温　　敦　(唱)

　　　　　　　扣押他只恐怕难成罪案。

王　　龙　他纵容部下抢了关市,至今仍未查清!

温　　敦　(唱)

　　　　　　　为什么葫芦提放虎归山?

王　　龙　天子失策哇!

温　　敦　(唱)

　　　　　　　满朝中只您一人有远见……

王　　龙　怎么,他还有什么非分之念?

温　　敦　(欲言又止,唱)

　　　　　　　……他,他,他是我头上一重天。

王　　龙　你说,别害怕,有我哪!

温　　敦　(唱)

　　　　　　　待不说,对不起天子恩眷,

　　　　　　　若说了,谁信我远域孤忠一寸丹!

王　　龙　你对我说,就跟对天子说一样!

温　　敦　(唱)

　　　　　　　送亲侯,你来看——

王　　龙　那是一片马群,不是要送往长安的吗?

温　　敦　(唱)

　　　　　　　哪里是诚心奉献,

　　　　　　　暗地里埋俏藏奸,

　　　　　　　这是些能征战马筋骨健,

　　　　　　　他待要倾巢穴,犯中原。

王　　龙　多少人马?

温　敦　（唱）

　　　　　不下五万；

王　龙　几时兴兵？

温　敦　（唱）

　　　　　只待秋高马力全。

王　龙　好，一边是天子，一边是单于，你站在哪一边？

温　敦　（唱）

　　　　　我若是心存二念，

　　　　　怎能够沥胆披肝。

王　龙　到时候？……

温　敦　（唱）

　　　　　呼韩邪一朝发难，

　　　　　我不能袖手旁观。

王　龙　你怎样对付呼韩邪？

温　敦　（唱）

　　　　　五尺钢刀光湛湛，

　　　　　欲为君王斩楼兰！

王　龙　温敦侯爷，你真是一位豪杰！事若成功，我一定禀奏天子，将
　　　　有意想不到的大位，等着你呢！

温　敦　（一鞠到地，唱）

　　　　　愿效忠汉天子死而无怨，

王　龙　（扶起温敦，唱）

　　　　　你真是汉家的塞上坚关。

温　敦　（唱）

　　　　　远臣今夜洁杯盏，

　　　　　旋割驼峰炙马肝。

　　　　　胡舞婆娑歌曼曼，

　　　　　专等王侯醉一番。

王　龙　我一定去！告辞了！（下）

温　敦　恭送天子国舅！

〔休勒暗上。

休　勒　侯爷，你把话说得太满了，万一漏了底……

温　敦　把谎堆成山，不相信，也会疑心。王龙是汉朝皇帝的小舅子，用他的嘴替我说话，十句里只要皇帝听一句，呼韩邪的日子就不好过。（阴沉地）可是，长安派来的这个女人是不好对付的。

休　勒　王昭君吗？

温　敦　她在呼韩邪身边，汉朝就不会疑心呼韩邪。一定得把她从单于身边赶开。

休　勒　可她就要受封晋庙，真正做匈奴龙廷的阏氏了。

温　敦　不！不能！决不能！只要长安不再信任呼韩邪，我就可以把他干掉。五年之后，我的马头就要指向长安了。（抽出宝刀）刀！我的宝刀！你就是兵权，有了你，我就可以调动匈奴的骑兵，有了你，我就可以夺取龙廷！

休　勒　我手下还有两千兵马，誓死为你效忠！

乌禅幕　（内白）好恼！（上）

怒火难压，

好叫人胸气炸，胸气炸！

休　勒　老侯爷，您今天怎么了？

乌禅幕　你做的好事，

有人告发。

你挑唆孩儿们抢了关市，

斑斑罪证须非假。

休　勒　老侯爷，这件事……

温　敦　爹爹，休勒不是这样的人。

休　勒　老侯爷，我可以对天盟誓，您要不信，（撕开自己的前襟）这是亮堂堂的心！我可以一刀刺进去，死给您看！

乌禅幕　（掏出一把尖刀扔在休勒面前）你现在就死给我看！

〔沉默。

休　勒　（畏葸地）老侯爷！

乌禅幕　死给我看，往下扎！

温　敦　爹爹，让他活着，他是儿子得力的人。

乌禅幕　你是窝醉马草，

　　　　你是个祸害的根芽！

　　　　〔夺过休勒手中的刀，对准他，就要扎下去。

休　勒　老侯爷，饶命！

温　敦　爹，（拦住乌禅幕）爹，有话好说。（夺过尖刀）

乌禅幕　来人，把他押下去！

　　　　〔卫士们上，押住休勒。

休　勒　（一面走，一面回头）老侯爷，老侯爷！（下）

　　　　〔乌禅幕气得坐在墩上，沉默不语。

温　敦　爹爹！

乌禅幕　（忽然立起）你怎么做出这样的事，这样的不要脸！

温　敦　爹爹，你对儿子说的是什么？

乌禅幕　你是主谋，他是从犯。没有你的命令，他不敢！

温　敦　爹爹，斧子再快，不能往自己的木把上砍。

乌禅幕　你说实话！要不然你活不到太阳出山！

温　敦　我就是贪，抢惯了，不愿意拿东西换。

乌禅幕　你知道那时候单于在长安吗？

温　敦　……

乌禅幕　我的马群里怎么出了这样一只疯骆驼！我恨不得这一
　　　　拳！——（猛然对温敦狠击一拳）

温　敦　小时候我挨惯了你的打；你现在要打死我，只怕有点难！

乌禅幕　我要亲口告诉单于，你是主犯！

温　敦　你真的那样爱你的女婿，呼韩邪大单于？你把我最聪明的姐
　　　　姐嫁给他，把全部家业供给他买刀买马，你的两个儿子都为他
　　　　战死了，告诉我，这是为了什么？

乌禅幕　因为他是一个好太子。

温　敦　他得到什么？

乌禅幕　匈奴的龙廷。

温　敦　我们呢？

乌禅幕　牛羊健壮,草原上飘着奶茶香,匈奴人不用再去打乱仗,我可
　　　　以闭眼睛入土安葬。

温　敦　可我得到了什么？

乌禅幕　刀痕横在脸上,是你的战功,是你的光荣,单于封你为左大将。

温　敦　这在龙廷里,数不上!

乌禅幕　你别忘了单于对我们全家的恩宠和信赖!

温　敦　信赖、恩宠,这已经是秋天的萤火虫,你的女儿死了,没有人拴
　　　　住他的心,他的心给了别人。现在他依靠的是汉人,不是
　　　　我们。

乌禅幕　你究竟想什么？ 你说! 我不能让你毁了我乌禅幕全家:我要,
　　　　我要——

温　敦　你要向呼韩邪去告发？ 去吧,告发你的亲生儿子;告发去吧!
　　　　我不怕死! 爹,我死了,你就是一个孤老头子了。想想吧;你
　　　　活得下去吗？
　　　　〔外面高喊:"单于圣驾到!"
　　　　〔呼韩邪上,后随卫士。

呼韩邪　(对乌禅幕)我已经告诉萧育正使,把抢关市的人捉住了。
　　　　(望见温敦)哦! 你也在这里。

乌禅幕　那就要告诉萧育正使,我们如何发落了。

呼韩邪　是的。(对温敦)你在一旁听着吧。

乌禅幕　传休勒。
　　　　〔卫士押休勒上。

休　勒　单于,大单于,撑犁骨突单于!

呼韩邪　你的孩子们干的事,你知道吗？

休　勒　休勒不知道。

乌禅幕　你撒谎,传犯人!

〔卫士们推拥两个捆绑着的年轻匈奴贵族上,苦伶仃随上。

二贵族　叩见单于。

乌禅幕　(对犯人)你们认识他吗?

二贵族　爸爸,我的爸爸!

休　勒　你们——

一贵族　爸爸,我们招了。

另贵族　爸爸,我们承认了。

二贵族　我们抢了关市。

休　勒　跪下,求单于饶命。

呼韩邪　抢关市的人,照例应该如何?

乌禅幕　按照龙廷大法,应该杀头。

二贵族　爸爸,爸爸!

呼韩邪　拉下去,斩。

休　勒　斩!

二贵族　爸爸,救我们,救救我们啦!

〔卫士一拥而上,押住他们。

二贵族　爸爸,爸爸!

休　勒　(一拳将其子打昏)你这狼心狗肺,对不起单于的东西!

〔卫士拖休勒二子下。

苦伶仃　九月草黄,十月围场,射中狐兔,放走豺狼。

呼韩邪　苦伶仃,你住嘴。(向帐外)斩!

乌禅幕　(内心十分矛盾)单于,这件事就这样完了吗?

温　敦　(止住他)爹爹!

呼韩邪　就这样完了。

乌禅幕　就这样禀报天子吗?

呼韩邪　就这样禀报。不要再问下去了。告诉他们,斩!

〔传来鼓号声,卫士上。

卫　士　启奏单于,已经正法。

呼韩邪　休勒,你要好好教训你的家里人。你听懂了吗?

休　勒　（跪下）叩谢单于的大恩大德，休勒永远不忘。

呼韩邪　（对乌禅幕）告诉萧正使，抢劫关市一案犯人已经正法，请他
　　　　上报长安。

乌禅幕　是。单于，老臣有一个请求。

呼韩邪　老侯爷请讲。

乌禅幕　现在汉胡和好，天下太平，左大将的兵权应该收归龙廷。（目
　　　　视温敦）左大将温敦应该立刻交兵。

　　　　〔温敦大吃一惊，乌禅幕紧紧盯视着他。

呼韩邪　（看一看他们父子，沉吟一下）老侯爷说的很对。左大将温
　　　　敦，让我们共享太平吧。

温　敦　温敦早有此心。（解下宝刀双手呈献）这是调兵的宝刀，应该
　　　　交给单于的新阏氏掌管。

呼韩邪　左大将温敦，你随我血战多年，功劳很大，现封你为右谷蠡王，
　　　　加管阴山右方草地。

乌禅幕　您对他恩宠太深了。

呼韩邪　老侯爷，草地上有我，便有你们一家。

乌禅幕　单于，您对我们全家的爱护，我至死不忘。温敦，谢恩，跪下！

温　敦　（跪下）单于千岁，千岁，千千岁！

呼韩邪　我有点不大舒服。

温　敦　速传医官！

呼韩邪　不用。（对所有的人）你们去吧，我想歇一歇。

　　　　〔乌禅幕父子、休勒、卫士退下。

苦伶仃　单于，您不好过吗？

呼韩邪　我这里（指胸）有一点闷。

苦伶仃　单于，您做错了一件事。

呼韩邪　我，知，道。

　　　　（唱）

　　　　　　我怎能绝恩义动大法，

　　　　　　我怎能穷根究底苦追查。

他是玉人阏氏亲手养大，

他是老侯爷后代根芽。

苦伶仃 我是个小丑，只能陪您解闷谈天说笑话，可是我怕您救的是一条蛇，它长着毒牙。

呼韩邪 （唱）

若查出抢关市是我宠臣姻娅，

你叫我怎样驰书报汉家，

天子闻知怎能不疑心惊讶，

怕不会装聋作哑留中不发。

那时候我纵有千口难说话，

胡汉一家也难免白璧微瑕。

苦伶仃 汉天子不是说过"既相知，不相疑"吗？

呼韩邪 （唱）

你是个奴家心无私假，

解不到朝廷事微妙复杂。

苦伶仃 可是单于……

呼韩邪 （唱）

只可惜玉人归泉下，

坟头草绿遍天涯。

冷清清谁能共我倾心话，

谁知我此时间心绪如麻。

叫伶仃，与我快备马！

苦伶仃 您要出去吗？

呼韩邪 （唱）

我要到大青山里去看看她！

〔呼韩邪忧郁地走进帐去。

〔苦伶仃望着他的背影，向另一方下。

——幕落

第 四 场

时间:前场夜晚,圆月高悬

地点:景同前场

〔王昭君、阿婷洁上。后随匈奴侍女、盈盈等。

王昭君　（唱）

听惯胡地语,

犹着汉宫装。

草原扬鞭初试马,

欲把他乡作故乡。

阿婷洁　（唱）

看嫂嫂在马上英姿飒爽,

真好像是一位匈奴姑娘。

嫂嫂,这半天骑马射箭,你没累着吗?

王昭君　没有,大公主。

阿婷洁　（向匈奴侍女）你们下去候令。

侍女们　是。阏氏! 大公主!

王昭君　（对盈盈）你们也下去吧!

盈　盈　是,娘娘!

〔盈盈、侍女下。

阿婷洁　昭君嫂嫂,你吩咐的事,我已经办好了。

王昭君　玉人的石像……

阿婷洁　从大青山请回来了。

王昭君　大公主,我用汉朝的大礼谢谢你!

阿婷洁　快别,新嫂嫂,我可担不起呀!

王昭君　我还有事求你呢。

阿婷洁　有事尽管吩咐。

王昭君　大公主,你给我讲讲玉人阏氏。

阿婷洁　我那死去的玉人嫂嫂啊!

　　　　(唱)

　　　　　　二十年与单于把战马同跨,

　　　　　　为单于复大位东征西杀,

　　　　　　宝帐中与哥哥运筹谋划,

　　　　　　肩靠肩度过了忧患生涯。

王昭君　他们是患难夫妻啊!怪不得单于的神情总是那样忧伤,他失
　　　　去了这样一位阏氏。

阿婷洁　你知道吗,是玉人嫂嫂把你接来的。

王昭君　怎么,是她!

阿婷洁　是她。

　　　　(唱)

　　　　　　玉人她临终嘱咐单于殿下,

　　　　　　享太平得安宁需要匈汉一家。

　　　　　　这是她三十年忧患中得来的一句话,

　　　　　　迎一位汉家公主代替她。

王昭君　玉人啊,你是一位智慧、贤明的阏氏!原来你是这样期望着
　　　　我!大公主,我怕,我真怕不能代替玉人阏氏。

阿婷洁　(唱)

　　　　　　搬石像请玉人好心不假,

　　　　　　你正是汉天子送来的出水莲花。

王昭君　我看出单于怀念玉人阏氏,只想让他高兴一点。

阿婷洁　(唱)

　　　　　　你爱丈夫才能说出这样的话,

　　　　　　玉人像你,你像她!

　　　　　　我真高兴,你是爱我哥哥的,是不是?

王昭君　是,他是那样明智、勇敢、真诚,是一个真正的英雄。

〔呼韩邪穿着披风,从棉帐中缓步走出。

王昭君　单于来了,他一个人,要到哪里去?

阿婷洁　嫂嫂,你去和他说说话。(下)

〔昭君转头望望呼韩邪,还是随阿婷洁下。

〔灯光显现出一座轻纱幕帐,帐中立着玉人的石像。

呼韩邪　怎么,玉人! 我正要去找你,你却来了。(半跪)我的玉人哪!

〔马嘶声,苦伶仃上。

苦伶仃　单于,马备好了,您还去大青山吗?

呼韩邪　(摇头)……

〔阿婷洁轻轻地推着王昭君上。她指着呼韩邪,又向昭君点
点头。

〔阿婷洁与苦伶仃走下。

王昭君　单于啊,单于!

他在想,想些什么?

(唱)

　　　一双眼,似江水,不扬波。

　　　我真想,想知道,

　　　江水下可也有激流、漩涡?

　　　只为了胡汉和好百姓欢乐,

　　　我千里迢迢,不惮奔波。

　　　萧正使告诉我随境问俗,

　　　答应的;我就作谦逊随和。

　　　可只是我心头总觉得寂寞,

　　　心头寂寞可奈何?

　　　我的家在秭归,长江流水门前过,

　　　我真想,江边坐,洗着衣服,唱着歌。

　　　龙廷里飘忽着轻轻云朵,

　　　真叫人添疑惑,难捉摸。

　　　单于他是那样高贵温和,

只是他少开口，话不多，

单于啊，我愿随你终身过，

怎能这样，相逢对面隔着天河？

〔呼韩邪缓缓抬起头来。

呼韩邪　一年了，我的玉人，你死去已一年。

（唱）

怎能忘，二十年患难夫妻，贴心的同伴。

想当初，匈奴内乱我失去宝座，

投奔到岳父帐前。

你全家在我身边站，

平定了塞北漠南。

二十年你和我同饮一壶水，同吃一碗饭，

二十年你帮我解决疑难。

到如今石像空留春风面，

剩下我孤单单，独自盘桓。

践遗言迎来了汉家公主神仙眷，

镇常是默坐通宵无一言。

王昭君　（唱）

玉人呀，我多么羡慕你，

我来了，你欢喜还是生气？

我来了，想替你，替你和他同风雨，

可是我不知道，不知道他的心意。

告诉我，怎样做单于的伴侣？

告诉我，怎样当匈奴的阏氏？

我明明活着，

（接唱）

却仿佛已经不在人间世；

你在他心里，

（接唱）

栩栩如生似旧时。

〔昭君坐在石墩上,望着皓月。

〔呼韩邪转过身来,蓦地瞥见王昭君。

呼韩邪　(唱)

　　　　　为什么一个人冷清清不说一句话?

　　　　　莫不是想汉朝,还是想家?

　　　　　她好似草原上名驹宝马,

　　　　　小小年华,貌美如花。

　　　　　她曾经当廷奏对,娴娴雅雅,

　　　　　为什么三月来夜夜无声对月华?

王昭君　我不能再等了,我要说,说出我心里的情愫。

呼韩邪　不,我不能冷淡一位汉家公主。让我探一探她心里藏着什么。
　　　　(走到昭君面前,轻轻地)昭君阏氏,你穿得少了吧?

王昭君　(惊醒,立起)单于,不冷。

呼韩邪　草地的夜晚还是凉的。

王昭君　单于冷吗?

呼韩邪　匈奴人是不大怕冷的。喜欢我们的草原吗?

王昭君　喜欢,喜欢得很。夜晚的草原也是美的。

呼韩邪　是,美得很。我很高兴阏氏喜欢。

王昭君　听人说,过去草原上常常打仗、流血、死人。

呼韩邪　是的。

王昭君　现在好了。单于,我希望草原永远这样美,这样安宁。

呼韩邪　阏氏,想长安吗?

王昭君　想。我在长安住了三年。

呼韩邪　噢。还想什么?

王昭君　还想长江,秭归——我生长的地方。

呼韩邪　那个地方远吗?

王昭君　远得很。比长安还远呢。

呼韩邪　阏氏,你口直得很。为什么在我面前你要说想念故乡呢?

王昭君　我心里有什么,难道就不应该对您讲吗?

呼韩邪　对,说得对。有什么说什么,我喜欢这样的脾气。你多大岁数
　　　　了,阏氏?

王昭君　十九岁,单于。

　　　　〔沉默。轻云从月下飘过。

王昭君　月亮圆了。

呼韩邪　又圆了。——昭君阏氏,你来到匈奴不后悔吗?

王昭君　我是自愿请行,来到胡地的。

呼韩邪　什么,你是自愿来的?

王昭君　我是带着整个汉家姑娘的心来到匈奴的。

呼韩邪　哦,整个汉家姑娘的心?

王昭君　单于,我没有像您那样看过那么多回圆月。
　　　　我一生说的话,不及您一天说得多,说得好。

呼韩邪　啊,多么明亮的眼睛!

王昭君　但是,比这月亮还亮的,是女人的心!
　　　　比这圆月还满的,
　　　　是一个女人希望得到的恩情。

呼韩邪　哦,她这样想。

王昭君　比您骑马奔跑过的路还长的,
　　　　是一个女人对她丈夫的情义。

呼韩邪　你为什么不早说?

王昭君　鞍子下面湿了,就知道乘马的路程,
　　　　善良的人才知道一个女人的真心。

呼韩邪　多么像玉人说的话!
　　　　年轻的阏氏,从前我的心也是为一个女人跳着的,但是,那个
　　　　人死了。

王昭君　我知道这是多大的不幸。

呼韩邪　哦,你知道?

王昭君　她的名字也好——玉人。

呼韩邪　谁告诉你的?

王昭君　阿婷洁大公主。

　　　　我们汉人有一句话:"将缣来比素,新人不如故"。这就是说,

　　　　新人虽好,总不及旧人。

呼韩邪　对,对,你怎么懂得这样多,可是——

王昭君　怎么样,单于?

呼韩邪　也看什么样的新人了。

　　　　〔苦伶仃和盈盈暗上。

呼韩邪　昭君阏氏,你不怪我谈起从前的阏氏吧?

王昭君　为什么?

呼韩邪　因为你……你也是一个女人。

王昭君　单于,为什么要怪? 我只有喜欢。您不能忘记玉人,难道有一

　　　　天您会忘记我? 对人忠诚的人,也应该对他忠诚。

呼韩邪　可是我的忠诚已经给了一个……

王昭君　忠诚的男子是少的,忠诚的单于岂不更少?

　　　　单于啊,我为什么不喜欢?

呼韩邪　奇怪,我眼前出现了什么? 我去迎的是一位汉家的公主,接来

　　　　的却是我想要的女人。

王昭君　单于啊,您来领我见玉人吧。

呼韩邪　可以,可是她,她在……

王昭君　她就在眼前。

呼韩邪　你!

苦伶仃　玉人阏氏的像,就是昭君阏氏告诉阿婷洁大公主搬来的。

呼韩邪　哦,是你,昭君!

王昭君　让她有时也能安慰安慰您,我多希望看见您的笑容。

呼韩邪　昭君,昭君。

　　　　怪不得我一见你,便觉得在哪里见过,

　　　　原来你的眼睛多么像她,

　　　　她又多么像你,昭君阏氏啊!

王昭君　盈盈,你把合欢被拿来。

〔盈盈下。

〔汉宫细乐起,盈盈捧合欢被上。

王昭君　单于,您来看,这是一床合欢被。

呼韩邪　合欢被?

王昭君　上面绣着双鸳鸯,里面放着"长相思"。

呼韩邪　"长相思"?

王昭君　我们汉家姑娘把丝棉叫作长相思。

　　　　这四面系着的是"结不解"。

呼韩邪　"结不解"?

王昭君　我们汉家姑娘把四边的花结叫作"结不解"。长相思,结
　　　　不解。

呼韩邪　叫它拉不断,扯不开。

王昭君　是啊,单于。

　　　　您总是要出巡打猎的,

　　　　让这床合欢被常陪着您,

　　　　让我们永远长相知。

呼韩邪　好极了。长相知啊,长相知!(接合欢被,交苦伶仃)

〔远处汉宫女唱:

　　　　　　文采双鸳鸯,

　　　　　　裁为合欢被,

　　　　　　著以长相思,

　　　　　　缘以结不解,

　　　　　　以胶投漆中,

　　　　　　谁能别离此。

〔呼韩邪望着年轻美丽的昭君阏氏,忽然沉浸在对她的情感
之中。

〔温敦上,犹豫片刻,上前。

温　敦　呼韩邪单于,昭君阏氏,小天子婴鹿在大公主帐里,等着拜见

104

新母亲。

呼韩邪　（向昭君探问地）昭君阏氏……

王昭君　单于，让我们去看他吧。

　　　　〔呼韩邪、王昭君下，盈盈、苦伶仃随下。

　　　　〔休勒上。

休　勒　听您的吩咐，毒药、斧子都准备好了。

温　敦　去吧。

　　　　〔休勒下。

温　敦　长相知，长相知，看你们相知到几时！

　　　　　　　　　　　　　　　　　　　　　　　　——幕落

第　五　场

时间：前一场的次日，黎明之前
地点：呼韩邪单于的帐外

　　　　〔乌云密布，白雾茫茫。苦伶仃守候在帐外。

苦伶仃　（唱）

　　　　　　浓云遮落月，

　　　　　　大雾满龙廷。

　　　　　　鸡叫三两声，

　　　　　　东方犹未明。

　　　　〔温敦扶王龙上。

　　　　〔苦伶仃手执酒壶坐下喝酒。

温　敦　送亲侯，你喝多了。走路当心。

王　龙　没有，以后我还来，酒！酒！……（下）

　　　　〔休勒拿着一柄斧子上。

休　勒　侯爷！

温　敦　毒药呢？

休　勒　已经放了。

温　敦　玉人的像呢？

休　勒　（把斧子一举）我这就去办。

温　敦　不怕吗？

休　勒　石头的肠子,铁打的心,要保侯爷成龙,我儿子都舍了,还怕什么？

温　敦　好朋友！等到成了事,你是头等功。

休　勒　侯爷坐了龙廷,只要给我一个小小的右贤王,给我右方一半草地,我就心满意足了。

温　敦　（暗吃一惊）右贤王！

休　勒　嗯？

温　敦　你要得太少了！去吧,对你,我还有更大的赏赐。

休　勒　（猛然扑在地上,连连叩头）感谢至高无上的撑犁孤突单于！我的再生爹娘,我的恩主！恩主！撑犁孤突单于！

温　敦　（惊吓）你,你,你怎么现在就这样称呼我？你发疯了！

休　勒　（匍匐在地）我心里没有别人,只有您,我的至高无上的撑犁孤突！

温　敦　还不快去,呼韩邪单于就要过来了。

　　　　〔休勒爬起来,走下。

　　　　〔温敦跪下向玉人祈祷。

　　　　〔呼韩邪上。

温　敦　玉人,我的姐姐,我要走了。我有满怀心事,要向你诉说。

呼韩邪　（旁白）哦,他在祈祷。

温　敦　单于他聪明正直,豁达大度。关市被抢一案,他处理得多么英明。这是对我的爱护,也是对您的深情。这大恩,我怎能不铭记在心啊！

呼韩邪　他是知道感恩的。

温　敦　玉人姐姐,我要离开龙廷了。我交出了兵权,我的肩膀轻松了,可是我的心沉重了。以后谁来保护我的主人,我的父亲,我的草地上独一无二的神鹰啊!

呼韩邪　他这是祈祷,还是说给我听的?我收回了他的兵权,他还真的能对我这样依恋?温敦,你跪在这里做什么?

温　敦　哦,单于,我的主子!

呼韩邪　(扶起温敦)哦,你怎么满脸都是眼泪?

温　敦　我的恩人哪!温敦告别了,请单于多多保重!(转身就走)

呼韩邪　回来!站住!温敦,你怎么了?

温　敦　但愿昭君阏氏晋封拜庙之后,龙廷太平,单于平安。

呼韩邪　但愿?你有什么话要说吗?

温　敦　我一生侍卫单于,一旦离开,就像树叶离了根。

呼韩邪　不要难过,我会到草地来看你和我的妹妹阿婷洁公主的。

温　敦　不,不,您千万不要来。

呼韩邪　为什么?

温　敦　您千万不能离开龙廷。

呼韩邪　为什么?

温　敦　送亲侯王龙对我说,三月前单于在长安求亲的时候,当时关市被抢,朝廷原来是想扣押单于的。

呼韩邪　这件事长安天子毫不介意,说的很明白,你是听到的。

温　敦　有人主张,趁单于和亲,不作戒备,在鸡鹿寨驻扎重兵,但等时机一到——

呼韩邪　我看王龙这个少年新贵的话,不值得深信。

温　敦　是。

　　　　〔马蹄得得,一骑兵急上。

骑　兵　单于,紧急密报!

呼韩邪　哪里来?

骑　兵　鸡鹿寨。

呼韩邪　讲!

骑　兵　寨外草地发现汉军马粪多处。

呼韩邪　拿来！（掰开马粪）

温　敦　（也拿一块掰开）果然。里面有黑豆、谷米。我们的马是从来
　　　　不喂黑豆谷米的。

呼韩邪　（对骑兵）你下去吧。回来！这件事不能对任何人讲,泄露出
　　　　去要杀头。

骑　兵　喳！（下）

温　敦　汉军到草地上来了！单于,龙廷里有奸细。

呼韩邪　谁？

温　敦　汉家派来的阏氏。

呼韩邪　你在胡说些什么？

温　敦　王龙告诉我,昭君阏氏一概知情。

呼韩邪　这不会是真的。

温　敦　单于啊,她是汉,我们是胡！

苦伶仃　单于,单于,有人要害你,你不要听他们的话,你听我的。

呼韩邪　你又喝醉了。

苦伶仃　我的腿醉了,我的心是醒着的。

温　敦　快下去,你又喝多了。

苦伶仃　喝多了！我把阴山黑水,盐池草地,湖海苍天,都喝进去,连
　　　　你,这个无情无义的侯爷,也喝在我的肚子里。（醉倒）

温　敦　放肆！

　　　　〔呼韩邪坐下,用手遮住了脸。

温　敦　单于,你累了,歇一歇吧！我先回帐去了。（下）

呼韩邪　（唱）

　　　　　　伶仃啊伶仃,你怎么醉不醒！

　　　　　　我有话说给你,只能给你听。

　　　　　　我看到汉公主一往情深。

　　　　　　像找到解渴的泉水清又清。

　　　　　　她使我忘记了霜侵两鬓,

　　　　　　她使我蓦地变年轻。

　　　　　　我正要交宝刀授以权柄，

　　　　　　猛然间起风波月罩乌云。

　　　　　　我心中犯犹疑，徘徊不定，

　　　　　　谁与我解疑团识辨真金。

　　　　　　伶仃啊伶仃，你怎么醉不醒！

　　　　　　我知心的老奴苦伶仃！

　　　　〔苦伶仃忽然立起，弹琴。

苦伶仃　（走到单于身边）单于，你身边有人要害你。

呼韩邪　什么？谁呀？又是昭君吗？

苦伶仃　昭君阏氏的眼睛像泉水一样明净；昭君阏氏的心像鲜奶一样
　　　　的芳馨。

呼韩邪　那么是谁？

苦伶仃　一个你宠爱的人。

呼韩邪　是谁，快讲！

苦伶仃　你的内弟，温敦。

呼韩邪　你胡说！不，不会，他是玉人的弟弟。

苦伶仃　玉人阏氏是女神，他是魔鬼！

　　　　〔阿婷洁匆匆上。

阿婷洁　哥哥，不好了，婴鹿死了，忽然死了！

呼韩邪　什么？

阿婷洁　吃了什么坏东西。

呼韩邪　吃了什么？

阿婷洁　奶母说，她吃了昭君阏氏赐给的糖食，就……

苦伶仃　单于，我去看看他。（下，阿婷洁随下）

呼韩邪　吃了昭君的糖食，就死了。（忽然感到恍惚，悲怆万分）玉人，
　　　　玉人，我们的小婴鹿——你的亲骨肉……

　　　　〔呼韩邪忽然发病晕倒。四面无声。雾浓。

　　　　〔温敦疾步上。

温　敦　单于,我的单于,您怎么啦? 啊,他又发病了,他晕死过去了。
　　　　（四望）这是天赐给我的机会,就只有我一个。

　　　　〔休勒悄悄地走上。

休　勒　还有我。

温　敦　还有人吗?

休　勒　没有别人了。只有侯爷、我和满天大雾。

温　敦　（从怀中掏出一把尖刀）尖刀,你不是日夜想着仇人的血吗?
　　　　来吧!（举起尖刀,对准呼韩邪）

　　　　〔忽然,远处传来欢呼声。东方现出鱼肚白,火把闪耀。

温　敦　这是什么声音?

休　勒　快! 卫士就要来了!

温　敦　这是什么声音?

休　勒　天快亮了,王昭君就要晋庙了! 王公贵族向着单于的帐幕欢
　　　　呼呢!

　　　　〔欢呼声:"单于和亲,千秋万岁!"

休　勒　快动手吧,不能再等了!

温　敦　（举刀）我多么恨哪! 我恨我不能扎下去!

休　勒　为什么,侯爷?

温　敦　不能,不能为一次冲动而葬送了整个前程。现在他死了,匈奴
　　　　的贵族会立刻起兵讨伐我,长安的天子也会讨伐我。我手中
　　　　没有了调动兵马的宝刀!

休　勒　一刀下去,龙廷就是你的了!

温　敦　不,不成! 我要取得他的信任,对他更忠诚。我要叫长安疑心
　　　　呼韩邪,呼韩邪疑心长安。我要叫他把宝刀从那个汉家女人
　　　　手里拿过来再交给我。我要叫他说出出兵,反汉。到那个时
　　　　候,我就有话说。到那个时候,割他的头,就像割草一样容易。

休　勒　（抢过尖刀）你害怕了! 让休勒替你担当这滔天大罪吧!（对
　　　　呼韩邪）神鹰呀,你的末日到了!

温　敦　放下!

〔休勒疯狂地刺下去。

温　敦　（护着呼韩邪,抢回尖刀,痛捆休勒）狗！你醒了没有？

休　勒　我,我醒了。

温　敦　卫士要到了,你走开！

　　　　〔休勒顺从地下。

温　敦　单于,醒醒吧！温敦在救你呢。

呼韩邪　我怎么了？

温　敦　您发病了,晕倒了。

呼韩邪　哦,就只有你在我身边？

温　敦　就我一个。我的单于,你把我急坏了。

呼韩邪　你怎么了？你哭了……

温　敦　我怕,怕您万一醒不过来。（抽噎）

呼韩邪　哦,是你,是你把我救活的！你！——我的忠心的温敦……伶
　　　　仃！叫伶仃来！

温　敦　您忘了,伶仃去救婴鹿了。

呼韩邪　什么？

温　敦　刚才婴鹿不是忽然死了吗？

呼韩邪　哦,是的,我要去看看他。

　　　　〔阿婷洁上。

阿婷洁　哥哥,放心吧！幸亏伶仃去了。他说羊血可以解毒,给小婴鹿
　　　　灌了羊血,已经醒过来了。

呼韩邪　哦,好,好！那么放毒的人——

　　　　〔一个宫女慌慌张张地上。

宫　女　启奏阿婷洁公主,玉人阏氏的石像,不知叫什么人打碎了！

阿婷洁　啊？

呼韩邪　是谁做出这样的事？

温　敦　谁这样恨我的姐姐？

阿婷洁　怎么,婴鹿刚救过来,玉人的像又碎了。

温　敦　昭君阏氏现在就要晋庙了。

111

阿婷洁　哦！会有这样可怕的事吗？

呼韩邪　不,不,不像。

温　敦　天神说,草原外面的人会做出我们想不到的事情。

阿婷洁　刚才姜夫人和我说……

呼韩邪　说什么？

阿婷洁　昭君阏氏已经有了喜了。

温　敦　昭君阏氏有了喜,大太子婴鹿就……

　　　　〔远处连续喊:"接昭君阏氏！"

温　敦　她来了。单于,让她晋庙吗？

呼韩邪　……

　　　　〔喊声:"昭君阏氏圣驾到！"

　　　　〔汉胡细乐。王昭君盛装上。姜夫人陪着她,盈盈、戚戚随上。

姜夫人　恭喜大单于,我们的昭君阏氏,她有了喜了。单于殿下千岁,
　　　　千千岁！

王昭君　昭君奉命晋庙,参拜祖先鬼神。单于千岁,千千岁！

呼韩邪　阏氏千岁,千千岁！

礼　官　晋庙时刻到！

温　敦　候单于赐旨！

呼韩邪　昭君阏氏,我刚才晕了过去,——

王昭君　怎么了,我的单于？

呼韩邪　现在好多了,可还是不大舒服。加封晋庙的大礼,是不是可以
　　　　延迟一下,昭君阏氏？

王昭君　当然。谨奉命,单于殿下。

温　敦　单于有旨,晋庙典礼暂停！停止奏乐！

　　　　〔乐声骤止,众皆惊愕。

呼韩邪　阏氏,我想独自去歇一歇。

王昭君　是,单于。

　　　　〔呼韩邪下。温敦、阿婷洁随下。众随从默默下。

姜夫人　这是怎么回事？

王昭君　不要紧的。姑姑,您先去休息吧。都下去吧。盈盈留下。

　　　　〔姜夫人不安地下。侍女们随下。

盈　盈　娘娘。

王昭君　你去请萧大人来!

盈　盈　是,娘娘。(下)

　　　　〔台上只留昭君一人。

王昭君　(唱)

　　　　　　霎时间地覆天翻,

　　　　　　风暴沉沉压草滩。

　　　　　　难道说龙廷也似汉宫院,

　　　　　　没来由乍寒乍暖暮四朝三?

　　　　　　加封事我并不悬悬在念,

　　　　　　猜不透深和浅我心不安。

　　　　　　疑云阵阵迷双眼,

　　　　　　满怀心事对谁言?

　　　　〔盈盈引萧育上。

萧　育　臣萧育参见昭君公主,千岁,千千岁!

王昭君　萧大人,加封晋庙延期了,您知道吗? 我……(眼泪一涌而下)

萧　育　昭君公主,不必这样难过。单于欠安,一时改期,也没有什么。

王昭君　萧大人,到底出了什么事情?

萧　育　公主殿下,臣萧育应该向您禀告,刚才龙廷出了两件大事,小王子婴鹿突然中毒,玉人阏氏的雕像被人打碎。

王昭君　哦! 谁敢这样,萧大人?

萧　育　难以得知。臣以为是恶人中伤,要把罪名推在公主的身上。

王昭君　难道单于都怀疑是我吗?

萧　育　公主,你不要这样想。

王昭君　所以单于忽然对我那样冷淡……

萧　育　昭君公主!

（唱）

　　　　劝公主休烦恼,宽放胸襟,

　　　　听老臣禀奏分明。

　　　　你本是年轻公主与人无争竞,

　　　　无端端怎招来怨毒深深?

　　　　只因为"匈汉一家"你身负重任,

　　　　才有那悻悻的切齿皱眉人。

　　　　这毒药,毒的是单于的忠悃,

　　　　这利斧,砍的是胡汉和亲。

王昭君　萧大人,这是不能允许的。

萧　育　昭君公主,您说的极是。

　　　（接唱）

　　　　单于附汉,情真意盛,

王昭君　我知道。

萧　育　（接唱）

　　　　你对他要信赖,要谅情。

王昭君　萧大人,我感谢您的指教,昭君记住了。

萧　育　（唱）

　　　　公主请上受臣一拜!（跪下,盈盈同跪）

王昭君　（唱）

　　　　这不是折杀了昭君。

萧　育　我拜的不是你,

　　　（接唱）

　　　　拜的是你肩负责任如山重,

　　　　拜的是胡汉和好万年春,

　　　　拜的是两家百姓对你的期望和信任——

王昭君　（接唱）

　　　　王昭君决不辜负两家百姓,

114

不负长安,不负龙廷!

——幕落

第 六 场

时间: 前场次日下午

地点: 龙廷后帐,王昭君的毡幕中

〔幕启:王昭君在教练胡汉侍女弹琵琶、唱歌。

侍女们　（唱）

上邪!

我欲与君长相知,

长命毋绝衰。

山无陵,江水为竭,

冬雷震震,夏雨雪,

天地合,乃敢与君绝。

长相知啊,长相知。

〔姜夫人上,二侍女随上。

盈盈等　姜夫人安好。

姜夫人　参见公主娘娘。

王昭君　姜夫人请起。

〔侍女们退下。盈盈、戚戚同下。

姜夫人　昭君,昨天一整夜姑姑都没有睡好,单于昨天晚上对你说点什么没有?

王昭君　他昨晚一夜没回来。

姜夫人　怎么,到现在,你还没有见到单于的面呀?我苦命的孩子!

（唱）

龙廷上下都在议论你，

小小年纪怎受得这天大委屈。

快去向单于辩白洗清自己，——

王昭君　你叫我辩白什么？我心里是亮堂的，"水清石自见"。

姜夫人　（唱）

得不到单于的欢心，

一辈子也是个受气的阏氏！

王昭君　我不怕，姑姑，您就放心吧。

姜夫人　我怎么能放心呢？

（唱）

加封后安排定我要回去，

怎放心留下你只身千里受人欺。

万不该自愿请行来胡地，

眼巴巴母女们骨肉分离！

王昭君　好姑姑，不要难过，我是您的亲女儿，您走了以后，我会永远想

着您的。

〔戚戚上。

戚　戚　启禀娘娘，阿婷洁公主到。

王昭君　请姑姑回帐歇息去吧！（对戚戚）有请。

〔姜夫人下。二侍女随下。

戚　戚　有请大公主。

〔匈奴侍女引阿婷洁上。

阿婷洁　昭君阏氏，愿您安好。

王昭君　大公主安好，您吉祥如意。

阿婷洁　昭君阏氏，我的亲嫂嫂！（对侍女）你们退下。

〔侍女退下，戚戚也退下。

王昭君　大公主，您请坐。

阿婷洁　阏氏，我的嫂嫂，我向您请罪来了。

王昭君　大公主，这是怎么说起？

阿婷洁　嫂嫂。

　　　　（唱）

　　　　　　　害婴鹿毁石像真相已明，

　　　　　　　老侯爷他正在审问罪人。

　　　　　　　思前想后我暗自悔恨，

　　　　　　　我不该对嫂嫂起过疑心，

　　　　　　　嫂嫂啊，您是个清白好人！

王昭君　大公主，我的妹妹！我万分感谢你！

阿婷洁　嫂嫂，您原谅我了？

王昭君　天下还有比你这样坦率、诚恳更可宝贵的吗？

阿婷洁　老侯爷还要面陈单于，说明这两件事的真相。

王昭君　感谢老侯爷，感谢你们全家。

　　　　〔帐外卫士："呼韩邪单于驾到！"

　　　　〔宫女们列队出迎。

　　　　〔呼韩邪上，后随卫士们。

　　　　〔王昭君和阿婷洁跪迎。

王昭君　昭君迎接单于殿下，千岁，千千岁！

阿婷洁　哥哥。

呼韩邪　快请起来，昭君阏氏。妹妹请起。（对卫士）你们退下。

　　　　〔卫士们下。

呼韩邪　妹妹你是来看望阏氏的？

阿婷洁　我来是为了告诉嫂嫂，罪人已经逮住了。

呼韩邪　我已经知道了。

阿婷洁　哥哥，嫂嫂已经等您好久了，我告辞了。

王昭君　送大公主。

　　　　〔侍女们引大公主下。

呼韩邪　昨天我突然身体不舒服，加封晋庙的事改了期，晚上我又没有
　　　　回来看望你，恐怕引起了你的不安吧？

王昭君　刚才大公主已经告诉了我，我完全明白。

呼韩邪　你不怪我吗？

王昭君　您想想，我会怪您吗？

呼韩邪　昭君！

王昭君　嗳。

　　　　〔呼韩邪轻轻握着王昭君的手，夫妻相视而笑。

　　　　〔盈盈在帐外："送亲侯王大人到！"

　　　　〔王龙不等传唤，手提马鞭闯进来。

王昭君　送亲侯，你又喝醉了。

王　龙　我没喝醉，我有话讲！（一屁股坐下）

王昭君　你先回去，等清醒了再讲。

王　龙　我不走，我要讲！

呼韩邪　王大人，你还是先请回去吧！

王　龙　你怎么管起我来了？我是汉朝天子的国舅！（用马鞭指指点
　　　　点）

呼韩邪　把你的鞭子放下！你来龙廷三个月了，难道不懂得拿着马鞭
　　　　进帐，是对主人的失礼吗？

王　龙　失礼？你昨天才大失礼呢！我正要问你，加封晋庙这样一件
　　　　大事，你说推迟就推迟。你这是眼睛里没我，你瞧不起我，也
　　　　是瞧不起她（指昭君），就是瞧不起朝廷——

王昭君　王龙！你站起来！你胆敢对单于这样的不敬！

　　　　〔王龙不动。

呼韩邪　左右，把他的鞭子拿出去！

王昭君　撤座！

　　　　〔卫士们应声上，夺下王龙的鞭子。

王　龙　好！呼韩邪！你敢这样对待我！你这是目无天子，你反汉！

呼韩邪　什么？

王昭君　你疯了！单于，不要听他的昏话。

呼韩邪　不，你等等。（对王龙）你说什么？

王　龙　我说你反汉。

呼韩邪　你有什么根据?

王　龙　第一条,你预备五万骑兵,要干什么?

呼韩邪　什么?

王　龙　我都知道你的行动日期!

呼韩邪　什么日期?

王　龙　三个月内进攻长安的日期,你说,有无此事?

呼韩邪　哦?我居然有这样大的阴谋!

王昭君　王龙,你对单于这样罗织罪名,无中生有!我问你,这些消息
　　　　是谁告诉你的?

王　龙　我不答复。

王昭君　那就是你捏造的!

王　龙　什么,我捏造?是你的心腹、宠臣左大将亲口对我说的,还能
　　　　有错吗?

呼韩邪　温敦?他会这样陷害我?

王　龙　温敦才是真正忠于汉朝的。

　　　　〔温敦急上。

温　敦　温敦参见单于、阏氏。送亲侯,您也在这儿。

呼韩邪　你来得正好。

温　敦　我听说谋害小王子的罪犯已经抓到,是真的吗?

呼韩邪　王大人,你刚才说的话,请你再说一遍。

　　　　〔王龙不作声。

呼韩邪　好,你不讲,我来替你讲。王大人说你告诉他我反汉,我还练
　　　　了五万骑兵,预备在三个月内进攻长安。你说过没有?

温　敦　我……我,王龙,你这条癞皮狗!单于,他这是离间我们君臣,
　　　　这是个大阴谋!

王　龙　你骂我是癞皮狗?你是个坏蛋!你这个胆小鬼!背着他(指
　　　　呼韩邪)什么都敢说,见了他,就像耗子见了猫!你说过单于
　　　　反汉!你说过请求长安出兵!

温　敦　我,我没有!

王　龙　你还说长安一出兵,你就杀了呼韩邪起来响应!

温　敦　我没说过!我不能忍受这样的冤枉!单于,我的主人,为了让
　　　　您看看我的心,我愿死在您的面前,追随我的玉人姐姐……
　　　　(拔刀作自刺状)

呼韩邪　放下刀!不要来这一套!
　　　　〔乌禅幕上。

乌禅幕　单于,阏氏,我把罪人押来了。(对外)押上来!
　　　　〔卫士押休勒上。

乌禅幕　休勒,你向单于老实招供,小王子是不是你毒的?

休　勒　是。

乌禅幕　玉人的雕像是不是你打的?

休　勒　是。

乌禅幕　汉军根本没有出兵,草地上的马粪是你假造的,是不是?

休　勒　是。可是我冤枉啊!是他(指温敦)叫我——
　　　　〔温敦不等休勒话落,抽刀向休勒刺去。休勒惨叫一声倒下。

呼韩邪　温敦!你这个阴险狠毒的东西!(像狮子一样狂怒地扑上
　　　　去,猛掐温敦的脖子)你,你……

温　敦　单于!单于!

呼韩邪　(气得浑身发抖,把温敦甩在帐门外)给我滚!
　　　　〔温敦一跃而起,窜出帐外,立刻听到马蹄声急驰而去。

乌禅幕　你给我回来!我杀了你这畜生!(急追出帐)

呼韩邪　你们都走!都走!
　　　　〔王龙吓得面如土色,随卫士们下。

王昭君　单于,单于!

呼韩邪　阏氏,我不行了。

　　　　我百战沙场,

　　　　看透了多少虎豹一样的心肠,

　　　　可是我却相信了他,

　　　　相信了这样一个凶神恶煞。

我把我花一样的妹妹嫁给他，

我把我的心也给了他。

而他，却日夜盼望我立刻就死，

偏这时又来了汉家的花花公子。

他们串通一气，想杀我，

想把汉匈百姓的鲜血摆成庆功的筵席。

王昭君　单于，是我们没有尽力，

　　　　没有保护好你。

呼韩邪　不，不，汉家派来的阏氏，

　　　　是我不曾好好地看重你。

　　　　年轻的昭君，我真老了！

　　　　（唱）

　　　　　　　我看过多少遍月圆花好，

　　　　　　　我挨过无数个雪夜寒宵。

　　　　　　　火性热血都消耗，

　　　　　　　年华似水入波涛。

　　　　　　　我已是大树枝枯霜叶老，

　　　　　　　你还是鲜花带露正含苞。

王昭君　（唱）

　　　　　　　雪压霜侵松不老，

　　　　　　　壮心犹在志气豪。

　　　　　　　你正是草原上飞驰的骏马，

　　　　　　　你正是黑河里奔腾的波涛。

　　　　　　　眼光中你常想中原父老，

　　　　　　　心头上你念着草地同胞。

　　　　　　　看见你就看见胡汉和好，

　　　　　　　你为那两家百姓立下了万世功劳！

呼韩邪　（唱）

　　　　　　　我和你是夫妻又似父女，

天遣来神送来你这如意的阏氏。

你正是一汪水清碧透绿，

酷热中望见你沁人心脾。

你正是匈奴人急需的盐、茶、米，

游牧中战斗里一刻不能离。

恨温敦豺狼种背信弃义，

暗中箭背后刀我的创痛难医。

王昭君　（唱）

劝单于权将悲痛收拾起，

我欲与君长相知。

愿单于奋雄心励精图治，

我愿作您的转生再世的玉人阏氏。

愿单于款心怀且欣喜，

请听我轻声慢唱长相知！

呼韩邪
王昭君　（唱，配以幕后伴唱）

长相知啊长相知，

我欲与君长相知，

长相知，长不断，

长相知，不相疑。

长相知，同生死，

长相知啊，长相知。

呼韩邪　你听，远处有军马向我们来了。

王昭君　哦？没有声音。

呼韩邪　（贴地倾听）有！有骑兵向这里奔来。

〔呼韩邪的卫士们急上。

卫士长　单于，我们被包围了！

呼韩邪　多少人马？

卫士长　五百左右。

呼韩邪　什么人?

卫士长　还看不清。像是郅支的残部。

呼韩邪　召集卫队!

卫士长　早已成列。

呼韩邪　迎击!

王昭君　单于,你要保重!

呼韩邪　你放心,我就会回来!(向外)苦伶仃!

　　　　〔苦伶仃急上。

呼韩邪　保护阏氏!

苦伶仃　是。

　　　　〔呼韩邪拿起刀剑,转身出帐,卫士随下。

王昭君　侍女们,快备马!

苦伶仃　阏氏,您不能去!

王昭君　我要和我的单于在一起,我要去找他,单于,我的夫君……

　　　　〔王昭君奔下,苦伶仃追下。

　　　　〔音乐起,鼓号声,胡笳声,战马嘶鸣,一片厮杀格斗声。

　　　　〔暗转。朝日,白云,云中隐约可见单于的祖庙。草原的后
　　　　方,筑起一个平坛,坛上铺着锦绣地衣。

　　　　〔苦伶仃引少女们歌舞上。

苦伶仃　(唱)

　　　　　　光明战胜黑暗,

　　　　　　单于擒住温敦。

　　　　　　草原上恢复宁静,

　　　　　　乐孜孜,喜盈盈。

少女们　(唱)

　　　　　　草原上喜盈盈普天同庆,

　　　　　　喜盈盈普天同庆,昭君阏氏晋庙加封。

　　　　　　啊!

　　　　　　金色的天空,紫色的松林,

花鸟鱼虫屏息静听，

听昭君晋庙加封。晋庙加封，

美好的名称！

〔呼韩邪、王昭君穿着晋庙的礼服上，身后随着乌禅幕、萧育。

〔阿婷洁、姜夫人、盈盈等随在后面。

呼韩邪　温敦罪在不赦，应该处以死罪。我决定把他送往长安，请天子发落，萧大人以为如何？

萧　育　单于非常贤明，温敦固然有罪，王龙也罪过不轻，也应该禀明天子发落。

乌禅幕　逆子温敦死有余辜，单于把他交给朝廷发落，万分贤明。

阿婷洁　哥哥，我也同往长安，一同待罪！

呼韩邪　也好，你去吧。

〔戚戚急上。

戚　戚　单于，阏氏，外面有一老头，他要求昭君阏氏自己给他一点赏赐。

王昭君　我自己的东西？我带来的东西都是汉宫的东西，这里，都是龙廷的。我这个阏氏自己是穷得什么都没有呀！

戚　戚　您有，他说您有。

王昭君　要说有，就是送给单于的那床合欢被，贤明的单于，您说该怎么办？

呼韩邪　那还是看贤明的阏氏吧。

王昭君　好，盈盈，把合欢被拿来。

〔盈盈捧合欢被上。

王昭君　这是我做女儿时在灯下一寸寸织就，一针针绣成的，是我自己的，是送给单于的定情礼物。但愿它也把温暖带给汉胡的千万家百姓，送给他吧。

〔戚戚捧被下。

乌禅幕　吉日良辰，是单于晋封阏氏的时候了。请单于和阏氏殿下升坛。奏乐。

〔呼韩邪、王昭君登坛、起乐。

乌禅幕　请单于授刀！

呼韩邪　这把"经路"宝刀是我的传世之宝,过去是玉人阏氏保管着,
　　　　现在我把它交给你,我的昭君阏氏。

王昭君　王昭君谨谢单于。

乌禅幕　昭君阏氏受封。

呼韩邪　我,匈奴第十四代单于,挛鞮、稽侯珊呼韩邪、若鞮撑犁孤突,
　　　　亲往长安求婚,承天子洪恩,赐婚昭君公主。上下臣民,欢欣
　　　　爱戴,塞内塞外,和悦安宁。今天晋庙祭告祖先,特晋封昭君
　　　　公主为宁胡阏氏！宁胡阏氏千岁！千千岁！

王昭君　宁胡阏氏昭君谢恩！

呼韩邪　宁胡阏氏请起。

　　　　〔人群欢呼:"单于千岁！宁胡阏氏千岁！千千岁！"

苦伶仃　飞了！

　众　　什么飞了？

王昭君　合欢被！

盈　盈　看,合欢被被一阵大风吹起来,正在天上飞呢！

王昭君　（唱）

　　　　　　合欢被啊,真是神明,

　　　　　　变成了一床仙被轻轻。

呼韩邪　（唱）

　　　　　　像天那样大,广无垠,

王昭君　（唱）

　　　　　　愿中原塞北,千秋万代,同此寒温！

合　唱　愿中原塞北,千秋万代,同此寒温！

　　　　〔呼韩邪、王昭君向庙中走去。

——幕落

（全剧终）

125

注　释

① 本京剧剧本根据曹禺同名话剧改编，由作者与梁清濂合作完成。据 1978 年 12 月 25 日复写本编入。

1982 年

擂鼓战金山①

（新编历史剧）

时间：宋高宗建炎三年十一月至建炎四年五月

地点：临安（杭州）、秀州（嘉兴）、镇江

人物：范宗尹——通议大夫，守尚书右仆射，同中书门下平章事，
          　　　兼御营使

　　　赵　鼎——御史中丞

　　　张　俊——御前右军都统制

　　　刘光世——御前巡卫军统制

　　　赵　构——徽号睿圣仁孝皇帝，庙号高宗

　　　韩世忠——浙西制置使，御前左军都统制

　　　张夫人

　　　梁红玉——左军副统制，安国夫人

　　　阿　里——金将

　　　蒲卢浑——金将

　　　讹鲁补——金将

　　　龙虎大王——金将，兀术之婿

　　　哈迷蚩——金邦军师（此人在历史上无考）

　　　兀　术——姓完颜，又名宗弼，金邦的都元帅

　　　韩彦直——韩世忠之子

　　　韩彦古——韩世忠之子

韩彦德——本名韩德,归顺后改名,韩世忠的义子

成　闵——韩世忠的部将

解　元——同上

王　胜——同上

刘　宝——同上

岳　超——同上

守　兵

女　兵

渔　民

金　兵

第一场　试　鼓

〔宋高宗建炎三年十一月,深夜。

〔临安——杭州,睿圣宫。这是一个佛寺改成的临时性宫殿。

〔范宗尹、赵鼎、张俊、刘光世急上。

范宗尹　(念)风中铁骑响,

赵　鼎　胡马渡长江。

张　俊　军情急于火，

刘光世　深夜报君王。

范宗尹　右仆射范宗尹，

赵　鼎　御史中丞赵鼎，

张　俊　御前右军都统制张俊，

刘光世　御前巡卫军统制刘光世。

范宗尹　完颜兀术率兵南下，宜黄、建康失守，临安危在旦夕，紧忙报与
　　　　万岁。撞钟！

刘光世　击鼓！

　　　　〔钟鼓声大作。

　　　　〔官女、内侍引赵构急上。

赵　构　食不甘味寝不安，

　　　　奏章多是马上观。

　　　　孤，大宋天子，睿圣仁孝皇帝。众卿深夜进宫，为了何事呀？

范宗尹　臣启万岁，胡马已渡长江，临安危在旦夕。

赵　构　怎么讲？

范宗尹　临安危在旦夕。

赵　构　啊呀！

　　　　（唱）

　　　　　　　胡兵马踏西湖浪，

　　　　　　　孤王移驾向何方？

　　　　金兵将到临安，众卿有何妙策？

张　俊　臣启万岁，兀术此次南来，率领雄兵十万，人强马壮，锐不可
　　　　当。如今之计，只可一走，不可一战。

赵　构　走向哪里？

刘光世　放弃两浙、江淮，取道湖北，移驻长沙。

赵　构　此事需要问过张夫人。

张　俊　哎！张夫人乃妇道人家，住在深宫之内——

刘光世　她怎知军国大事！

赵　构　嗯！张夫人年高位重,久在宫中,曾教过哲宗皇帝、道君皇帝
　　　　　读书,熟悉三朝的政事,掌管着传国玉玺,宫中的文书,都出于
　　　　　夫人之手。移驾之事,怎能不问于她!

〔张夫人自屏风后闪出。

众　　张夫人!

张夫人　老妾住在深宫,本不应妄参军国大事。只是金兵入侵,汴京沦丧,
　　　　　二圣蒙尘,我堂堂大宋,就剩下了半壁江山。倘再节节退让,只怕
　　　　　这半壁江山也难以保全,将来恢复中原,就更加无望了。

范宗尹　依张夫人之见呢?

张夫人　老妾也别无什么高见。此事要等韩太尉、梁夫人到来,一同商
　　　　　议,千万不可鲁莽!

张　俊
刘光世　就是那韩世忠、梁红玉么?

张夫人　正是他二人!

张　俊　他二人远在宜兴。

刘光世　等他们赶来,只怕兀术已经兵临城下了!

张　俊　万岁,移驻长沙,乃是万全之策,就请万岁速降旨意,倘若因循
　　　　　坐误,只恐悔之晚矣!

刘光世　现在是火烧眉毛的时候了,万岁再不拿主意,臣等可就不负保
　　　　　驾之责了!

赵　构　孤王方寸已乱,就依卿等!

张　俊
刘光世　文武百官听者,万岁有旨,移驻长沙。

韩世忠
梁红玉　(内)且慢!

张　俊　何人阻旨?

韩世忠　(内)御前左军都统制韩世忠!

梁红玉　(内)安国夫人梁红玉!

赵　构　哦!他他他二人还朝来了! 快宣他们上殿!

内　侍　万岁有旨:韩世忠、梁红玉上殿哪!

130

韩世忠 梁红玉	（内）来也！（上）
韩世忠	（唱）

        我国家已失山东与河北。

梁红玉	（唱）

        怎能够再失两浙与江淮！

        星夜兼程奔行在，

韩世忠 梁红玉	（同唱）画谋决策上金阶。

        臣启万岁，移驻长沙，并非上策。

张　俊 刘光世	怎见得？
韩世忠	国家已失山东、河北。尚有两浙江淮。再失两浙江淮，更有何地呀？更何况此去长沙，山长水远，一路之上，盗贼甚多，圣驾难保安全。
赵　构	是呀！山长水远，难保安全。长沙去不得！长沙去不得！
张夫人	韩太尉、梁夫人有何高见？
梁红玉	依臣等之见，圣驾暂离临安，乘船避居海上。想那金兵，善长骑马，不惯乘船，纵然追赶，也是追赶不上。兀术之兵，乃是北方之人，江南地气潮热，他们不能久驻。但等明年春暖，兀术必然撤兵。到那时，万岁即可重返临安。他来我去，他去我来，此乃兵家之奇，万岁三思！
张　俊	好倒是好，只是避居海上，需要海船战舰，一时筹办不及，也是枉然。
刘光世	难道说，要让万岁坐了西湖的画舫去游海吗？
韩世忠	今年夏秋之交，得知金兵将要南下，臣等已经预先打造了海船战舰。
张夫人	海船现在哪里？
梁红玉	就在钱塘江中！
张夫人	啊万岁，韩世忠、梁红玉所奏，真乃应敌之良图，百年之长策，

就请万岁速降旨意,乘船入海。

赵　构　孤心已定! 韩世忠、张俊、刘光世听旨!

三人同　臣在!

赵　构　保扈孤王,乘船入海!

韩世忠　臣启万岁:扈驾入海,有张、刘二位统制,已经是足够的了。

张　俊　你呢?

韩世忠　臣愿留在江南。

刘光世　你出的主意,你不去?

韩世忠　但等明年春暖,兀术撤兵北归时,臣在镇江江口,拦击于他,定
　　　　叫兀术全军覆没,片甲不回!

张　俊　你敢夸此海口?

刘光世　你这弓拉得太满了吧?

韩世忠　愿立军令状! 看笔砚过来!

　　　　〔内侍递过笔纸。

张夫人　慢来! 慢来! 军家胜败,岂能预料无差,何必立写军令状。只
　　　　要秉忠报国,谨慎小心,也就是了。梁夫人,你与韩太尉扼守
　　　　长江,责任重大,需要增派多少人马?

梁红玉　不需要增派一兵一将。

张夫人　有何需求?

梁红玉　只求万岁赐臣战鼓一面,以壮军威。

张夫人　这战鼓么? ——宫中现有传世战鼓一面,乃是太祖遗物,就请
　　　　万岁赐与梁夫人。

赵　构　内侍,看过战鼓!

　　　　〔内侍抬鼓上。

张夫人　梁夫人,请来试试鼓音如何?

梁红玉　待臣试来!

　　　　〔梁红玉试鼓。

——幕落

132

第二场 遣 探

〔建炎四年二月。

〔杭州,兀术的毡帐。

〔阿里、蒲卢浑、讹鲁补、龙虎大王上。

众　俺:

阿　里　阿里,

蒲卢浑　蒲卢浑,

讹鲁补　讹鲁补,

龙虎大王　龙虎大王。

阿　里　殿下升帐,两厢伺候!

〔兀术上,哈迷蚩随上。

兀　术　(念引)

杜宇声声,江南春来早,归期到,且放过半壁南朝。

阿里等　参见殿下。

兀　术　站立两厢。

(念诗)

　　　　雄兵十万气如虹,

　　　　立马金山第一峰。

　　　　锦绣西湖一把火,

　　　　归舟横渡大江东。

孤,大金国四太子,都元帅完颜兀术,去年秋末冬初,奉了我主之命,点动河北人马,直取江南,宋王赵构,逃奔入海。孤在杭州,搜山检海,掠抢了许多财宝,这一把火——把西湖桃柳,烧得个干干净净。转眼已是二月,江南地暖,不可久留。就要满载而归,回师北上。一路之上料无阻挡。唯有韩世忠屯兵嘉兴,恐他中途拦击。也曾命人,冉三打探,未知虚实如何。孤为此甚是忧虑。

哈迷蚩　殿下不必忧虑,臣愿乔装改扮。亲至嘉兴,探听虚实。

兀　术　就烦军师一行。

哈迷蚩　遵旨!

（唱）

　　　大雁南飞我向南,

　　　五湖烟水任往还。

　　　扁舟又向嘉兴去,

　　　烟雨楼前听管弦。（下）

兀　术　掩门!

——幕落

第三场　高　　会

〔建炎四年二月十五日夜。

〔嘉兴南湖烟雨楼。

〔四军士引韩德上。

韩　德　（念）

　　　将相本无种,

　　　男儿自当强。

俺韩德。乃是镇江人士,投效韩世忠帐下。只因俺慓悍勇敢,
熟习长江水路。蒙元帅十分宠爱,收为义子,改名韩彦德。人
称小韩。无奈官卑职小,梁夫人军规又严,何日方是出头之
日?今乃二月十五,那韩世忠要大宴宾客,补庆元宵,命俺洒
扫烟雨楼。军士们!

军　士　（应）有!

韩　德　伺候了!

134

〔军士们洒扫。

〔报子上。

报　子　报！楼下擒获一名奸细！

韩　德　押上来！

报　子　押上来！

〔二军士押商人打扮哈迷蚩上。

哈迷蚩　（跪）小人并非奸细,将军明察！

报　子　他在楼下探头张脑,刺探军情。

韩　德　可是实情？

哈迷蚩　小人乃湖广客商,贩卖珠宝,路过嘉兴,闻听韩元帅大宴宾客,欲瞻仰元帅仪容,故而在楼下徘徊。

韩　德　原来是珠宝商人,可有稀世珍宝？

哈迷蚩　这个……（环顾左右）

韩　德　两厢退下！

〔军士们下。

哈迷蚩　（取出珊瑚一支）一点小意思,将军笑纳。（韩德接珊瑚）小人住在招商客店,明日恭候将军大驾光临。宝物任你挑选。

韩　德　哈哈哈……够朋友！

哈迷蚩　尝闻将军乃韩元帅义子,深得宠爱,恐小号珍宝,不在少帅眼下。

韩　德　唉！徒有虚名而已！到如今,未立寸功,官卑职小,说来惭愧。

哈迷蚩　日后荣立战功,定能青云直上。

韩　德　但愿如此。

哈迷蚩　小人有一事相求。

韩　德　但讲何妨！

哈迷蚩　小人久仰韩元帅英名,渴望一见,不知可能如愿？

韩　德　些许小事,有何不可。今日元帅与民同乐,少时可混在乡老百姓队中,一同上楼就是。

哈迷蚩　谢将军！

〔内搭架子:梁夫人到。

韩　德　暂且回避。

哈迷蚩　是!(二人下)

〔丝竹声中,女兵各持花灯,引梁红玉上。

梁红玉　(唱)

江南二月寒料峭,

才试春装又换貂。

今夜晚烟雨楼灯月相照,

哪有个元宵已过又过元宵。

女　兵　梁夫人,今年正月,金兵南下,江南百姓,连元宵节都没过成。
现在金兵就要撤退,韩元帅邀请文武官员张灯置酒,补过元
宵,他真是兴致不浅哪! 夫人,您看,那是荷花灯!

梁红玉　(唱)

荷花灯,令人想柳七词藻,

女　兵　那是狮子灯!

梁红玉　(唱)

狮子灯,仿佛是汴京河桥。

女　兵　您看那是鳌山,两条鳌鱼,万盏明灯,多好看哪! 还喷水哪!

梁红玉　(唱)

小鳌山怎比得当年热闹,

女　兵　当年在汴梁过元宵,那是怎么个热闹法哪?

梁红玉　(唱)

最难忘,涨春潮,惊宿鸟,万人齐唱《念奴娇》。

女　兵　我总觉得,这么兵荒马乱的,还有心肠补过元宵,他韩元帅就
不怕旁人议论吗?

梁红玉　(唱)

你只说他借着这残山剩水抒怀抱,

却不道他对酒当歌运龙韬。

女　兵　韩元帅有什么龙韬虎略,咱也不知道,咱们就先把这花灯点

起来。

〔女兵以舞蹈动作点燃花灯。霎时间花灯通明,玲珑剔透,斗艳争奇,一派升平景象,梁红玉步履翩翩,往来察看。

〔韩世忠暖服轻裘,手持金斗上。

韩世忠　啊,夫人你看,华灯如昼,人月双圆,真乃一派升平景象啊!

梁红玉　人月双圆,山河破碎,可惜这升平乃是乱世的升平。

韩世忠　唔,好一个乱世的升平!

〔韩彦直、韩彦古上。

韩彦直　文武官员到!

韩世忠　有请!

〔官员上。

官　员　韩元帅、梁夫人相约我等,为了何事?

韩世忠　金兵犯境,公等守土御敌,多有辛苦。今日二月十五特备薄酒,补庆元宵,聊表慰劳之意。

官　员　到此就要叨扰。

韩世忠　酒宴摆下!

〔兵士斟酒。

韩世忠　列位大人,如今国家多难,嘉兴幸有一片安乐土。望公等暂放忧国忧民之心,且尽清风明月之乐,必须开怀痛饮,一醉方休!

官　员　我等奉陪。

韩世忠　(唱)

　　　　自从胡马窥江后,

梁红玉　(唱)

　　　　江南草木尽生愁。

韩世忠　(唱)

　　　　今夜高楼持金斗,

梁红玉　(唱)

　　　　心随明月照汴州。

韩世忠
梁红玉　干!

官　员	干！

〔韩德上。

韩　德	父老百姓到！
梁红玉	请上楼来！

〔百姓上。哈迷蚩混在其中。

韩世忠	请坐！赐酒！

〔百姓坐，兵士酌酒。

韩世忠	（唱）

乱世荒年难大有，

梁红玉	（唱）

昨日少年今白头。

韩世忠	（唱）

与君同进一杯酒。

梁红玉	（唱）

莫负南湖烟雨楼。

韩世忠	干！
梁红玉	干！
百　姓	干！
哈迷蚩	韩元帅、梁夫人，学生有一事不明，不知当讲不当讲。
韩世忠	先生有话请讲。
哈迷蚩	如今中原沦丧，二帝蒙尘，临安失守，宋王赵构——
韩世忠	嗯！
哈迷蚩	啊啊——睿圣仁孝皇帝逃奔海上，金兵近在咫尺，韩元帅、梁夫人在此置酒高会，不是有些儿不当么？
韩世忠	有道是"民亦劳止，讫可小休"。
哈迷蚩	哦哦哦，黎民百姓过于劳苦，需要休息休息。
梁红玉	又道是"一张一弛，文武之道"。
哈迷蚩	哦，是是是，弓弦儿不能老是绷得那样紧，要有松有紧，领教领教。——啊，元帅、夫人，闻得金兵即将回师北上，倘若他们取

道镇江,你这嘉兴,岂不是危在旦夕么?

韩世忠　万里长江,随处可渡。镇江江面甚宽。水势凶猛。我料金兵渡江,不在建康,定在宜黄,不会取道镇江。嘉兴么,是料无妨碍的。

哈迷蚩　倘若那完颜四殿下——

梁红玉　啊,先生,哪一个完颜四殿下呀?

哈迷蚩　就是那兀术,兀术! 倘若兀术他取道镇江,元帅、夫人中途拦击,只恐兀术渡江,就不会那么顺当了!

韩世忠　先生,你道兀术有多少人马?

哈迷蚩　雄兵十万。

韩世忠　世忠帐下呢?

哈迷蚩　这个,学生不知道。

韩世忠　实告先生,不足八千之众。以八千之众拦击十万雄兵,众寡悬殊,世忠纵然不智,岂能做此蠢事!

哈迷蚩　倘若他当真取道镇江呢?

梁红玉　他来我去,他去我来。

韩世忠　唯有避之耳。

哈迷蚩　领教,领教! 学生的酒已够了,告辞!

韩世忠　只管请便!

哈迷蚩　(唱)

　　　　烟雨楼并无有刀光剑影,

　　　　入虎穴得虎子不虚此行! (下)

韩彦直　啊父帅,我看此人形迹可疑,定是奸细!

韩世忠　怎见得?

韩彦直　他的言语有破绽!

韩世忠　有什么破绽?

韩彦直　他口称我主名讳,又说什么完颜四殿下,明明是金邦奸细,不是宋室良民!

众　　少将军言之有埋!

韩　德　　嗳,说了两句错话,怎见得便是奸细,不要大惊小怪。

韩世忠　　是啊,公等只管放心饮酒!待世忠为公等把盏。

　　　　　〔韩世忠下位把盏。

韩世忠　　(唱)

　　　　　　　　枕戟待旦听刁斗,

　　　　　　　　案牍劳形几曾休,

　　　　　　　　今宵只可谈风月,

　　　　　　　　不醉无归免下楼!

　　　　　〔报子上。

报　子　　报!金兀术兵发临安,直奔嘉兴而来!

韩世忠　　再探!

　　　　　〔众骚然。

众　　　　金兀术直奔嘉兴而来,韩元帅料理军务要紧。

韩世忠　　所报未必属实,不必惊慌。我们还是饮酒。

众　　　　还要饮酒?

梁红玉　　寡饮无欢,红玉愿为公等舞剑一回,以佐清兴,不知公等肯赐
　　　　　赏否?

众　　　　我等愿饱眼福。

韩世忠　　夫人舞剑,世忠当为击鼓应节。看鼓来!

　　　　　〔兵士抬花腔小鼓上。

　　　　　〔女兵递剑,梁红玉起舞,韩世忠击鼓。

梁红玉　　(唱)

　　　　　　　　西北烟尘雾满天,

　　　　　　　　燕云河朔几时还?

　　　　　　　　东南剑气冲牛斗,

　　　　　　　　欲为君王斩楼兰。

　　　　　　　　待到春暖花开日,

　　　　　　　　西湖依旧山外山。

　　　　　　　　眼前形势胸中策,

不妨起舞尽余欢。

〔收剑。

〔报子上。

报　子　报！金兀术大兵距嘉兴只有四十余里了！

韩世忠　再探！列位大人,乡亲父老,宽饮几杯,韩世忠要少陪诸位了。

众　元帅往哪里去？

韩世忠　去往镇江,恭候那完颜四殿下！

众　张灯置酒,原来乃是一计！

韩世忠　有道是兵不厌诈。

众　元帅高明！

韩世忠　公等放心饮酒,只要烟雨楼中,酒宴不停,灯火不灭,笙歌不歇,便是公等大功一件！

众　这饮酒还能立功么？

韩世忠　(用陕北话说)兀术呀兀术,你中了本帅的圈套了！哈哈哈哈……酒来！酒来！酒来！干！

众　干！！

韩世忠　传令下去:大小三军,即刻登船,升满帆篷,直达镇江,紧紧封住江口,不许兀术一人一船过江！违令者,斩！

韩彦直　下面听者:父帅有令,大小三军,即刻登船,升满帆篷,直达镇
韩彦古　江者！

众　(应)吓！

〔众将下。

一官员　干！

众　干！！

——幕落

第四场　巡　江

〔建炎四年二月。

〔镇江江面，雾气满江，月色朦胧，远处可见江心的焦山，山下有两三灯火。

兀　术　（内唱）

　　　　镇江自古称险要，

〔兀术、哈迷蚩、龙虎大王乘船上。水兵划船。

兀　术　（接唱）

　　　　扁舟来看江上山。

　　　　呀！

　　（接唱）

　　　　月色朦胧，江流浩浩，

　　　　壮哉：金山、焦山、北固山！

　　　　金山、北固如华表，

　　　　焦山矗立在水中间，好一座铁锁雄关！

　　　　倘若是韩世忠屯兵在焦山庙，

　　　　孤王的千军万马飞渡难，思之，胆寒。

哈迷蚩　殿下只管放心，那韩世忠在嘉兴大宴宾客，此时宿酒未醒，他到不了此处。

　　（唱）

　　　　韩世忠他只会放牛割草，

　　　　梁红玉也只解歌舞吹弹。

　　　　他那里飞觞醉月，酒足饭饱，

　　　　怎知我轻舟已到大江南。

　　　　只等到月落星稀天破晓，

　　　　湖平风正挂千帆。

到明天,瘦西湖维舟搭跳,

平山堂里卸征鞍,万安,万安!

兀　术　言之却也有理!韩世忠纵然前来,来不得这样的快呀! ——啊?

（唱）

风中、雾里,仿佛有声声刁斗、猎猎旗号——

〔哈迷蚩远看,谛听。

哈迷蚩　哪里有旗号之影,刁斗之声,这是佛殿的铃铎之声,幡幢之影,

殿下不要多疑!

兀　术　（唱）

孤的心恰似这洪波万丈水下滩,

起落,难安。

龙虎大王　看罢了江山形势,回去了吧?

〔水兵回船。

〔传来渔夫的号子声:"哦喽喽……"

兀　术　深更半夜,哪里来的渔歌之声?

哈迷蚩　江上夜间打鱼,乃是常事,回去吧!

兀　术　闪在一旁!

〔渔夫划船上,韩世忠持钓竿背立。

渔　夫　（唱渔歌）

打鱼一世在江岸,

钓得鲜鱼丢在篓里边。

鱼篓有个喇叭口,

进来容易出来难!

兀　术　听渔夫歌中之意,分明讥刺孤家,叫他转来!

龙虎大王　渔夫转来!

渔　夫　来了!

兀　术　船上所载何人?

渔　夫　是一个钓鱼人。

兀　术　孤要盘查!

渔　夫　请查！

　　　　〔韩世忠转面。

哈迷蚩　韩世忠？

韩世忠　已在焦山等候殿下多时了！殿下要过长江,我有几句言语,殿
　　　　下听了！

　　　　（唱）

　　　　　　　江水滔滔向东流,

　　　　　　　二分明月在扬州。

　　　　　　　抽刀断得长江水,

　　　　　　　容君北上到高邮。

　　　　　　　抽刀断不得长江水,

　　　　　　　难过瓜州古渡头。

　　　　　　　江边自有青青草,

　　　　　　　不妨牧马到中秋！

　　　　殿下多多保重,韩世忠得罪了！哈哈哈哈……

　　　　〔韩世忠挥手,翩然而下。

龙虎大王　追！

水　兵　满江大雾,船去如飞,追不上了！

兀　术　军师！你所探军情不实！

哈迷蚩　我上了他的当了！

兀　术　韩世忠扼守焦山,挡住了孤的去路,啊呀这这这……

哈迷蚩　如今之计,倒不如修下战书,与他约期在江面会战？

兀　术　修下战书,约他在江面会战？

哈迷蚩　我军有雄兵十万,韩世忠只有八千人马,他若来时,何愁我军
　　　　不胜！

兀　术　此计甚好！就烦军师回营修书。

　　　　　　　　　　　　　　　　　　　　——幕落

第五场　擂　鼓

〔前场次日。

〔焦山、金山、江面、黄天荡口。

〔幕启：焦山，韩世忠的帅帐，设在佛寺的讲堂中。檐外帅旗，绣着"韩"字、"梁"字。正中设帅座。兵器架上悬挂着铁钩巨铒。一侧陈战鼓。一侧的画屏上有一幅巨大的战图，标出金山、焦山、北固山、黄天荡等处。

〔梁红玉上，细看战图。

〔韩世忠一手持金罍，一手持巨斗，上，踞坐饮酒。

〔梁红玉徘徊，走至鼓后，轻轻击鼓。

梁红玉　（唱鼓歌）

二帝蒙尘兮仓皇北狩，

山河破碎兮使我心忧。

万丈长缨兮今日在手，

何时缚彼兮敌寇巨酋？

山河破碎兮使我心忧，

百姓辛苦兮流离道周。

援枹击鼓兮神思飞骤，

还我故国兮不负江流！

〔鼓声渐稀。

梁红玉　世忠，你昨夜亲自巡江，为妻甚是担心。

韩世忠　何必担心！

梁红玉　身为主帅，亲赴前敌，近于弄险。

韩世忠　江中雾大，有什么危险！

梁红玉　派一小将前去，也就是了。

韩世忠　兀术南征，目中无人，欺人太甚，我要嘲笑了他！

梁红玉	如此轻狂,有失名将风度!
韩世忠	说什么名将风度!韩世忠是陕西的军汉,本不是什么名将!
	我生来嗜酒尚气,想怎样,便怎样,你休来管我!(用陕北话
	说)你给我当了多年的婆姨,你还不知你那汉,他的脾气!
梁红玉	还是那样的任性!
韩世忠	(用陕北话说)改不了!(举杯痛饮)
	〔中军上。
中　军	启禀元帅、夫人。
韩世忠	何事?
中　军	张夫人到!
梁红玉	张夫人来了?
韩世忠 梁红玉	大开辕门,快快有请!
中　军	有请张夫人!(下)
张夫人	(内唱)

　　　　金兵已离西湖岸,

　　〔二宫女捧御札、银盒上。

　　〔张夫人上。

张夫人	(接唱)

　　　　圣驾新从海上还。

　　　　堤边的桃柳成焦炭,

　　　　且喜临安今又安。

　　　　韩世忠在烟雨楼上,张灯置酒把敌赚。

　　　　屯兵扼守在焦山。

　　　　他言说成竹在胸操胜算,

　　　　不放金兵一人一马回北番。

　　　　多日来群臣百姓愁满面,

　　　　今日里喜容春色上天颜。

　　　　有老身轻舟简从,不辞风霜路远,亲捧御札来嘉勉——

韩世忠 梁红玉	迎接张夫人！
张夫人	（接唱） 太尉、夫人,依旧丰采似去年！
韩世忠	怎敢有劳张夫人风霜路远,来到军中。
张夫人	屡接战报,天颜甚喜,圣上钦赐银盒汤药,御札一通,命老妾前 来慰问你们来了。银盒汤药在此。 〔官女呈银盒。
韩世忠 梁红玉	臣谢领！
张夫人	御札在此。 〔官女进御札。
韩世忠	（读御札）"谕韩世忠、梁红玉:前卿等建言,劝朕避居海上,所 言甚善。今金寇北归,果如所料。望卿等奋力拦击,戒骄戒躁 全歼敌虏。朕甚嘉焉,卿其勉哉！"
韩世忠 梁红玉	万万岁！
张夫人	请问太尉,兀术的人马甚多,太尉有何妙计,可使他全军覆没, 片甲不回呀？
韩世忠	（至画屏前）张夫人请看:这是焦山,这是金山,这是北固山, 这里便是黄天荡。但等会战之时,我水军自焦山、北固山出 动,在金山设下步兵一支,将兀术夹在江心,只要将他引入黄 天荡,便可一鼓擒之。
张夫人	哦,这黄天荡是一个怎样的所在？
韩世忠	黄天荡纵横三十里,看来水面空阔,只是四面俱是陡壁悬崖, 除却荡口,并无道路可通,好似鱼篓儿一般。只要紧守荡口, 兀术就如同篓中之鱼,再也出不去了！
张夫人	哦,四面并无道路,像一只鱼篓儿！啊太尉,你虽占了地利,只 是兀术有十万之众,太尉只有八千人马,怎样能将他引入黄天 荡呢？

梁红玉　张夫人有所不知,兀术的人马虽多,他们不习水战,所乘之船甚小,船行不快。我军所乘乃是海船战舰,乘风张帆,行驶如飞。故能以少胜多,以八千胜他十万。

韩世忠　(取过铁钩巨绳)张夫人请看!

张夫人　这是何物?

韩世忠　此乃是铁钩巨绳。

张夫人　要它何用?

韩世忠　世忠早已招募善长潜水的渔民。但等交战之时,他们持此巨绳,潜入水中,钩住兀术的小船,用力一拉,他们小船就翻了!

张夫人　原来有此妙用! 如此说来,韩太尉、梁夫人,你们是稳操胜券的了!

韩世忠　稳操胜券!

张夫人　稳操胜券?

梁红玉　但愿如此!

韩世忠　稳操胜券!

张夫人　啊!

韩世忠　啊!

三人同　哈哈哈哈……

梁红玉　啊!

〔韩彦直上。

韩彦直　启禀父帅、母亲,今有韩彦德,私入民宅,被孩儿等拿获了。

梁红玉　怎么,他又作出这样之事?

韩世忠　押上来!

(唱)

　　　　听一言不由我怒火难按!

〔韩彦古押韩彦德上。

韩彦直　走!

韩世忠　(接唱)

　　　　骂一声韩彦德不肖的儿男!

韩家军从不取民间一线，

你怎敢乱军规无法无天！

抢掠民财就该斩！

韩彦直
韩彦古　推出斩了！

韩世忠　且慢！

　　　　（接唱）

还念他怀绝技能翻敌船。

早晚间练水军颇称勤勉，

随本帅尽忠心马后鞍前，

暂记死刑且宽免——

梁红玉　（唱）

正军法绝不能姑息养奸！

似这等害群马不受羁绊，

怎容他为非作歹，一而再，再而三！

将韩德重责八十棍，

赶出营门永不还！

韩　德　父帅！

　　　　（唱）

儿犯罪受重责心甘情愿，

舍不得父帅的身教言传。

还望父帅开恩典，

将儿收留在身边。

韩世忠　（唱）

韩彦德一声声将我依恋，

倒叫本帅作了难。

张夫人　（唱）

今日若将小韩赶，

只恐老韩心不欢。

　　　　　　此事还须我出面，

　　　　　　好言相劝来转圜。

　　　梁夫人！

　　　（唱）

　　　　　　彦德虽把罪过犯，

　　　　　　念他胎发未全干。

　　　　　　顽铁要在炉中炼，

　　　　　　用人之际莫求全。

　　　　　　不看僧面看佛面，

　　　　　　容他杀敌赎前愆。

韩世忠　既是张夫人与他讲情——

梁红玉　暂且留在营门候令！

韩世忠　还不谢过夫人！

韩　德　多谢——张夫人！

　　　〔中军上。

中　军　启禀元帅，完颜兀术，打来战书。

韩世忠　（看战书）吩咐击鼓升帐！

中　军　升帐！

　　　〔众将上。

韩世忠　完颜兀术，打来战书，约我江心会战。众位将军，随本帅力战金兵，将他们引入黄天荡中，不得有误！

梁红玉　韩彦直、韩彦古听令！

韩彦直
韩彦古　在！

梁红玉　随我金山督战。本帅亲自播鼓，指挥全军。鼓击则进，鼓住则止。今日一战，非同小可，必须人人奋勇，个个当先。面上中箭者，赏！背后中箭者，定斩不赦！

众　将　吓！

　　　〔诸将下。

〔韩世忠下。

〔梁红玉下。

〔二幕闭。

〔二幕开,金山。

〔山头摆列战鼓五面,一面最大,四面较小。

〔女兵持弓箭上。

〔二女兵、韩彦直、韩彦古上。

〔梁红玉上。

梁红玉　（唱"粉蝶儿"）

　　　　　　江水滔滔,

　　　　　　流不去,

　　　　　　北固金焦。

　　　　　　俱往矣,孙权曹操,

　　　　　　感兴亡,金粉南朝。

　　　　　　望神州,英雄血奔腾起落。

　　　　　　按龙泉,祝告江潮:

　　　　　　平胡虏,安宗庙,

　　　　　　待把那山河重造。

　　　　　　此一战金酋脱逃,

　　　　　　誓不见江东父老!

韩彦直　敌我两军,已经接战了!

韩彦古　我军战船,冲入敌阵,敌船翻的翻,沉的沉,我军将士,人人奋勇,敌兵中箭,纷纷落水,好一场大战也!

梁红玉　待俺擂动战鼓,与他们扬威鼓勇!

　　　　〔擂鼓。

　　　　（唱"石榴花"）

　　　　　　遥望着一江风浪拍天高,

　　　　　　江心中扬帆举棹,旗帜飘飘,

　　　　　　一阵阵传来喧呼鼓噪,

　　　　　　舞潜蛟,惊林乌,撼奔涛。

　　　　　　擂战鼓地动山摇,

　　　　　　擂战鼓地动山摇,

　　　　　　霎时间腾空杀气入云表。

　　　　啊?诸将人人奋勇,唯有韩彦德闻鼓不进,败下阵来,是何道
　　　理?莫非他心怀二意,卖阵与敌人?众女兵,与我弯弓搭箭,
　　　瞄准韩彦德! 韩彦直、韩彦古!

韩彦直
　　　　在!
韩彦古

梁红玉　与我高声呐喊,警告那韩彦德,再不奋力死战,我这里万箭齐
　　　发,将他射死江心!

　众　　韩彦德听者:再不奋力死战,万箭齐发,将你射死江心!

　　　　〔梁红玉擂鼓。

　　　　〔韩彦直、韩彦古、二女兵同擂鼓。

梁红玉　且住! 看元帅已将兀术引向黄天荡。众女兵!

女　兵　有!

梁红玉　随我登舟助战者。

女　兵　(应)吓!

梁红玉　(唱)

　　　　　　眼看着狂风咆哮,敌船零落,

　　　　　　俺这里整甲提刀,

　　　　　　俺这里整甲提刀,

　　　　　　撒罗网,钓金鳌,

　　　　　　定叫他全军覆没在今朝!

　　　　〔二幕闭。

　　　　〔二幕开。

　　　　〔两军激战。

　　　　〔兀术败至黄天荡。

兀　术　不想被韩世忠杀得大败。前面什么所在?

龙虎大王 黄天荡。

兀　术 撤兵黄天荡!

〔韩世忠、梁红玉及宋将上。

韩世忠 啊哈,哈哈,哈哈哈哈……完颜兀术,我的儿喏。你英雄一世,(用陕北话)不想今天败在我韩世忠的名下!(恢复韵白)紧紧封锁荡口!

——幕落

第六场　求　　和

〔建炎四年四月。

〔黄天荡。

〔兀术上,哈迷蚩上。

兀　术 兵困黄天荡,

将士多死伤,

铁衣生虮虱,

何日返故乡!

且住! 孤被韩世忠困在黄天荡中,已经一月有余。我军屡战屡败,无法突出重围。如今已是初夏,将士未换冬装。江南湿热,不服水土,伤病者甚多,人人思乡厌战,这便如何是好!

哈迷蚩 如今之计,只有卑词厚礼,约请韩世忠阵前答话,求他放我一条生路。

兀　术 何谓卑词厚礼?

哈迷蚩 卑词么,就是低声下气。

兀　术 这厚礼呢?

哈迷蚩 将抢掳来的财物,全部归还。

兀　术 他若是不允呢?

哈迷蚩 再将宝马十匹,赠送与他。

兀 术 孤统率雄兵,横行中国,所向披靡,战无不胜,不想到了今日!

哈迷蚩 大丈夫能屈能伸。只要生还故国,再图卷土重来。

兀 术 事到如今,也只好如此,就烦军师哈营求见。

　　　　正是:只为思故土,

　　　　　　　强作低头人。

　　　　唉!(下)

哈迷蚩 军士们!

　　　〔二金兵持桨上。

哈迷蚩 韩营走走!

　　　(唱)

　　　　实指望下江南成名立业,

　　　　不料想做了瓮中之鳖。

　　　　羞惭惭乘坐着扁舟一叶……

　　　〔圆场。

　　　〔韩彦直、韩彦古上。

韩彦直
韩彦古 哒,什么人窥探我营!

哈迷蚩 (接唱)

　　　　哈迷蚩来求见元帅爷爷。

韩彦直
韩彦古 候着!

哈迷蚩 是是是。

韩彦直
韩彦古 有请父帅!

　　　〔韩世忠持金罍巨斗上。

韩世忠 楼船静泊黄天荡,

　　　　战鼓遥传采石矶。

　　　　何事?

韩彦直 金邦军师哈迷蚩求见。

韩世忠　有请！

哈迷蚩　韩元帅！

韩世忠　军师阵前过访，为了何事？

哈迷蚩　完颜四殿下请元帅阵前答话。

韩世忠　哦。众将官！列阵相迎。

　众　　吓！

　　　　〔宋兵列阵。

　　　　〔兀术统众乘船上。

兀　术　韩元帅请了！

韩世忠　完颜殿下请了！这里有金樽美酒，请来同饮一杯！

兀　术　元帅自请！韩元帅，兀术此次南征，乃是奉主之命。愿将部下
　　　　抢掳的财物，全部归还，望求元帅，借我一条道路。容我北归
　　　　之后，说动我主，两国罢兵和好，你看如何？

韩　德　（背供）归还财物！

韩世忠　殿下此言差矣！你军抢掳的财物，本是江南臣民士庶所有，物
　　　　归原主，理所当然。这大宋天下，一草一木，一山一水，乃大宋
　　　　万民所有。韩世忠只有守土之责，并无假道之权，殿下休得多
　　　　言，请回本军去吧！

兀　术　韩元帅，韩元帅！久闻元帅喜爱骏马。兀术愿将宝马十匹，送
　　　　与元帅！

韩　德　（背供）赠送宝马！

韩世忠　哈哈哈哈……世忠本是关西军汉，曾在马背上度过数十春秋，
　　　　承赠宝马，足见盛情。

兀　术　但求元帅放我一条生路。

韩世忠　只是江南乃是水乡，黄天荡不是扬鞭跃马之地。世忠今日所
　　　　爱者乃是海船战舰。宝马十匹，还是殿下留着自用的好。不
　　　　必多言，请回本军，但等南风一起，不妨再会几阵。

　　　　（唱）

　　　　　　你率领不义师烧杀成性，

毁却了三潭印月柳浪闻莺。

我若是假道路容你逃奔,

怎对得千家血万户生灵?

休得要在阵前巧言动听,

回营去重整顿败将残兵。

待来日南风起再会几阵,

胜得我韩世忠——拱手放行!

兀　术　韩元帅,孤家卑词厚礼,求你假道,你执意不允。你究竟要些
　　　　什么呀?

韩世忠　韩世忠所要者只有两件。

兀　术　哪两件呢?

韩世忠　迎还二圣,复我疆土!

兀　术　怎么讲?

韩世忠　(唱)

　　　　　　复我疆土,迎还二圣,

　　　　　　解围放尔去逃生!

兀　术　韩元帅,宋室江山,风雨飘摇。你不如归顺金邦,孤家保你,依
　　　　照刘豫、张邦昌之例,许你平分疆土,自立为王,你看如何?

韩　德　(背供)平分疆土,自立为王,真是一桩好买卖。

韩世忠　呸!

　　　　(唱)

　　　　　　听一言不由我怒火难忍,

　　　　　　你把我韩世忠看做什么人!

　　　　　　三军与我放雕翎!

　　　　〔宋军张弓。

兀　术　回营!回营!

　　　　〔兀术等狼狈下。

——幕落

156

第七场　功　败

〔前场后半月，端阳节近。

〔黄天荡口。石岸上开着一树石榴花。花外可见战船的桅杆。江上无风，桅杆上的旗帜全都静静地垂着。

〔梁红玉上。

梁红玉　（唱）

秧出水蚕三眠榴花照眼，

小蜻蜓自在飞它不识烽烟。

将金兵紧围困一月有半，

眼见得大功成捷报临安。

前几日观形势江天一览，

偶遇着老渔翁并坐闲谈。

他说是黄天荡并非是金城铁槛，

有一条老鹳河淤塞多年。

当年直通秦淮岸，

故道如今识别难。

我也曾与世忠言说几遍，

怎奈他高歌纵酒全不放在心间。

近日来风力弱帆樯不满，

湖荡里都不闻金鼓声喧。

胜利前需谨慎防微杜渐，

早晚间勤巡查岂敢偷闲。

细留神只觉得军心骄慢，

不由我一阵阵忧虑不安。

〔二宋兵持钓竿上。

一宋兵　走走走！这会正是鱼吞食的时候！

梁红玉　转来!

　　　　〔宋兵止步。

一宋兵　夫人在此巡营。

梁红玉　你们手持何物?

一宋兵　钓鱼竿。

梁红玉　往哪里去?

一宋兵　江边钓鱼去。

梁红玉　大敌当前,胜负未分,哪有这样的闲情?

一宋兵　夫人您瞧:旌旗不动,树枝不摇,连一点风丝都没有。咱们使
　　　　的是海船。海船无风,不能行动。韩元帅说啦,这两天没有大
　　　　战,只要把住荡口,别让兀术跑了就得了,这不,端午节快到
　　　　啦,夫人您是镇江人,您还不知道吗。江里涨了龙船水,正是
　　　　鲥鱼上来的时候。我们去钓两条,请元帅、夫人尝个鲜儿。

梁红玉　军伍之中,哪有钓鱼的道理!

一宋兵　这不闲着也是闲着吗?

梁红玉　还不与我速速回营!

一宋兵　您叫我们回营干什么呢?

梁红玉　拉弓练箭,整甲磨枪!

一宋兵　是啦!(对另一宋兵)得,回去吧!

一宋兵　您管得了我们。还能管得了元帅吗?!

　　　　〔宋兵下。

梁红玉　呀!听他们之言,军心骄慢,责在上而不在下。但等元帅来
　　　　时,与他进谏便了。

　　　　(唱)

　　　　　　诸葛一生唯谨慎,

　　　　　　骄兵必败我心惊。

　　　　〔韩世忠持钓竿上。

韩世忠　(唱)

　　　　　　寇准酣眠破敌阵,

　　　　　谢安丝竹退秦兵。

梁红玉　元帅来了。

韩世忠　啊,夫人!

梁红玉　元帅今欲何往?

韩世忠　(愧笑)忙里偷闲,遣兴而已。

梁红玉　元帅呀!

　　　　(唱)

　　　　　自从金兵马蹄到,

　　　　　江山社稷海上漂。

　　　　　你我守土责非小,

　　　　　忘餐废寝敢辞劳。

　　　　　金兵虽已入笼套,

　　　　　须防铁锁走腾蛟。

　　　　　你今偷闲去垂钓,

　　　　　将士难免撒网捞。

　　　　　自古上行多下效,

　　　　　莫学楚王好细腰。

　　　　　夫妻多年掬诚告,

　　　　　莫怪红玉语唠叨。

韩世忠　危言耸听!世忠不钓也就是了!(将钓鱼竿折断)这是哪里
　　　　说起!

梁红玉　元帅休要生气,为妻尚有一言。

韩世忠　莫非又是老鹳河之事?

梁红玉　正是此事。

韩世忠　啊呀,你已经讲了多少次了!我问过部下将士,他们不知道有
　　　　什么老鹳河。问过招募的渔夫,也不知有什么老鹳河。就是
　　　　那韩彦德,他家世代就在黄天荡边居住,也不曾听说有什么老
　　　　鹳河呀!妇道人家就是这样的噜唆!

梁红玉　……你问过那韩彦德了?!

韩世忠　问过了。

梁红玉　说起了韩彦德,为妻方才巡营,为何不见韩彦德?

韩世忠　他请假回家探母去了。

梁红玉　何人准假?

韩世忠　本帅准假。

梁红玉　临阵请假,哪有此例呀?

韩世忠　哎呀夫人,你我夫妻父子,俱在军中,不知他人的苦处。韩彦
　　　　德的母亲,年老多病,思子心切。他家离此,只有十里之遥。
　　　　近日无有大战,他告假探亲,有何不可。你不要不通人情哪!

梁红玉　元帅此事差矣!

韩世忠　何差?

梁红玉　想那韩彦德有三可疑。

韩世忠　哪三可疑?

梁红玉　平日不守军规,一可疑;临阵退缩,二可疑;阵前告假,三可疑。

韩世忠　不守军规,只因他本是金山水贼;临阵退缩,一时胆小;阵前告
　　　　假,思念老母。有何可疑? 夫人,我倒明白了!

梁红玉　明白何来?

韩世忠　只因他不是你亲生的儿子,你故尔对他不喜。常言道隔重肚
　　　　皮隔重山,你们妇道人家,就是这样的小气!

梁红玉　你开口也是妇道人家,闭口也是妇道人家,你这是怎样的讲
　　　　话呀!

韩世忠　本来是妇道人家!

　　　　〔报子上。

报　子　报! 韩彦德投奔金营!

韩世忠　怎么讲?

报　子　投奔金营!

韩世忠　再探!

　　　　(唱)

　　　　　　韩彦德果然投金邦,

160

只恐兀术远飞飏。

〔报子上。

报　子　报！金兵逃走！

韩世忠　再探！（四望，唱）

水面不见帆与桨，

金兵逃奔向何方？

〔报子上。

报　子　报！金兵听了韩彦德之计，挖通老鹳河故道三十里，逃往秦淮
建康去了。

韩世忠　（唱）

只因错用一员将，

两月之功付汪洋！

胸中怒火高万丈，

叫三军！——

〔众将急上。

韩世忠　（接唱）

与我穷追到建康！

众　将　海船无风，艰以行动，追不得！

韩世忠　砍去帆篷，多用篙桨！

众　将　新开河道，狭隘难行，追不得！

韩世忠　舍去舟船，徒涉泅渡！

梁红玉　两岸俱是芦苇杂树，倘若金兵放火，无处躲藏，难免全军覆没，
万万追不得！

众　将　追不得！

韩世忠　两月之功，岂能毁于一旦！与爷抬枪！抬枪！抬枪！

〔兵士抬枪上。

韩世忠　（接唱）

你们随、随、随我来呀！（急下）

〔众将急随下。

梁红玉　韩彦直、韩彦古,随我接应元帅!

〔梁红玉、韩彦直、韩彦古,女兵急下。

〔暗转。

〔老鹳河,到处都是杂树芦苇。

韩世忠　(内唱)

　　怒火燃胸紧追赶……

〔韩世忠急上,四望。

韩世忠　(接唱)

　　不见金兵为哪般?

〔兀术、金将上。

兀　术　韩元帅,别来无恙耶?孤家在此。也等候元帅多时了。孤家
　　　　此次,九死一生,实为万幸。韩元帅功败垂成。可惜呀可惜!
　　　　元帅多多保重,完颜兀术得罪了! 哈哈哈哈……(下)

韩世忠　(念)

　　恼羞成怒实难忍,实难忍,

　　功败垂成怎甘心,怎甘心!

　　哪怕血染长江水,长江水,

　　不灭金寇不为人,不为人!

〔宋将追到。

韩世忠　与我追!

〔金兵放箭。宋将中箭败下。

〔韩彦德上。

韩彦德　韩元帅,速速撤回镇江,我念你平日的恩德,放你一条性命。

韩世忠　韩彦德! 献计挖通老鹳河,可是你?

韩彦德　正是末将!

韩世忠　你久有投敌之意?

韩彦德　久有此意!

韩世忠　休走,看枪!

韩彦德　元帅再不撤回,恕韩德无礼了!——四面放火!

〔金兵放火,韩世忠焦头烂额。

〔梁红玉、韩彦直、韩彦古急上,救回韩世忠。

梁红玉　撤!

──幕落

第八场　奏　本

〔建炎四年五月。

〔临安,睿圣宫。

〔范宗尹、赵鼎、张俊、刘光世上。

范宗尹　淮北静烽烟,

赵　鼎　江南可采莲。

张　俊　衣沾旧宫草,

刘光世　甲带海上盐。

范宗尹　今当早朝,分班伺候。

〔宫女扶张夫人上,就侧座。

〔内侍引赵构上。

赵　构　(念引)

舟辇仓皇,何日里,天下太平。

去冬金人南侵,孤王避居海上。如今金兵北退,方能还驾临安。中兴诸将,俱已封赏。唯有韩世忠伤痕未愈,梁红玉看视在家,未能还朝。也曾命人宣召他们,不知可到行在否?

范宗尹　韩世忠、梁红玉已到临安,现在宫门候旨。

赵　构　宣他们上殿。

内　侍　万岁有旨,韩世忠、梁红玉冠带上殿!

韩世忠
梁红玉　来也!(上)

韩世忠	北国江流仍浩荡,
梁红玉	西湖杨柳又回青。
韩世忠 梁红玉	(同)臣韩世忠 梁红玉见驾,吾皇万岁!
赵　构	二卿平身。
韩世忠 梁红玉	万万岁!
赵　构	韩世忠抗敌有功,应该怎样封赏,众卿当殿议来。
范宗尹	臣启万岁:当金兵南下之时,群臣议论纷纭,韩世忠片言决策, 方能还驾临安,保存两浙江淮。韩世忠功在诸将之上,应该晋 爵封王。
张　俊	怎么,他片言决策功在诸将之上?
范宗尹	功在诸将之上!
刘光世	应该晋爵封王?
范宗尹	应该晋爵封王!
刘光世	我与老张,保驾出海,难道就无有功劳?
范宗尹	决策的功大,保驾的功小,不能相比!
刘光世	韩世忠曾经夸下海口,要使兀术全军覆没,片甲不回,他未曾 办到,到了还是把兀术放跑啦!
赵　鼎	韩世忠以八千之众,将兀术十万精兵,围困在黄天荡中,达四 十八日之久。虽未能生擒兀术,使他全军覆没。然而金邦的 元气已伤,兵将丧胆,从此不敢窥马江南。朝廷可以安定,百 姓可以生息。谋略精奇,厥功甚伟,封王晋爵,理所当然。
张　俊	怎么,有此一战,金邦元气已伤,从此不敢窥马江南了?
赵　鼎	不敢窥马江南了!
刘光世	你料得就?
赵　鼎	料得就!
张　俊 刘光世	唔!
张夫人	万岁,范仆射、赵中丞言之有理,就请万岁依他二人所奏。

张　俊　臣启万岁:倘若韩世忠晋爵封王,臣愿解甲归田。

刘光世　我也回家抱娃娃去!

赵　构　二卿不必如此,不必如此。啊,韩世忠,你的功劳,他人未能尽知,你自己也不妨略表一二呀。

韩世忠　功大功小,自有公论,为臣不便多言。臣要赶回镇江,就此辞别皇驾。

张夫人　韩太尉暂且少留。

梁红玉　臣梁红玉有本启奏!

张　俊　啊万岁,他们乃是夫妻,必然互相回护!

刘光世　胳臂肘还能向外拐吗?万岁,她要是奏本,我就下殿!

张夫人　梁红玉乃是御前左军副统制,封赠安国夫人,亲执桴鼓,佐参军务,怎么不容她讲话呀!

赵　构　是呀,梁红玉有本,当殿奏来!

刘光世　好好好,叫她说!(用手指堵住耳朵)

梁红玉　臣启万岁:韩世忠有三项大功。

刘光世　来了不是?

梁红玉　临安决策,远虑深谋,其功一也;嘉兴置酒,引敌就范,其功二也;镇江大战,以少胜多,其功三也。

张夫人　言得有理!

刘光世　你还要说什么!

梁红玉　只是——

刘光世　唔?——

梁红玉　他又有三项大罪。

众　啊?

梁红玉　信任部将韩德,阵前准假,致使他投敌献计,其罪一也。老鹳河故道,有人多次进言,他执意不听,疏于防范,致使兀术凿河逃走,其罪二也。兀术逃走之后,本不应追赶,帐下诸将,再三劝阻。他恼羞成怒,一意孤行,率领全军,陷入苇丛;敌兵放火焚烧,我军损兵折将:韩世忠仅以身免,其罪三也。黄天荡一战,本可以生擒兀术,尽灭金兵,乃韩世忠临胜而骄,狂傲自满,失误军机,使将士两月之功,毁于他一人之手。如此,则金兵可以卷土重来,贻国家无穷之后患。韩世忠始于有功,而终于有罪。臣以为韩世忠不应封赏,应予降职贬官,以为临胜而骄者戒!臣梁红玉熟知内情,不得不据实禀奏,万岁详察!

众　　　?

赵　构　呀!(唱)

　　　　　金殿上众大臣纷纷议论,

　　　　　韩世忠的功过难分明。

　　　　　低下头来暗思忖……

张夫人　万岁,韩世忠封赏之事,且容来日再议。

赵　构　(接唱)

　　　　　且容来日再品评。

　　　　退班。

　　　〔赵构、赵鼎、范宗尹下,内侍随下。

张　俊　(对刘光世)真真没有想到!

刘光世　新鲜!

韩世忠　岂有此理!

张夫人　(对梁红玉)你的话说得太重了啊。

　　　〔梁红玉情绪复杂,徘徊甚久,下。

　　　　　　　　　　　　　　　　　　——幕落

第九场　相　知

　　　〔前场后数日。盛夏。

　　　〔镇江,韩世忠的私第。湘帘半卷,柳阴到地。室内花木多盆,建兰、茉莉、珠兰。室内置屏风一架,一侧置战鼓,一侧有矮几藤榻。

〔四女兵捧食具上。

一女兵　我说元帅这两天是怎么啦？光喝酒，不吃菜。你瞧，这是夫人
　　　　特为给他做的白汤炖羊肉，他也一筷子都没动！

一女兵　喝完了酒，就骑着个毛驴，满世界那么一转悠。整天价耷拉个
　　　　脸子，凡人不理，好像谁欠他二百钱似的！

一女兵　你们知道这是为什么吗？

一女兵　啊？

一女兵　只因夫人在朝廷上参了他一本，两口子正闹别扭哪！

一女兵　我说这个夫人也是的！自家的夫妻，您干嘛参他一本哪？你
　　　　瞧，把老爷子气的哟！

一女兵　这叫做清官难断家务事！

一女兵　夫妻没有隔夜仇——咱们走！

　　　　〔女兵们嘻嘻哈哈地下。

　　　　〔梁红玉纱衣红裙，持蕉叶形纨扇上，意态闲雅。

梁红玉　（唱）

　　　　　　黄天荡走敌酋他心中烦闷，

　　　　　　整天价皱双眉一声不吭。

　　　　　　这样的倔脾气真真可恨……

　　　　〔韩世忠暗上。持金罍巨斗，至屏风一侧。

梁红玉　（接唱）

　　　　　　多年的老夫妻也觉心疼。

韩世忠　哼，哪个要你心疼！

　　　　〔韩彦直、韩彦古上。

韩彦直
韩彦古　张夫人到！

梁红玉　有请！

　　　　〔张夫人上。

张夫人　（唱）

只恐夫妻有裂璺，

老身来做和事人。

梁红玉　张夫人来了，请坐。

张夫人　梁夫人，你在金殿之上，参了韩太尉一本，我料你们回家之后，必有一番争吵。

梁红玉　倒也未曾争吵。

韩彦古　争吵倒没争吵，就是我爸和我妈不说话啦！

张夫人　哦，有这等事？你们二人评评，谁是谁非呀！

韩彦直　母亲的不是。

韩彦古　我妈不对！

张夫人　怎么是你母亲的不是呢？

韩彦古　世界上哪有婆姨参奏老汉一本的？这不是胳臂肘向外拐了吗？

梁红玉　嘟！两个蠢子，胡说什么！我与你父，在家中是夫妻，在朝中是一殿之臣。评功论过，不问亲疏。岂能因为是夫妻骨肉，夹带私情，混淆功过！

（唱）

你爹爹生来脾气拧，

一家之主他为尊。

在家中凡事对他三分让，

在朝中功过一寸也要争。

亲人仇人都一样，

一碗清水要端平。

倘若我把私情循，

当的什么大将军！

倘若我把私情循，

倒不如涂脂抹粉，作一个倚门卖笑的人！

韩世忠　赫，她倒有理！（饮酒）

张夫人　军中之事，只你一人知晓，你若是不谈——

韩彦直　旁人不知。

韩彦古　是呀！您干嘛要给他抖搂出来呢？

梁红玉　错啦！倘若旁人知道，且容旁人议论。正因为只有为娘一人
　　　　知晓，为娘才不得不讲，一定要讲！

　　　　（唱）

　　　　　　瞒神瞒鬼瞒天地，

　　　　　　瞒不得自家一寸心。

　　　　　　一时无人来议论，

　　　　　　天下后世有人评。

　　　　　　唯其母亲知内隐，

　　　　　　更要如实讲真情。

　　　　　　功过不明受封赠，

　　　　　　只恐你爹爹清夜扪心他也心不宁。

韩世忠　唔，倒也有几分道理！（饮酒）

张夫人　只是韩太尉未曾晋爵封王，心中总是不快。你们夫妻不和，老
　　　　妾心中不安呀。

韩彦古　你们俩闹别扭，我们俩也别扭！

梁红玉　不会的。你爹爹的脾气，为娘最清楚。不出三天，他就好了。

张夫人　哦？

梁红玉　儿呀，你们可知道你爹爹是哪里人氏。

韩彦直　陕西延安人氏。

梁红玉　什么出身？

韩彦直　行伍出身。

韩彦古　当兵的。

梁红玉　为娘我呢？

韩彦古　我知道，我不说。

梁红玉　这有什么可害羞的。我本是镇江的歌伎，你们可知道我是怎
　　　　样嫁与你爹爹的？

韩彦直　这倒不晓。

韩彦古　那会还没我们哪！

梁红玉　我与世忠，俱是贫贱出身。我见他虽然衣衫褴褛，风尘满面，然而言词慷慨，气宇非凡。母亲对他，一见倾心，便以身相许了。

韩世忠　这个老太婆，你怎么跟自己的儿子讲起这些古话来了！

梁红玉　二十年来，我与你父，风雨不离，鞍头马上，同生共死。我对你父，相知最深。你爹爹气恼，并非因为未曾晋爵封王。他若是贪图禄位，他就不是韩世忠，我也不是梁红玉了！

（唱）

　　　　我与世忠结发定情在风尘里，

　　　　人之相知贵知心。

　　　　虽然是风雨并悬黄金印，

　　　　却依然明月双照玉壶冰。

　　　　曾相约功成身退湖上隐。

　　　　夫妻歌啸过一生。

　　　　他不愿位极人臣掌权柄，

　　　　我也不稀罕做夫人。

　　　　未封王位心不忍，

　　　　韩世忠不是这样的人！

韩世忠　老爷生气，本不是为了未曾封王！

韩彦古　那，为什么老爷子气成那样呢？

梁红玉　母亲奏本之时，有些言语也未免说重了。

韩彦古　重就重点呗。

梁红玉　糊涂东西，我是他的妻子呀！

韩彦古　哦！耍老爷们脾气！

张夫人　你在朝廷所奏之本，韩太尉到底服是不服。

梁红玉　他么，心服口不服。

韩彦直　哦，他脸上抹不开！

韩彦古　我明白来，他是吊死鬼搽粉——

韩世忠　此话怎讲？

170

韩彦古　死要面子！

韩世忠　这两个奴才！老子非痛痛快快打你们一顿不可！岂有此理，没有家教！

张夫人　老妾只怕你们夫妻，反目成仇，如此看来，料无妨碍。只是，你们还是要说话才好，老妾与你们作和事佬来了。韩太尉在哪里，快快请来相见。

韩彦直　他今早骑驴出门去了。

韩彦古　也不知道上哪儿瞎转悠去了！

梁红玉　他么，就在这屏风后面！

张夫人　就在屏风后面？

韩世忠　咦！她怎么知道的？

梁红玉　他的酒气都飘过来了！

张夫人　韩世忠！还不与我——走了出来！

〔韩世忠走出屏风。

韩世忠　张夫人来了。世忠未曾远迎，当面请罪。

张夫人　你得了吧！这么大的年纪，学会了藏猫儿了！梁夫人说的话，你都听见了？

韩世忠　听见了。

张夫人　明白了？

韩世忠　明白了。

张夫人　老妾我倒不明白：梁夫人，你究竟为什么参奏韩太尉一本哪？

梁红玉　张夫人哪！

　　　　（唱）

　　　　　　韩世忠年幼多骜勇，

　　　　　　有才有略善用兵。

张夫人　（唱）

　　　　　　你与他夫妻多年心相印，

　　　　　　人间无比好婚姻。

梁红玉　（唱）

171

只是他嗜酒尚气太任性，

临胜而骄恨煞了人！

我要他深深记住这场教训，

长于青史留英名。

张夫人　唯其心长，所以语重。韩太尉你要记下了！

韩世忠　夫人！

（唱）

多谢夫人深深教训——

梁红玉　不敢！我们乃是妇道人家！

韩世忠　（接唱）

韩世忠从此低头拜妇人！

张夫人　（唱）

好风吹散一天云，

西陵松柏分外青。

英雄夫妻高格调，

痛下针砭是知心。

韩世忠、梁红玉接旨：韩世忠困敌有功，失机有过，升为武成、感德节度使。神武左军都统制；梁红玉佐参军务，亲执战鼓，加封和国夫人。命韩世忠等移兵江阴，整顿人马，准备今秋再与金邦一战。

韩世忠
梁红玉　万万岁！

韩世忠　就请夫人击鼓聚将！

梁红玉　韩元帅，为妻就当仁不让了！

韩世忠　请！（亲自递上鼓棰）

〔梁红玉击鼓。

——幕落

（全剧终）

注　释

① 本京剧剧本原载《北京剧作》1982 年第一期,后经作者修订。初收《汪曾祺文集·戏曲剧本卷》,江苏文艺出版社,1993 年 9 月。

宗 泽 交 印①

前　　言

此剧系据明代传奇《如是观》改编而成。写的是宋代宗泽元帅在校场上,忤犯皇亲,抗拒权奸,救助岳飞。宗泽因此受祸贬职。

在社稷倾覆,国家危亡之秋,宗泽发现岳飞是个帅才,堪当救国大任,毅然退职让位,将帅印交付岳飞,寄望岳飞挽救危局,完成拒金复国之使命。

岳飞不辜负宗泽之托咐和慈亲的培育,又教育岳云少年成材,宗泽、岳飞、岳云同上疆场,挥兵北上,以微薄之兵力,击败金兵数十万锐旅,收复千里疆土,英勇的岳家军,百战百胜,浩浩荡荡向万里黄河进军。

第一场　枪挑小梁王

〔比武校场。台中放二帅椅。号角低鸣，中军上。

中　军　四方举子听者，四海不宁，朝廷选将求才，开设武场，凡精通兵法，身怀武艺者，均可报名应试。应试者必须谨遵号令，不得喧哗鼓噪，违令者斩。

〔鼓乐齐鸣，吹打，八宋兵引宗泽、秦桧上，入座。

宗　泽　（念）一将难求，

　　　　　　白发试官担沉重。

秦　桧　（念）状元内定，

　　　　　　今年秋场是虚名。

宗　泽　老大人。

秦　桧　老元帅。

宗　泽　你我身列考官，为国家选将取才，这责任非轻。老夫身为三军统帅，执掌印信兵符，无奈年老多病，深感力不从心。倘有才俊之士，堪当此任，老夫甘愿退位让贤。老大人。

秦　桧　老元帅。

宗　泽　你我要小心在意，秉公录取，千万不要将国家栋梁之才，轻轻埋没了哇！

秦　桧　嗯，老元帅放心，今年秋场，我们这主考官，嘿嘿，轻快得很。

宗　泽　怎么轻快得很？

秦　桧　老元帅有所不知。今年秋场，那梁王千岁前来应考。

宗　泽　哦！小梁王柴桂前来应考？

秦　桧　嗯，想那梁王千岁，爵高望重，武艺超群。他来应考，想那武举，哪个敢与他比武夺魁，这武状元岂不是他的了。

宗　泽　选拔魁元，怎能不试而定？

秦　桧　嗳，老元帅你忒忒的迂腐了！

宗　泽　（严肃地）一定要临场比试！

　　　　〔内喊："梁王千岁驾到！"

　　　　〔四家将引小梁王上。

秦　桧　（急忙下位迎接）啊，不知千岁驾到，不曾远迎，当面恕罪！

小梁王　秦大人少礼。

秦　桧　下官有王命在身，请千岁屈居客位，死罪呀，死罪！

小梁王　秦大人，忒忒的多礼了。啊，宗老元帅。

宗　泽　千岁。

小梁王　你近日不曾犯病呀？

宗　泽　仰仗千岁洪福，贱体倒也稍安。

小梁王　二位主考大人，小王前来应考，还望多多关照！

秦　桧　千岁屈尊应考，必夺天下之大魁。

小梁王　（得意地）哈哈哈……！（入座）

宗　泽　千岁，老夫心有一言，不知当讲否？

小梁王　元帅但讲无妨。

宗　泽　千岁金枝玉叶，天潢贵胄，为何以大就小，与天下武举争魁，老
　　　　夫实实地不解。

小梁王　孤王今日夺魁，来朝挂帅，待老元帅不能横枪跃马之时，也好
　　　　接过你的兵符印信哪！

宗　泽　千岁，这武场之上，刀枪无眼，千岁身临校场，只怕那些应试武
　　　　举，无人敢来交手，如此岂不堵塞贤路，埋没了人才！

小梁王　（勃然作色）元帅此言差矣。

　　　　（唱）

　　　　　　俺只待夺秋魁，把兵权掌。

　　　　　　哪管它招贤贴榜，

　　　　　　国乱思良将。

　　　　　　量那些举子们

　　　　　　出身草莽，

　　　　　　肚皮里都是糠，

176

怎懂得韩信张良，

治国安邦。

有谁人气粗胆壮，

敢下场，

会一会金刀小梁王！

抬刀备马！（上马至校场）呔，天下武举听者，哪个敢与本藩较量，快快上场！（连呼三声，无人应声）

秦　桧　老元帅，你看，梁王千岁连呼三声，并无一人下场比试。这武状元是梁王千岁的了。

宗　泽　选拔魁元，怎能不试而定。

秦　桧　唉！你看凡庸之辈，哪个是梁王千岁的对手。这武状元必是梁王千岁的了。

宗　泽　无人下场？其中必有缘故，待老夫亲口传谕，（走至台口）天下武举听者：（内众应声）今日校场比武，不论尊卑，胜者为魁。有本考官作主，有身怀绝艺者，速速上场比试！

〔幕后人声沸腾。内喊："再兴来也！"

〔杨再兴持枪冲上。

杨再兴　千岁请了，再兴愿与千岁较量！

小梁王　休得多言，看刀！

〔二人交锋，杨再兴失足落马，小梁王举刀直砍。

〔幕后岳飞大喝："住手！"小梁王一惊，岳飞冲上，杨再兴下。

岳　飞　千岁，你不要逼人忒甚！

小梁王　你是何人？

岳　飞　相州汤阴县岳飞！

小梁王　岳飞，你乃村野鄙夫，也敢与本藩比武，好不自量！看刀！

岳　飞　千岁恕岳飞无礼了！

〔岳飞与小梁王交锋，小梁王不敌。

秦　桧　（下座上前）岳飞，想梁王千岁，乃金枝玉叶，你要与我小心了！

〔岳飞一惊，再与梁王交锋时，便躲躲闪闪，不敢还手，内众家将欢呼："千岁胜了！"

小梁王　呔！岳飞，你只有招架之功，并无还手之力，岂是本藩的对手！

〔威逼岳飞，岳飞忍让后退。

秦　桧　嗯，宗老元帅，你看岳飞只是躲躲闪闪，退退缩缩，并无什么武艺，还比个什么？左右，与我轰了下去！

宗　泽　且慢！岳飞，本帅看你气力不衰，枪法不乱，防护严密，退避有方，因何只是招架，并不还手？

岳　飞　嗳呀，元帅，非是学生只是招架，并不还手，只因开场之前，秦大人扬言在外，有人伤了千岁，要全家问斩。岳飞上有老母，下有妻儿，惟恐连累他们，故尔不敢以下犯上。

秦　桧　哼哼！你既知不敢以下犯上，还不与我退了下去！

宗　泽　秦大人！

（唱"集贤宾"）

　　　说什么以下犯上，

　　　分明是仗势欺人，

　　　科场未开，秋魁前定，

　　　如何能服天下举子心。

　　　似这等捆住他人的手脚厮并，

　　　便争黄榜第一名，

　　　未见得光彩十分。

　　　只惹得千夫所指，

　　　万人评论，

　　　传遍东京落几场话柄。

小梁王　好恼！

（唱"高过随调煞"）

　　　老宗泽语调讥讽，

　　　将本藩忒看轻。

　　　俺夺魁全仗真本领，

怎说仗势欺人，

俺可也写下生死文书为凭信！

秦　桧　千岁，这生死文书千万写不得！

小梁王　闪开了！

（接唱）

下手无情，打死不偿命。

管恁是王侯百姓，

胜者为魁，

尽可刀枪放胆拼。

〔小梁王挥笔写完，方将笔砚端至岳飞面前。

小梁王　岳飞，你可有胆量来写？

岳　飞　（唱"忒忒令"）

非是俺争强，

不是俺好胜，

叵耐他骄狂使性，

眼睛里气压群英。

便断送残生也值甚，

这的是墙头上跑马难转身，

忍无可忍！

〔岳飞上前提笔写好，二人交换文书。

小梁王　秦大人，请代本藩收好，待我胜了这无名小辈，看众人还有何
话可讲。

秦　桧　千岁，小心了。

岳　飞　老元帅，请代学生收存，事后也好做一凭信。

宗　泽　岳飞，此乃生死文书，画押凭信，交与老夫何用。你要好好收
起，放大了胆，速速上马比试。

〔二人交锋。

岳　飞　（唱"沽美酒"）

俺这里一忍再忍，

他那里咄咄逼人。

俺待要强压下无名火性，

怎奈是

手中枪桀骜难驯。

只见它

突突地似银蛇吐信，

霎时间小梁王一命倾。

〔岳飞将小梁王刺死马下。

秦　桧　嘟！胆大岳飞，你竟敢枪挑梁王千岁。这还了得，与我绑了起来。

〔众校尉上前捆缚岳飞。

秦　桧　推出斩了！

宗　泽　且慢！秦大人，校场比武，伤人无罪，国有明文。况他二人，先立了生死文书，画押凭信。为大臣者，怎可护强凌弱，不执国法，不守信义。老夫以为不可！

秦　桧　那岳飞枪挑梁王干系重大，不杀岳飞，实难复圣命！

宗　泽　岳飞杀不得！

秦　桧　定斩不赦！

宗　泽　杀不得！

〔内牛皋大叫："杀了进去！"牛皋、王贵、汤怀、杨再兴冲上。

牛　皋　呔！秦桧！你偏袒权贵，残害贤良，我们不服！

王　贵　我等不服！

秦　桧　吓！尔等敢是反了不成！统统与我拿下。

牛　皋　反了就反了！我打死你这狗官再说！（牛皋冲上捉住秦桧）狗官，你今日在朝写文，明日在朝写武，不讲国法，不守信义，我打死你！

秦　桧　老元帅，你要救我一救啊！

宗　泽　你做事不公，老夫救你不了！

秦　桧　老元帅，一切但凭老元帅作主！

宗　泽　速速将岳飞放了！

牛　皋　去你的罢！（秦桧急逃下）

岳　飞　啊！宗老元帅，放了岳飞，只恐连累元帅。

宗　泽　纵有天大的干系，自有宗泽一人担待。你速速离开校场，他乡
　　　　逃命去吧！

岳　飞　（跪地）谢元帅！

　　　　〔四人向宗泽拜揖，催马下。

宗　泽　来！（众校尉应声）将老夫上了法绳。

众校尉　这——

宗　泽　我要金殿面君，自缚请罪。

　　　　〔宗泽脱帅盔受缚。众校尉屈身敬礼。

——幕落

第二场　　岳母刺字

　　　　〔岳夫人持桑箩上。

岳夫人　（唱"金笼璁"）

　　　　　　侍姑余力理农桑，

　　　　　　夫志忠良，妻志忠良。

　　　　〔岳云持锤跑上。

岳　云　（接唱）

　　　　　　岳门教子信有方，

　　　　　　父志忠良，儿志忠良。

　　　　娘，孩儿天没亮便起来啦，我都练了大半日了。爹爹教孩儿的
　　　　锤法已经练得精熟了。

岳夫人　怎么，你的锤法已经练得精熟了？

岳　云　唔！见锤不见人，风雨吹不透，堪称万人敌，天下无敌手！

岳夫人　哎呀呀！你小小年纪，竟敢出此狂言！

岳　云　怎么，妈妈您不信吗，待孩儿练与您看！

〔岳云挥动双锤，砸向岳夫人。

岳夫人　嗯！

岳　云　吓唬吓唬您的，瞧着！

〔岳夫人瞥见岳飞，岳飞摇手示意，不叫岳夫人声张。岳云舞锤，正得意之际，岳飞一个箭步，空手击中云肩，岳云踉跄前倾，几乎倒地。

岳　云　啊?! ——（回头）孩儿拜见爹爹。

岳　飞　云儿，你的锤法，真是天下无敌了么?

岳　云　这，孩儿知错啦。请问爹爹，孩儿练锤，别人刀枪难近孩儿之身，为何爹爹赤手空拳，将孩儿打倒在地?

岳　飞　你的锤法虽练得胸前背后，八面不透风雨，只是肩腋之下，尚有疏漏。倘若对手从下向上逆击一锤，你便难逃活命也。

岳　云　请爹爹教孩儿这逆击之术。

岳　飞　看锤来。

岳　云　是啦。

〔岳飞教岳云逆击之术。

岳　飞　啊，云儿，满招损，谦受益，学无止境，天外有天。儿要记下了。

岳　云　孩儿记下啦。

岳　飞　（喟然长叹）嗐！

岳夫人　相公为何长叹?

岳　飞　如今金兵犯境，朝中奸臣当道，架主割地求和，我父子空怀忠义，只恐英雄无用武之地了！

岳夫人　相公，天生我材必有用，一朝风雨起蛰龙。相公休要忧烦。

岳　飞　（唱"混江龙带油葫芦"）

太行山郁郁葱葱，

望不断三晋三秦。

阵云欲渡苍松岭，

战鼓遥传黄叶村。

身在荒村，

心在边庭。

恨奸臣误国，

一味地割地求盟。

俺空怀忠荩，

报国无门，

只落得一腔悲愤，

匣中宝剑自长吟。

哪更堪，

母老子幼家贫，

撇不开桑榆暮景。

且向田头觅斗升，

晨兴理荒秽，

消遣光阴。

岳　飞　（吟）欲将心事付瑶筝，知音少，弦断有谁听。

〔岳母内嗽。

岳夫人　婆母出堂来了。

〔岳母上。

岳　母　（唱"胜葫芦"）

黄河浪里抚宁馨，

三十载教子成名。

清风明月千里白，

深夜孤灯一点红。

心事重重，

愿吾儿移孝为忠。

岳　飞　拜见母亲。
岳夫人　　　　婆母。

岳　母　罢了。

岳　云　孙儿参见奶奶。

岳　母　起来吧。

岳　云　谢奶奶。

岳　母　儿呀，方才听你吟道："欲将心事付瑶筝，知音少，弦断有谁听。"言词何其酸苦。你稍经挫折，便有许多牢骚。你的知音难道还少么？为娘我不是你的知音么？你妻不是你的知音么？牛皋、汤怀、王贵，不是你的知音么？你那恩师宗老元帅，就不是你的知音么？

岳　飞　孩儿一时心绪低沉，故而朗吟遣兴而已矣。

岳　母　你年未三十，正当奋发有为，岂可作此衰飒之言。

岳　飞　孩儿谨遵教训。

岳　母　起来。

岳　飞　谢母亲。

岳　母　儿呀，牛皋前去打听宗老元帅消息，怎么样了？

岳　飞　想必就要回来了。

　　　　〔内牛皋："岳大哥！"上。

牛　皋　拜见伯母。

岳　母　请起请坐。

牛　皋　哎，坐着。大哥、嫂子！

岳　云　牛叔叔。

牛　皋　嗳，好小子，俺们坐着。

岳　母　打听宗元帅之事，怎么样了？

牛　皋　伯母容禀。

　　　　（唱"喜迁莺"）

　　　　　　宗爷爷为救岳大哥，

　　　　　　请罪金阶，自作阶下囚。

岳　母　万岁可曾降罪？

牛　皋　（接唱）

　　　　　　万岁爷倒也宽厚，

将爷爷调任,出镇磁州。

岳　母　出镇磁州。

岳　飞　这是明升暗贬。

牛　皋　(接唱)

宗爷爷不曾关心升降去留,

他在磁州,闹成了大气候。

岳　母　宗元帅在磁州大有作为么?

牛　皋　(接唱)

他如今兵强马壮,仓满囤流,

直待全歼敌寇,

从头收拾碎金瓯。

岳　母　元帅身体可好?

岳　飞　元帅身体可好?

牛　皋　(接唱)

宗爷爷得下了歹症候。

一时间缠绵床褥,

一时间精神抖擞。

岳　飞　你见着宗老元帅么?

牛　皋　(接唱)

宗爷爷有书信寄与大哥,

他盼你即刻赴磁州,

商大事,画良谋。

书信在此,大哥请看。

〔岳飞看信,沉吟。

岳　母　儿呀,既是宗元帅有书信召你前去,我儿就该即刻起程。

岳　飞　这个……

岳　母　你为何沉吟不语?哦、哦、哦!我倒明白了!莫非为了母老子幼家贫,故尔难以割舍。岳飞呀岳飞,你作此儿女情态,实实地伤了为娘之心也。

（唱"风入山坡"）

　　　　三十载谆谆教训，

　　　　指望你谋国不谋身。

　　　　如今国家多难，大厦将倾，

　　　　奈何索惹区区儿女情！

　　　　怎为了千丝白发，

　　　　断送你一寸丹心。

　　　　速速去，莫留停。（重句）

　　　　大丈夫舍己忘家，

　　　　架海擎天，

　　　　把大业担承。

岳夫人　相公。

　　　　（唱"念奴娇"）

　　　　相公只管放心去，

　　　　家中事有为妻照应。

　　　　春种秋收皆亲任，

　　　　丰年留客足鸡豚。

　　　　晨昏定省，冬温夏清，

　　　　媳妇自知孝敬。

　　　　云儿学业当精进，

　　　　折获课字旧家风。

　　　　只盼你阵前小心，

　　　　得便时捎寄两行平安信。

岳　云　爹爹，您尽管去吧，奶奶有我来孝顺。

岳　飞　母亲请上，受孩儿一拜。（拜介）夫人请上，岳飞也有一拜。

　　　　（双拜）家中之事，拜托你了。

岳夫人　相公休得如此，这是为妻的本分。

　　　　〔岳飞欲出。

岳　母　转来。（岳飞转身应"是"）面朝外跪，（岳飞应声跪地）祖下衣服。

〔岳飞袒衣。

岳　母　媳妇,取银针墨砚过来。

〔岳夫人取银针墨砚上。

岳　母　孙儿,打座来。儿呀,为娘要将"精忠报国"四字,刺在儿的背
上。(岳飞点头)

世代耕读传家久,

岳飞鹏举锡嘉名,

精忠报国遵庭训,

刺入肌肤铭在心。

儿呀,你可知道,崇宁二年二月十五日,为娘将儿生下之时,有
一大鸟,飞鸣而过。你父为儿取名岳飞,表字鹏举。儿呀,你
可知你父取名之意么?他望你志在千里,一飞冲天。生儿不
满一月,黄河堤决内灌,洪水冲进汤阴,为娘急急忙忙,抱了我
儿,坐在花缸之内,随浪漂流。在这滔天巨浪之中,为娘曾向
苍天许愿,此儿若得生存,日后定当报效国家,驰骋疆场。水
退之后,岳家贫困交加,就在此时,你父为娘,不忘教子成名之
志。每日清晨,教儿习武,日落黄昏,教儿认字读书。可还记
得,首先教儿的便是这"精忠报国"四字?你父临终之时,嘱
咐我儿的,也是这"精忠报国"四字?谆谆父训,岂可忘怀!
天下父母爱子之心皆同,为娘也愿你留在身边,与我养老送
终。只是夷狄交侵,中原板荡,山河破碎,何以家为?怎能为
了一家一户,而不顾社稷江山!儿啊,你莫为奸臣误国、母老
子幼,灰心堕志,踌躇不前。你要以天下为重,移孝为忠,舍命
勤王,精忠报国,九死一生,不忘此志。他日马革裹尸,也不负
为娘所刺之字。为娘纵死九泉,也就含笑瞑目了。

〔岳母刺字,岳飞身体一震。

岳　母　儿呀,刺痛了么?

岳　飞　母亲只管刺,孩儿不痛。

岳　母　（唱"桂枝香"）

　　　　一针针刺入肌肤，

　　　　一点点沁出血珠。

　　　　涂香墨，

　　　　银钩铁划龙蛇舞。

　　　　便三十功名，

　　　　八千里路，

　　　　只将这背上四字轻抚，

　　　　也恰似为娘扶杖前来亲嘱咐。

岳　飞　谢母亲。

　　　　（唱）

　　　　四个字刺入肌肤，

　　　　娘亲意深藏肺腑，

　　　　风漂雨洗不模糊。

　　　　纵九死一生，

　　　　誓不将娘心负。

　　　　儿此去，征胡虏，

　　　　有心怀故国，

　　　　无梦到家庐。

　　　　一步远似一步，

　　　　直捣黄龙府。

　　　　这四个字呵！

　　　　恰便似千百声画角悲笳，

　　　　一万面进军战鼓。

　　　　娘啊

　　　　待他日马革裹尸，

　　　　娘亲拭看，

　　　　字迹犹在，

　　　　清清楚楚，

还似当初。

岳　云　爹爹,您此去可不要把金兵都杀完了。

岳　飞　却是为何?

岳　云　留一半好让我去杀呀!

牛　皋　傻小子,这边来吧。

岳夫人　(念)明知此去无归理,

　　　　　　　背地偷将珠泪垂。

岳　母　啊,媳妇,我将你丈夫逼走了,你可埋怨我么?

岳夫人　婆婆大仁大义,媳妇怎能怨着婆母。

岳　母　这才是岳门的好媳妇。儿呀,上路去吧!

　　　〔岳飞、牛皋出门,岳母、岳夫人、岳云相送。

—— 幕落

第三场　秦桧使金

　　　〔秦桧府中。王氏上。

王　氏　(唱"弋阳调")

　　　　　　朝中新宰相,

　　　　　　枕上状元郎。

　　　　　　燮理阴阳,

　　　　　　则俺是参知政事女平章。

　　　〔秦桧内嗽,上。

秦　桧　(念)

　　　　　　关山千万重,

　　　　　　灵犀一点通。

王　氏　相公请坐。

秦　桧　夫人请坐。

王　氏　相公今日下朝,眉头不展,莫非有什么心事?

秦　桧　只因金兵压境,今日早朝,圣上命大臣各陈所见。李纲主战,
　　　　本官主和,争论不休。

王　氏　圣意如何?

秦　桧　渊圣皇帝厌战求和,已经准了金邦条款,割让河北河东,奉国
　　　　书称金主为伯父大金皇帝,自称侄儿大宋皇帝。

王　氏　如此说来,大事已定,相公因何尚存忧虑呢?

秦　桧　金邦要康王去往金邦为质。

王　氏　抵押在那里?

秦　桧　正是。还要大臣一人,陪侍康王,出使金邦。

王　氏　想必是圣上钦点相公前去。

秦　桧　哎呀,夫人真是料事如神。

王　氏　但不知相公可曾奉诏?

秦　桧　尚未奉诏。

王　氏　却是为何?

秦　桧　待与夫人商量啊。

王　氏　出使金邦,乃是好事呀!

秦　桧　唉!北地寒苦,比不得汴梁。

王　氏　相公呀,

　　　　（唱）

　　　　　　北地里

　　　　　　北地里有甚苦况,

　　　　　　男儿志,在四方,

　　　　　　有富贵处即是家乡。

　　　　　　奶酒堪尝,

　　　　　　毡毛帐里春意漾。

　　　　　　风吹草低见牛羊,

　　　　　　别样风光。

秦　桧　因恐金邦羁留于我。

王　氏　（唱）

　　　　他做了留客孟尝，

　　　　你便好入室登堂。

　　　　这的是凑四合六的勾当。

　　　　在哪里不是当宰相，

　　　　管什么熟李生张。

　　　　常言道,有奶便是娘。

秦　桧　（唱）

　　　　只恐胡地霜早降，

　　　　风雪无常。

　　　　便做了客卿智囊，

　　　　也难在万人之上。

　　　　纵换了胡人装，

　　　　终则是汉人相，

　　　　不是他亲生亲养。

王　氏　（唱）

　　　　谁叫你似螃蟹，

　　　　见了芦柴棒，

　　　　便咬住不放。

　　　　见好就收场，

　　　　重打锣鼓另开张，

　　　　未老便还乡，

　　　　前度刘郎，

　　　　依然是赵家卿相。

　　　　暗与金邦通消息，

　　　　还与宋室共存亡。

　　　　左右逢源，

　　　　指挥倜傥，

　　　　刀切豆腐两面光。

金不胜，

宋不降，

你还是擎天玉柱,架海金梁,

俺保你福寿绵长,

青史上流芳。

不须犯愁肠,

且共你倾佳酿,赏春光,

这些事待夜间,

枕头上再商量。

秦　桧　哦,哈哈哈!

〔二人亮相。

——幕落

第四场　兀术兴兵

〔八金兵、四金将上,起霸。

〔吹打,兀术上。

兀　术　(唱"一枝花")

平沙万幕刁斗寒,

秋高、马肥、人健。

平生愿,

展翅图南。

众金将　参见殿下。

兀　术　(念)

横扫千军如卷席,

跃马中原世无敌,

虎豹提兵威风大,

　　　　　一统江山建皇基。

　　孤,大金邦四太子完颜兀术。奉了父王旨意,统率十万人马,

夺取宋室天下。也曾命军师哈迷蚩探听南朝虚实,未见回报。

〔哈迷蚩上。

哈迷蚩　参见殿下。

兀　术　军师一路辛苦,请坐。

哈迷蚩　谢坐。

兀　术　打听南朝虚实如何?

哈迷蚩　殿下。

　　　　(唱"鹊踏枝")

　　　　　一路上风尘仆仆,

　　　　　历多少关隘津渡,

　　　　　却怎生空荡荡,

　　　　　兵无将也无。

　　　　　全不曾,

　　　　　安营设寨把城廓固,

　　　　　汴梁城彻夜张灯酣歌舞。

　　　　　庙堂上,都是些,

　　　　　偷安乐逸利名徒。

　　　　　甘受那皇家俸禄,

　　　　　全不顾危危社稷覆。

兀　术　哦,如此说来,进兵中原,此乃大好时机也。

哈迷蚩　正是。

兀　术　但不知由何处进兵为好?

哈迷蚩　宋御史秦大人,熟知中原形势,何不请来一同商议。

兀　术　好,有请秦大人。

哈迷蚩　有请秦大人。

秦　桧　(嗽上,念)

　　　　　千古艰难唯一死,

百年功过毁二臣。

客臣秦桧参见殿下。

兀　术　秦大人少礼,请坐。

秦　桧　谢坐。

兀　术　孤意欲进兵中原,秦大人何以教我?

秦　桧　臣启殿下,宋都汴梁,向依河北为固,设有重兵防守,一城受
　　　　危,诸城救应。宗泽镇守磁州,拥有精兵两万,皆是山乡水寨
　　　　忠义民兵。面上刺字"保宋灭金",人人奋勇,敢死善战。那
　　　　宗泽又得岳飞为助,如虎添翼。殿下若由此路进攻,必然是害
　　　　多而利少。

兀　术　啊!依你之见?

秦　桧　依臣之见,我宋朝布兵摆阵,唯有西路空虚。殿下不如由西路
　　　　进军,攻潼关,下太原,直捣汴梁城。兵临城下,迫使宋帝出城
　　　　议和,那时俟机房挟以去。如此则人心瓦解,兵无斗志。然
　　　　后,殿下回师北返,与宗泽在磁州决一死战。如此,则大河以
　　　　北,尽归金邦所有矣。殿下以为如何?

兀　术　哈哈哈!秦大人之言,正合孤意。唤金弹子进帐!

　　　　〔众喊:"金弹子进帐!"

　　　　〔金弹子内应:"来也。"金弹子上。

金弹子　(念)

　　　　　　铁马金锤威名扬,

　　　　　　横扫阴山震八方。

　　　　参见殿下,有何差遣?

兀　术　金弹子听令!

金弹子　在!

兀　术　命你操练人马,勤习双锤,攻潼关,下太原,斩关夺寨,打碎
　　　　中原。

　　　　〔众金兵将亮相。

——幕落

194

第五场　宗泽交印

〔磁州大营。

〔宗泽帅蟒、帅盔、披红氅,愁容病态上。

宗　泽　(唱"新水令")

磁州重镇,

屯扎着数万雄兵。

平生豪气如云,

梦中几次度龙城。

奈廉颇老矣,

又兼多病,

镜中白发惊醒,

已是黄昏。

一事最关情,

眼空冀北,

谁堪佩此黄金印?

独自沉吟。

〔中军暗上。

宗　泽　中军,老夫身体困倦,无事休来打扰。

中　军　遵命。

宗　泽　转来! 若有紧急军情,速报我知。

中　军　无有什么紧急军情。适才岳将军前来问安。

宗　泽　岳飞来了?

中　军　是我言道,元帅身染劳疾,需要静养,他已然去了。

宗　泽　快快将他追回来。

中　军　啊元帅,还是听从医嘱,好生休养。

宗　泽　快快去追回来。

〔中军下。内喊："岳将军转回来！"岳飞、中军上。

岳　飞　（念）

白发霜雪重，

孤城草木秋；

鼙鼓声不起，

谁识老臣忧。

元帅在上，岳飞前来问安。

宗　泽　岳飞来了，看座。（命中军）将椅儿移近些。

〔中军应声移座。

岳　飞　够了。

宗　泽　（怒介）你放在这里来！

〔中军急将座位移至宗泽案边。

岳　飞　宗老元帅，近日身体可好了么？

宗　泽　（紧握岳飞手）鹏举，好一些了。老夫连日未曾到营理事，偏

劳你了。

岳　飞　当得效劳，啊，元帅，贵恙从何而起？

宗　泽　我这病么？

（唱"乔牌儿"）

一半是鞍马劳顿，

外感交侵。

一半是哀生灵，

仇奸佞，

沉忧积愤。

岳　飞　可曾延医服药？

宗　泽　（唱）

药囊随身，

怎奈体虚病沉，

难固根本。

196

最怕是改时换令，

冬至春分。

岳　飞　还要根治才好。

宗　泽　（唱"搅筝琶"）

俺也不望矍铄老精神，

无病一身轻，

只恨——

岳　飞　恨什么？

宗　泽　（接唱）

只恨世无医国手，

救不得两朝天子，

百万生灵，

难除俺这沉甸甸

一块心头病。

报　子　（上）报！

（念）万马胡骑入帝京，

羽书飞报到军营，

将军纵有回天力，

此际也难定太平。

辕门上有人吗？

中　军　嘟！元帅有恙，你为何在此大呼小叫的？

报　子　报子有紧急军情禀报。

中　军　候着。启元帅，探马有紧急军情。

宗　泽　传他进来！

中　军　是，元帅唤你，你要小心了。

报　子　（进）报子与元帅叩头。

宗　泽　你有何紧急军情，起来讲。

报　子　（大声地）哎呀！元帅啊！

中　军　元帅有恙，你要轻声些！

报　子　启禀元帅，大事不好了！金兀术攻破潼关，直下太原，兵渡黄河，已然占了汴京了！

宗　泽　你待怎讲?！

报　子　那金人兵不血刃，已然占了汴京了。

宗　泽　可有人与他交战？

报　子　胡马长驱入汴京，无人阻挡。

宗　泽　那八十万禁军呢？

报　子　八十万禁军只会搬运花石纲，不战自溃。

宗　泽　文臣武将？

报　子　他们走的走，降的降。

宗　泽　黎民百姓？

报　子　死的死，伤的伤。

宗　泽　汴梁城中？

报　子　三街六巷，红通通一片火光。

宗　泽　祖宗宗庙，城阙宫墙？

报　子　都变做了瓦砾场。

宗　泽　太上皇，渊圣皇帝呢？

报　子　啊，元帅，说起来叫人心伤！

宗　泽　讲！

报　子　喳，金兀术诱他们出城讲和，
　　　　羁留不放；
　　　　划地里，逼上了车辆，
　　　　骨碌碌拉去了北国金邦。

宗　泽　怎么！二圣他、他、他们被金人俘、俘、俘虏去了！

报　子　现押在五国城，
　　　　再难回故乡。

宗　泽　他们如何相待？

报　子　我一路逢人访，
　　　　二圣在金营痛苦难当。

宗　泽　讲！

报　子　（念"扑灯蛾"）

　　　　　　金人逼他们青衣侑酒把曲唱，

　　　　　　可怜万乘君王，

　　　　　　倒做了娼妓教坊。

宗　泽　二圣御体可安康？

报　子　他们长了疥，生了疮，

　　　　　　浑身虱子痒。

　　　　　　太上皇偷偷地写了御札，

　　　　　　传与旧时卿相。

　　　　　　道："朕身上生虫，

　　　　　　形如琵琶样"。（重句）

中　军　下去！（报子急退下）

宗　泽　啊呀！（晕倒）

岳　飞
中　军　元帅醒来！

　　　　〔宗泽惊醒。

宗　泽　搀扶我起来，将我扶到帐外。

岳　飞　老元帅做什么？

宗　泽　（悲泣）我要遥拜二圣。

岳　飞　老元帅病体未愈，要仔细了。

宗　泽　不妨事。

　　　　〔岳飞扶宗泽出帐。

宗　泽　二圣行宫在哪里？

岳　飞　在那边。

　　　　〔宗泽跪拜，岳飞、中军陪同跪拜。

宗　泽　哎呀，二圣，啊，二圣！

　　　　（唱"货郎七转"）

　　　　　　望北斗，北斗云埋，

拜二圣,二圣陷尘埃,

思汴梁,一代斯文丧贼手,

念中原,千村万落没蒿莱。

(唱)拜,

伤怀,

惨煞哉,

满目蒿莱。

恨金兵无赖,

浩浩荡荡的来,

叹宋将无才,

畏畏缩缩的败。

汴梁城刮刮杂杂,烈火成灾。

可怜哪,

百姓们哭哭啼啼的哀。

望二圣,

二圣今何在?

悲风黑水淫,

白草黄云塞。

你那里淹淹煎煎的挨,

悲悲切切的耐,

栖栖遑遑的待,

待一旅雄师来天外,

迎圣驾出苦海。

微臣手握兵符,为三军宰,

奈年迈体衰,

再也难喋血边垓。

我只得颤颤巍巍的拜,

拜倒尘埃。

拜倒尘埃,泪满腮。

　　　　　　愿得个擎天手,传世材,

　　　　　　把微臣替代,

　　　　　　便与他牵马扶镫也应该,

　　　　　　称我胸怀。

　　　　　　只今日便须交印让贤,为国求帅,

　　　　　　急不可待,

　　　　　　时不再来。

　　　　　　中军,急速传令,众将进帐议事!

中　军　元帅有令,众将进帐议事!

　　　　　〔内众将应声:"来也!"牛皋,汤怀,王贵,杨再兴上。

杨再兴　(念)可怜黄河东去水,

王　贵　　　　竟做胡儿饮马泉;

汤　怀　　　　男儿仗剑当征讨,

牛　皋　　　　怎忍万户断炊烟。

众　将　参见元帅。

宗　泽　众位将军少礼。

众　将　唤我等进帐,有何军事议论?

宗　泽　众位将军,如今国家多难,二圣蒙尘。老夫出任磁州,本应扼
　　　　守咽喉,抗击金兵。怎奈年老多病,力不从心。拟将兵符印
　　　　信,交与岳将军执掌,你等意下如何?

众　将　(互望,点头)老元帅胸怀宽广,岳大哥堪当重任,我等心悦
　　　　诚服。

岳　飞　啊,老元帅,万万不可!

宗　泽　中军!看印!

　　　　　〔中军将帅印交宗泽。

宗　泽　岳飞接印。

岳　飞　嗳呀,元帅啊,想元帅德高望重,威震华夷,怎能自弃军权,移
　　　　交元帅印哪!

宗　泽　鹏举,

（唱"折桂令"）

　　发白难再青，

　　岁月不饶人。

　　纵使衰颜借酒红，

　　也自知才力不胜任。

　　怎为了衣紫腰金，

　　耽误了国家大事情。

　　念老夫一点至诚，

　　你必是接了帅印。

众将齐声　不要推却了！

岳　飞　（无奈地）罢，如此岳飞假摄军权，虚位以待。若有才德之士，即当退位让贤。

宗　泽　岳鹏举！曾记那年，东京校试，老夫看你武艺出众，器宇非凡，那时已心仪神往，深幸后继有人。自你投效军中，与金兵相敌，老夫见你不列阵而交战，深以为怪。是你言道：阵而后战者，乃兵家之常；不阵而战者，乃兵家之变。临战之时，只见你指挥将士，得心应手，默契无间，旗之所指，鼓之所向，变化无常，令人莫测。老夫深知你熟谙兵法，殆非行伍中人。你曾以八百之众，破金兵十万雄师，一时金兵，相互传言："撼山易，撼岳家军难！"如今国家多难，四海分崩，生灵涂炭，二圣蒙尘。规复中原，中兴宋室，千钧重任，非君莫属。大丈夫要以天下兴亡为己任，你若再三推辞，就要使众将失望，使老夫我寒、寒、寒心了！

〔宗泽双手高举帅印，颤抖地躬身跪地，众将跟随一齐跪下。岳飞一惊，急跪下，庄严地恭敬地接过帅印。

岳　飞　岳飞受命！

报　子　启禀元帅，金兵离了汴梁，回师北上，杀奔磁州！金兵有员虎将，名唤金弹子，手使双锤，所向无敌，十分厉害！

宗　泽　再探！（报子下）

202

就请岳元帅登帐。

岳　飞　是,牛皋听令!（牛皋应声）命你去至岳家庄,命我儿前来。
　　　　叫他高据磁山山顶,单等金弹子来时,力胜他的双锤。

牛　皋　得令!

岳　飞　升帐!

　　　　〔岳飞托印,宗泽大笑。众将亮相。

——幕落

第六场　锤震金弹子

　　　　〔众金兵将引金兀术冲上。

兀　术　（唱"牧羊关"）

　　　　　　雄兵十万,

　　　　　　马踏上林宫苑。

　　　　　　扬鞭不觉归程远,

　　　　　　待与宗泽、岳飞决战。

　　　　　　新胜余威展,

　　　　　　只杀得尸横滏河岸!

　　　　　　血漂磁山。

　　　　〔宗泽披挂,持枪上。

兀　术　宗老元帅请了!闻听老元帅身染贵恙,已然告职归林,就该颐
　　　　养天年才是。怎么还要亲临沙场,卖卖你的老精神么?

宗　泽　兀术!你屡屡进犯中原,使得大宋山河遍地生灵涂炭。今日
　　　　之战,定要一雪国耻,报效君王。休走看枪!

众宋兵　杀!

　　　　〔宗泽与兀术交战,宗泽乏力不胜,退下。

　　　　〔岳飞冲上,与兀术交手,兀术败下。

〔王贵、汤怀上,与众金将激烈交锋。

〔宋金双方兵将交锋,金兵溃败。

〔金弹子手舞双锤,由马童引上。

〔金弹子与王贵、汤怀等交锋,王贵、汤怀败下。

〔岳云、牛臯趟马上。

岳　云　（唱"货郎儿六转"）

　　　　承父命,喜孜孜,人欢马跃。

　　　　星驰电越,

　　　　登山涉水。

　　　　叹中原残破不忍望,

　　　　恨不能即刻到疆场。

　　　　牛叔叔,我们走了半天,怎么还没有到磁山战场哪。

牛　臯　你看前面不远,就是磁山战场。

岳　云　怎么,快到啦?

牛　臯　对啦,到那儿可别给俺们爷们丢面哪。

岳　云　牛叔叔,您就瞧好吧。

　　　　（唱）俺手舞银锤多勇骁,

　　　　　　斩将夺旗海天摇。

　　　　〔金弹子上,与牛臯相遇。

金弹子　怎么杀出个黑小子?

牛　臯　我可比你白多了。招打!

　　　　〔二人交手,牛臯不敌,岳云冲上与金弹子交手。

　　　　〔岳云与金弹子交锋。岳云用逆击之术,将金弹子击伤。

　　　　〔众金将上围战岳云,岳云将众金将击败。

　　　　〔众金兵将上悬崖,跳崖溃逃。金弹子跳崖溃逃。

　　　　〔岳云跳崖,将金弹子击毙。

　　　　〔岳飞率众兵将将金兵击败。

岳　云　参见爹爹。

岳　飞　见过你家宗爷爷。

岳　云　　参见宗爷爷。

宗　泽　　哈哈哈！

　　　　　（念）大宋中兴庆有望，

　　　　　　　　喜见幼雏鼓新簧，

　　　　　　　　自量黄昏无限好，

　　　　　　　　一樽千里饮长江。

（剧终）

注　释

① 本昆曲剧本是作者与刘毅、林勖合作创作。据北方昆曲剧院 1982 年 12 月
　油印本编入。初收《汪曾祺全集》第七卷,北京师范大学出版社,1998 年
　8 月。

一　匹　布^①

人物：张古董　　　沈赛花　　　李天龙　　　驴　夫

　　　王老户　　　李　宝　　　四合老店　　二差役

　　　四衙役　　　书　吏　　　驴夫官　　　检场人甲、乙

〔检场人甲、乙上。

甲　　戏台开戏亮晶晶，

乙　　戏散台空黑冬冬。

甲　　台下坐人人看我，

乙　　看戏无非人看人。

甲　　请了！

乙　　请了！您干什么去？

甲　　我去看看。

乙　　看什么？

甲　　看看《一匹布》。

乙　　一匹布有什么看头！

甲　　是一出戏！

乙　　那我跟您一块去。

甲　　您不能白去！

乙　　我买票！

甲　　您得干点什么。

乙　　要我干什么？

甲　您得上台。

乙　我愿意靠边站。

甲　您呀,这里既有你的事,又是没事人。

乙　我不明白。

甲　叫你去除旧布新,承前启后。

乙　哦,叫咱俩检场?

甲　对喽。

乙　走!

　　〔检场人甲、乙下。

张古董　(内声)啊哈!(上)

　　(数板)城墙——

　　　　　城墙本是四方圈,

　　　　　城圈里头有人烟。

　　　　　人人都有一张嘴,

　　　　　见天要吃多少盐?

　　　　　有多少小铺带卖零揪的蒜?

　　　　　有多少面铺面冲南?

　　　　　多少人三伏炎天不出汗,

　　　　　多少人寒冬数九汗不干。

　　　　　东辣西酸都尝遍,

　　　　　算来还数银子甜!

　　(念诗)有什么别有病,

　　　　　没什么别没钱。

　　　　　一钱逼死英雄汉,

　　　　　常言开口告人难。

在下张古董,放债为生。本钱不大,耳杓里炒芝麻——小鼓捣油儿。是我插圈弄套,蒙了个媳妇。这两天罗锅儿上山,有点钱紧,我打发媳妇回娘家去啦,心想减点儿挑费吧。咳,没想到,昨儿晚上又回来啦。哎,我想起来啦,昨儿她打娘家回米的时候,胳肢窝里挟着一卷布。有咧,我把她叫出来,变着法儿把布诓到我手,变卖俩钱儿吃饭。就是这个主意!——我说家里的,家里的,街坊大婶儿,安人,贱内!哪儿去啦?

〔沈赛花上。

沈赛花　大叔,您好哇!

张古董　又"大叔"了,又!

沈赛花　我小时候就叫您大叔,叫惯了。

张古董　从前是从前,现在是现在。如今你嫁给我啦,再叫大叔,叫人家听见了,不雅!

沈赛花　又得儿"不雅"咧,真格的,把我们叫出来,有什么事呀?

张古董　家里的,我昨儿晚上做了一个梦。你帮我圆解圆解。

沈赛花　你说吧。

张古董　昨儿晚上,我睡到半夜,就听见克叉一声!

沈赛花　怎么啦?

张古董　房梁折啦!

沈赛花　哦,你睡到半夜三更,听见克叉一声,房梁折啦?

张古董　哎!

沈赛花　这好圆解。这一梦应在你们家米坛子里没米啦。

张古董　房梁折了,碍得着米坛子的米什么事儿?

沈赛花　你不知道吗,世上三梁相连哪。

张古董　哪"三梁"相连?

沈赛花　房梁、地梁、口粮。

张古董　这就叫三梁相连。

沈赛花　哎。

张古董　梦见房梁折了,米坛子里就没有米了? 它要是梦见房椽子折了呢?

沈赛花　那不是人做的梦。

张古董　不是人做的梦?

沈赛花　那是燕卜虎做的梦。

张古董　燕卜虎做的梦？

沈赛花　燕卜虎睡觉，倒挂在房檐底下，它最怕克叉一声——

张古董　怎么啦？

沈赛花　房椽子折啦！

张古董　哎呀，我媳妇学问太大了，连燕卜虎做的梦她都知道！

沈赛花　你别在这儿打牙涮嘴的了，咱们今儿怎么吃饭哪？

张古董　吃饭？

沈赛花　啊。

张古董　吃饭……哪……！

　　　　（唱）听说一声要吃饭，

　　　　　　　心中恼恨老古盘。

沈赛花　慢着慢着，什么叫"老古盘"哪？

张古董　老古盘就是老盘古。

沈赛花　盘古就是盘古，怎么能叫古盘哪？

张古董　叫盘古就不押韵了。

　　　　（接唱）

　　　　　　　你开天辟地不要紧，

　　　　　　　为什么兴下了把饭餐？

　　　　　　　老鹰鹞子南来雁，

　　　　　　　饥餐渴饮不费难，

　　　　　　　荒年饿不死瞎家雀，

　　　　　　　为什么人在世愁的是一日三？

沈赛花　慢着慢着，什么叫"一日三"哪？

张古董　"一日三"就是"一日三餐"。

沈赛花　有这么说话的么？

张古董　多一个字不就不好唱了吗！

沈赛花　你且别埋怨老古盘，还得商量商量怎么对付这一日三。

张古董　对！孔子曰："人是铁，饭是钢，一顿不吃饿得慌。"

沈赛花　孔夫了几儿说过这个话？

张古董　那是他在陈蔡绝粮的时候。

沈赛花　你别饿着肚子打哈哈了,咱们家米坛子里真是一颗米都没有啦。

张古董　家里的,你不是要吃饭吗?那容易,我跟你打听点事。

沈赛花　什么事啊?

张古董　昨儿你打娘家回来的时候,我瞧你胳肢窝里挟着一卷白花花的,那是什么?

沈赛花　那是得儿布。

张古董　是布啊!

沈赛花　布怎么着?

张古董　不怎么着。

沈赛花　布怎么着?

张古董　我不怎么着哇!

沈赛花　你瞧,又得儿不怎么着啦?!……

张古董　她不理我这碴儿啊!——家里的,你不是没有吃饭吗?

沈赛花　嗯,没吃饭哪!

张古董　我这也饿着哪,你看怎么办?

沈赛花　把你那放出去的钱收两笔回来。

张古董　都没到期哪。

沈赛花　你那箱子里不还留着十两银子哪吗?

张古董　别提那个!

沈赛花　怎么啦?

张古董　那是我们传家的镇宅的宝物,动不得!动一动,猫咬狗,羊上树,瓦片子乱飞,盐坛子都会叫唤!

沈赛花　那好吧,咱们就守着烙饼挨饿!

张古董　别介。咱们商量商量,你先把这个布借给我,等我缓开了这一步儿,再还给你,你瞧怎么样?

沈赛花　闹了半天,你是贼上了我这匹布啦!那可不行,这是我妈给我做裤子汗褟儿的,我不能给你。

张古董　你真不借？

沈赛花　嗯，不借。

张古董　我有拿手。

沈赛花　你还有什么拿手？

张古董　我会控倒饱儿。

沈赛花　什么叫"控倒饱儿"啦？

张古董　控出我的陈食来，三年都不饿。

沈赛花　你控控我瞧瞧。

　　　　〔张古董控介。

沈赛花　饱啦？

张古董　嗯，饱啦！

沈赛花　好受吗？

张古董　不大得滋味儿！

沈赛花　哎哟，快起来吧！

张古董　哎。

沈赛花　等着！（下）

张古董　我那十两银子，你就塌塌儿地在箱子里呆着吧！

　　　　〔沈赛花取布上。

沈赛花　拿去吧。

张古董　是当啰还是卖啰？

沈赛花　现在是用钱的时候，干脆，连根儿烂得了。

张古董　对，还能多卖俩钱儿。

沈赛花　卖了钱，别胡糟蹋，买点米，买点面，买一斤盐，打四两香油，买点煤球，买点劈柴。

张古董　哎，哎。

沈赛花　别忘了……

张古董　什么呀？

沈赛花　给我带一块豌豆黄来。

张古董　我还给你买块山楂糕哪！

沈赛花　早点回来。

张古董　晚不了。

沈赛花　我饿呀！（下）

　　　　〔检场人甲、乙上。

　甲　　只因一匹布，

　乙　　变成两家人，

　甲　　你想三年都不饿，

　乙　　小子！我只怕你要四季不逢春！

　　　　〔检场人甲、乙下。

张古董　恶？我瞧你长得就不善！怎么卖呀，吆唤吆唤。我就吆喝
　　　　"好热布！——"哪有刚出锅的布呀！我吆唤："布来！——
　　　　哎，布来！"

　　　　〔内声："买布的！"

张古董　哎！

　　　　〔内声："什么色儿的呀？"

张古董　白的。

　　　　〔内声："不行，我要红的。"

张古董　红的？

　　　　〔内声："哎。"

张古董　没有。

　　　　〔内声："没有不要啰。"

张古董　不要不要吧。——哎，布来！

　　　　〔内声："哎，卖布的！"

张古董　哎。

　　　　〔内声："什么色儿的呀？"

张古董　白的。

　　　　〔内声："正好。"

张古董　有门！

　　　　〔内声："打正当间儿，给我撕块包脚布。"

张古董　啊！打中间撕块包脚布？

　　　　〔内声："啊。"

张古董　我不那么卖。

　　　　〔内声："那不要啦。"

张古董　你爱要不要！——哎，布来！

　　　　〔内声："（女声）卖布的！"

张古董　是个堂客，这是正经买主！——哎，布来啦！

　　　　〔内声："啊，不来啦？"

张古董　布来啦！

　　　　〔内声："不来，不来就得儿罢啦！"

张古董　你听哎，她叫卖布的，我说"布来啦"，她说："不来，不来就得
　　　　儿罢啦！"咳，想我张古董，好不命苦也！

　　　　（唱）天亮鸡鸣叫三遍，

　　　　　　　人生有命不一般。

　　　　　　　抬头便是朱洪武，

　　　　　　　低头便是沈万三。

　　　　　　　我好比石上栽花根基浅，

　　　　　　　我好比小河见底水常干。

　　　　　　　有朝一日时运转，

　　　　　　　一锹挖出银矿山。

　　　　　　　到那时我轻易不出大门坎，

　　　　　　　再不要沿街卖布两腿酸！

李天龙　（内）走哇！

　　　　〔李天龙上，与张古董相碰，立即返回。

张古董　有的，"河漂子"啊——哎，回来，回来，回来！

　　　　〔李天龙复回。

张古董　这不是把弟李天龙吗？

李天龙　正是小弟。

张古董　你怎么混成了这个样儿啦？想当初，挺大的院子，五间大北

213

房,四白落地,水磨的青砖,天棚鱼缸石榴树,花猫肥狗胖丫头,笼子里养着凤头的老鸹——

李天龙　乃是八哥。

张古董　对,八哥。架子上拴着蝲蝲蛄——

李天龙　乃是鹦鹉。

张古董　对,鹦鹉。你是秋后的螃蟹——

李天龙　此话怎讲?

张古董　你是大夹(家)呀,常言说船破有底,底破还有三千钉,你怎么卖了零碎绸子啦?

李天龙　唉,再休提起。只因我家中着了一把天火,烧得片瓦无存,故而落得这般光景。

张古董　噢,失了火啦。——我这儿有一块布,你要不要?

李天龙　我无有银钱。(欲下)

张古董　嗯,失了火啦。回见吧。孔子曰"毋友不如己者",他如今晚儿混得还不如我哪,别理他!——不,他是孔夫子的门生,说不定有朝一日,鱼跳龙门,将来还要见面。——回来,回来,回来!

李天龙　何事啊?

张古董　今逢大比之年,你何不进京赶考哪?

李天龙　无有银钱,焉能进京赶考啊!

张古董　你丈人王老户是个大财主,跟他借去呀。

李天龙　张大哥有所不知,我那贤妻,未曾过门,得病身亡。是我岳父言道,等我娶妻之后,把那陪送女儿的簪环首饰、四季衣服,银子二百两,把还于我。娶妻之后,认为亲戚;娶妻之前,如同路人一般。

张古董　那你何不续娶一房呢?

李天龙　无有银钱赶考,哪有银钱娶妻呀?

张古董　可也是呀!

（唱）"良辰美景奈何天,便赏心乐事谁家院……"

哎哎哎,兄弟,你不会借一个吗?

李天龙　借什么呀?

张古董　(用小生韵白)借一个妻子。

李天龙　哎,世上只有借银子借钱的,哪有借妻的呀!

张古董　有借有还,那怕什么的。比方说有人把妻子借给你,你应该怎
　　　　么谢候人家哪?

李天龙　倘若有人将妻子暂借给我?

张古董　唔。

李天龙　应该怎样谢候于他?

张古董　啊!

李天龙　哎呀,无有这个例呀。

张古董　什么叫无有这个例,什么例还不都是人兴出来的。这么着,我
　　　　给你出个主意,簪环首饰、四季衣服,都是那女子的;二百两银
　　　　子,平分一半。

李天龙　簪环首饰、四季衣服,俱是那女子的;二百两银子,平分一半。

张古董　怎么样,这个价钱公道不公道?

李天龙　倒也公道。

张古董　这话是真的?

李天龙　真的呀!

张古董　兄弟,这边人多,别叫他们撬了行市,跟哥哥家里说去。

　　　　(唱)分财借妻开先例,

李天龙　(唱)姑妄言之妄听之。

　　　　〔检场人甲、乙上。

　　甲　无利不早起,

　　乙　有奶便是娘。

　　甲　开设租妻铺,

　　乙　字号缺德堂。

　　　　〔检场人甲、乙下。

　　　　〔圆场。

张古董　　到了。来来来，兄弟，进来进来。你这儿坐坐，我叫你嫂子去
　　　　　啊。——家里的，家里的！

　　　　　〔沈赛花上。

沈赛花　　哎，布卖了吗？

张古董　　没有卖。

沈赛花　　呦，那咱们吃什么？

张古董　　有比卖布更要紧的事儿。

沈赛花　　什么事啊？

张古董　　来人啦！

沈赛花　　谁来啦？是收房捐的吗？

张古董　　瞎打岔！把弟李天龙来啦！

沈赛花　　他来啦？

张古董　　哎。

沈赛花　　哎呀，我可不见人家！

张古董　　啊？

沈赛花　　想当初，我们都在南街住，常在一块玩儿。有一回玩跳房子，
　　　　　说好了，谁赢了，弹三下脑崩儿。头一盘，我赢了，他乖乖地把
　　　　　脑门子送上来。我使足了劲儿，崩，崩，崩，弹了他三崩。第二
　　　　　盘，我输了，他要弹我，我撒鸭子就跑了。到如今，我还欠他三
　　　　　崩哪，我不见他。

张古董　　唉，那都是小时候的事。

沈赛花　　唔！小时候的事记一辈子。

张古董　　你还是见见他。

沈赛花　　好，见见他。他那小模样儿怪好玩的。——那么我见他该怎
　　　　　么着呢？

张古董　　问个好儿。

沈赛花　　噢，问个好儿，那我会。兄弟在哪儿哪，兄弟在哪儿哪？——
　　　　　呦，十来多年不见，你长成大人啦！

李天龙　　啊，大嫂！

沈赛花　兄弟请坐吧。

张古董　你坐这儿。家里的,这儿坐。房子窄小,我上炕。(坐桌子上)

沈赛花　兄弟,你好哇?

李天龙　我好,嫂嫂可好?

沈赛花　我好。

李天龙　噢,好!

　　　　〔静场。

张古董　兄弟,你在这儿坐着,我给你泡点茶去呀!(哨沈)

沈赛花　兄弟,嫂子跟你告个便儿。

李天龙　请便。

沈赛花　(问张古董)什么事儿啊?

张古董　我说你怎么改成"怯"木匠,就——一锯(句)呀!

沈赛花　我问啦。

张古董　他们家还有人哪!

沈赛花　还有谁呀?

张古董　他爹、他妈……

沈赛花　哦。

张古董　我说兄弟,我们家没有茶叶啦,我打发人买去啦,等会儿啊!

李天龙　噢噢噢。

沈赛花　兄弟,老爷子好哇?

李天龙　唉,亡故了。

沈赛花　噢,上塘沽啦。

李天龙　亡故就是死了。

沈赛花　噢,死啦!——老太太好哇?

李天龙　下世去了。

沈赛花　噢,卖菜去啦。

张古董　什么卖菜去啦。

李天龙　就是死了。

沈赛花　死啦,咳!

李天龙　唉!

沈赛花　可惜了儿的。

张古董　可惜了儿的。

李天龙　可惜了儿的。

　　　　〔又静场。

张古董　兄弟,我瞧瞧茶叶买来了没有!(哨沈)

沈赛花　兄弟,嫂嫂告个便儿。

李天龙　请便。

张古董　他们家还有人哪!

沈赛花　还有谁?

张古董　还有他媳妇。

沈赛花　呦,他怎么这么年轻轻的,就娶媳妇哇!

张古董　你管得着吗! ——哎,兄弟,茶叶买回来啦,我叫人挑水、笼火
　　　　去啦,等会儿啊!

沈赛花　兄弟!

李天龙　嫂嫂!

沈赛花　弟妹好吗?

李天龙　唉,没有过门也死了!

沈赛花　呦,吃什么硬东西噎死人啦?

李天龙　没有过门就死了!

张古董　死啦。

沈赛花　死啦? 兄弟,不是嫂子我说呀,你这命好苦哇!

李天龙　唉,苦哇!

沈赛花　苦哇!

李天龙　苦哇!

　　　　〔又静场。

张古董　兄弟,我瞧火上来了没有啊! 等等儿!(哨沈)

沈赛花　哎哟,我买了块肉,别叫猫叼了去! 对不起,坐一会儿啊! 就

来！这有本黄历,你瞧着解闷。——我说你怎么啦,一趟一趟干嘛呀！

张古董　你怎么又不言语啦？

沈赛花　还言语哪,问了三,死了对儿半！

张古董　再问下去,就露出发财的苗头啦！

沈赛花　什么发财的苗头呀？

张古董　你问他,今当大比之年,何不进京赶考哪？

沈赛花　说得是啊。

张古董　他就说啦,没有银钱,也是枉然。

沈赛花　对啦,没有钱也去不了哇！——我看这么办,把你箱子里的十两银子借给他！

张古董　别提这个,提这个犯讳！——你说啊,你丈人王老户是大财主,跟他借去呀。

沈赛花　是啊,他怎么不借去哪？

张古董　他就说啦,岳父言道,娶妻之后,簪环首饰、四季衣服、银子二百两;现在不能给他。

沈赛花　噢噢噢。

张古董　你就说啦——

沈赛花　啊。

张古董　你何不娶一个哪？

沈赛花　是啊。

张古董　他说啦——

沈赛花　嗯。

张古董　没有钱赶考,哪有钱娶妻啊！

沈赛花　是啊,没有蛋孵不出小鸡;没有鸡又下不了鸡蛋。不娶妻不能有钱,没有钱又不能娶妻。这可是个难事儿。

张古董　是啰。要不说你有学问哪！——哎,你就说呀——

沈赛花　我说什么,我没得说的！

张古董　你就说呀,兄弟,你何不借一个哪！

沈赛花　借什么？

张古董　借妻。

沈赛花　得了吧！世上有借银子借钱的,哪有借媳妇的!

张古董　你不懂,你不懂！你在家里,不知道外面的事。如今时兴借媳妇,王家借给李家,李家借给赵家,嗬,借来借去,热闹着哪!——哎,你就问他,比方那么说,有人把媳妇借给你,你应该怎么谢候人家哪。他就说啦——

沈赛花　啊？

张古董　簪环首饰、四季衣服,都是那妇人的,银子二百两,平分一半。

沈赛花　这还有行市呀？这是官价吗？

张古董　官价,官价。同行公议,老少无欺。家里的,这可是好事儿!

沈赛花　好事儿？

张古董　这是百年不遇!

沈赛花　百年不遇？

张古董　肥猪拱门!

沈赛花　肥猪拱门？

张古董　打着灯笼都没地方找去!

沈赛花　嗯,没地方找去!

张古董　这个,家里的!

沈赛花　啊？

张古董　家里的,那个什么……

沈赛花　嗯,什么呀？

张古董　要不然,你陪兄弟去一趟吧!

沈赛花　你说什么？这是人话吗？你财迷心窍,想钱想疯啦！愣把媳妇借给人,你也不怕人家笑话!

张古董　笑话什么！咱们这是将本求利!

沈赛花　哦,我是你的"本"哪！你真是个放高利贷的,什么都敢往外借。——要不,干脆,叫他把二百两银子都给你,我跟他走!

张古董　哎！这个主意不坏！——不行！我不能连老本也搭进去。下回再有人借,我拿什么借给他呀!砂锅捣蒜,我可不干这一槌子的买卖。

沈赛花　啊!你借一回不算,以后还打算把我往出借呀?我成了茶汤壶啦,谁出俩钱,就能租用两天呀!(哭)爹呀!妈呀!你们怎么把我嫁给这么个人哪!他不是人!他是一根钱串子!……

张古董　别哭别哭,我这也是为了大家好。

沈赛花　你还会为别人哪?

张古董　头一个,为你。你有了簪环首饰、四季衣服,就不要再跟你妈要布做裤子汗褐儿啦。

沈赛花　嗯。

张古董　第二个,为把弟。他有了一百两银子,就能把光景过好,不至于再这么受穷。

沈赛花　不至于再这么受穷啦?

张古董　对。你们不是自小在一块儿玩过,撒尿和泥,放屁崩坑,抓子儿,抽嘎嘎,多有意思呀。再说,你还该着人家的哪!

沈赛花　我该他什么啦?

张古董　你还该着人家三崩哪!

沈赛花　我该他三崩,就该这么还他呀!

张古董　得啦得啦,你还是去一趟吧。

沈赛花　我说不出嘴来。

张古董　不要紧的。圆活脸儿一抹,长活脸儿,说你的!

沈赛花　不行!我脸皮没那么厚。

张古董　我帮着你,我帮着你,去……

沈赛花　不能去呀,哪儿有……(被张古董推进门)兄弟坐着!

李天龙　嫂嫂请坐。

张古董　我说兄弟,茶叶也买来啦,水也挑来啦,火也上来啦,我坐上水,没想到,俩猫打架,把茶壶碰倒啦,水也洒了,火也灭啦。干脆你甭喝了。

李天龙　小弟不渴。

张古董　那正好。请坐请坐。你嫂子有话跟你说。

李天龙　嫂嫂请讲。

沈赛花　今当大比之年,你怎么不进京赶考去哪?

张古董　是啊。

李天龙　无有银钱,焉能进京赶考哇!

沈赛花　就该问你丈人王老户去借。

李天龙　我岳父言道,等我娶妻之后,簪环首饰、四季衣服、银子二百
　　　　两。如今他不能把我呀!

沈赛花　那你何不娶一个哪?

张古董　是啊。

李天龙　无有银钱赶考,哪有银钱娶妻啊!

沈赛花　可也是啊!

张古董　可不是吗!

沈赛花　兄弟,那你何不借一个哪?

张古董　对呀!

李天龙　世上有借银子借钱的,哪有借妻子的呀!

沈赛花　(对张古董)没有不是!

张古董　有,有,有!

沈赛花　我说,我,我说兄弟,比方那么说,要是有见钱眼开、财迷心窍、
　　　　死不要脸的那么一个混蛋小子……

张古董　(连打喷嚏)阿嚏! 阿嚏! 阿嚏!

沈赛花　他真要把媳妇借给你……

李天龙　若有人将妻子借与我,簪环首饰、四季衣服……

张古董　家里的!

李天龙　俱是那妇人的。银子二百两,平分一半。

张古董　(得意地)嘿!

沈赛花　兄弟!

李天龙　嫂嫂!

沈赛花	我说兄弟!
李天龙	嫂嫂!
张古董	你说你说,没有错儿!有话你就说,怕什么的!自己人儿,说吧!
沈赛花	兄弟!
李天龙	嫂嫂!
沈赛花	要不价……
张古董	说,说,说吧!
沈赛花	没法儿说!
张古董	说,说呀!
沈赛花	兄弟!
李天龙	嫂嫂!
沈赛花	要不价……
李天龙	怎么?
沈赛花	要不价……要不价嫂子我跟你去一趟得啦!
张古董	哎,兄弟!
李天龙	啊?!
张古董	交朋友你可长住了眼睛,照哥哥这样的交。我可把媳妇都交给你了!
李天龙	使得的么?
张古董	使得的,使得的!
李天龙	如此多谢张大哥!
张古董	这没什么,没什么!咱们是通家之好吃!这叫互通有无。今儿哥哥借给你,等你有了,没准儿哥哥还许跟你借哪,这有什么!——可有一件,咱们可是别过夜。
李天龙	那是自然。
沈赛花	你给我们雇车去呀!
张古董	雇车去!
沈赛花	我到里面收拾收拾。兄弟,你也回家换件衣服,出南街不是有

棵绒花树吗？小时候咱们常在那儿玩,你到那儿等我。(下)

李天龙　哦,是是是。(下)

张古董　雇车?雇车得多少钱哪!我上趟驴市吧。(圆场)哎嘿嘿嘿,这都是谁的驴啊?

〔内声:"我的驴! 我的驴! ……"

驴　夫　(内)得咧得咧,你们都驮了好几趟啦,饭别一个人吃啊!(边说边上)谁雇驴啊?

张古董　我。

〔驴夫转身就走。

张古董　回来回来回来,你怎么走啦?

驴　夫　我不雇给你。

张古董　怎么啦?

驴　夫　就凭你那个长相,骑我的驴?我都替我那驴觉得怪委屈!

张古董　不是我骑!

驴　夫　是谁?

张古董　我媳妇。

驴　夫　你媳妇好看吗?

张古董　挺好看的!

驴　夫　那还凑合。你雇几匹?

张古董　两匹。

驴　夫　不行!

张古董　怎么啦?

驴　夫　就一匹。

张古董　一匹凑合啦。

驴　夫　凑合啦?我拉驴去。(欲下)

张古董　回来回来,你知道雇哪儿啊,就拉驴去!

驴　夫　对,你雇哪儿啊?

张古董　我雇城里头,鼓楼前头,鼓楼后头,一去八里,回来四里。

驴　夫　我明白了。

张古董　你明白什么？

驴　夫　不就是一去八里,回来四里吗？知道！你媳妇有几件新衣裳,
　　　　去的时候要在大街上摆露摆露,这是一去八里;回来的时候,
　　　　天黑啦,抄小道就奔家来啦,这就是回来四里。

张古董　嘿,你还真明白。

驴　夫　什么话呢,俺们是干什么的呢,你们那点心眼还能吃不透吗!
　　　　我拉驴去。(欲走)

张古董　回来回来,你忙什么,你说个价儿啊!

驴　夫　说价干什么！你瞧着给!

张古董　(伸三指作"七"手势)这个钱!

驴　夫　干脆,你把这两个指头也伸开,干脆,五个钱。

张古董　五个钱儿?

驴　夫　哎。

张古董　你拉驴去!

驴　夫　拉驴去啰!（下)

张古董　这小子,认手指头!

　　　　〔驴夫打驴上。

驴　夫　打打,咧咧!

张古董　嗨,嗨,你这驴怎么短个耳朵啊?

驴　夫　不是,昨儿我姥姥生日,给打卤吃啦。

张古董　驴耳朵打卤?

驴　夫　另一个味儿！再说,驴长着耳朵也没有什么用处,你看能凑合
　　　　不? 不行拉吹!

张古董　行行行！给你钱,一个、俩、三、四、五个,得!

驴　夫　待会儿回来的时候,你把驴交给小铺里就行了。我赶驴是兼
　　　　差,为的是弄两个外找,买猪头肉吃。我没功夫等你,少陪了!
　　　　正是:

　　　　　　人间少见双黄蛋,
　　　　　　世上偏多独耳驴。(下)

张古董 这小子!(拉驴圆场)家里的,驴雇来啦!

〔沈赛花上。

沈赛花 呦,就一匹呀?

张古董 叫兄弟辛苦两步吧。上驴!

〔沈赛花上驴。

沈赛花 嘚儿!

张古董 嘚儿!

沈赛花 喔!

张古董 喔!

沈赛花 呦!

张古董 啊?

沈赛花 它怎么不走哇?

张古董 你不走它就走啦!

沈赛花 还得我走啊!

张古董 多新鲜哪!

沈赛花 我走啦!

张古董 早点回来,晚了就关城门了。

沈赛花 我知道!

张古董 千万可别过夜呀!

沈赛花 瞧你这啰嗦劲儿!嘚儿!(下)

张古董 (唱)一心只想分一半,

　　　　但盼红日晚下山。(下)

〔沈赛花上。

沈赛花 出得街来,好天气也!

(唱)每日油盐酱醋茶,

　　　十年重看马缨花。

天龙兄弟,快来呀!

李天龙 (内)来也!

〔李天龙上。

沈赛花　（唱）我和你从小一处常玩耍，

李天龙　（唱）大树底下过家家。

　　　　　　　你与我梳过孩儿发；

沈赛花　（唱）你与我插过满头花。

　　　　　　　转眼之间都长大，

　　　　　　　我十九来你十八。

李天龙　（唱）光阴似水东流下，

沈赛花　（唱）往事如同隔年的花。

　　　　　　　天龙漫把驴儿打，

　　　　　　　由它小步踏平沙。

　　　　〔跑驴舞蹈。

沈赛花　（唱）这些年可有人灯前和你闲说话？

李天龙　（唱）我和影子算一家。

沈赛花　（唱）三餐谁把厨来下？

李天龙　（唱）残粥剩饭韭菜花。

沈赛花　（唱）谁与你浆洗补鞋袜？

李天龙　（唱）多亏街坊老大妈。

沈赛花　（唱）这一回有了钱莫要泼撒，

　　　　　　　寻一个可心人立业成家。

　　　　　　　天龙漫把驴儿打，

　　　　　　　且看西天出晚霞。

　　　　〔跑驴舞蹈。

沈赛花　（唱）我和你做夫妻一时半霎，

　　　　　　　在人前切莫要羞羞答答。

　　　　　　　亲扶持俏称呼莫要露假……

　　　　　　到了你丈人家，你我怎样称呼？

李天龙　我称呼你嫂嫂。

沈赛花　那就砸啦！

　　　　（唱）我的小名儿叫赛花！

咱们演习演习,别到时候露了马脚。叫我！叫我！

李天龙　嫂——啊,赛花！

沈赛花　哎！——天龙！

　　　　（唱）天龙漫把驴儿打,

　　　　　　　到今晚赋分飞各奔天涯。

　　　　〔跑驴圆场下。

　　　　〔检场人甲、乙上。

　　甲　丈人留婿理应该,

　　乙　留住你就走不开。

　　甲　窗前一棵马缨树,

　　乙　暗香细细入帘来。

　　　　〔检场人甲、乙下。

　　　　〔王老户嗷上。

王老户　（唱）娇女下世早,

　　　　　　　宝镜日生尘。

　　　　〔沈赛花、李天龙上。

李天龙　到了。嫂嫂下驴。门上有人么？

王老户　（念）花径常不扫,

　　　　　　　何人叩柴门？

　　　　是哪一个？

李天龙　啊,岳父！

王老户　噢,贤婿到了！进内叙话。（进门）啊,贤婿,这是何人？

李天龙　是你新女儿。（向沈）见过你家爹爹！

沈赛花　（行礼）爹,您好哇！

王老户　罢了罢了。老汉有言在先,等你续娶之后,簪环首饰、四季衣
　　　　服,纹银二百两。银两在此,你们拿去吧。后堂摆酒。

李天龙　多谢岳父,我们要告辞了。

沈赛花　谢谢您哪,天不早啦,我们要走啦。

王老户　嗨,来了就要住下！家院,打扫客房！（下）

〔李宝上。

李　宝　呦,哪来的驴粪哪! ——呦,姐夫来啦,这是谁呀?

李天龙　这是你新姐姐!

李　宝　噢,姐姐,姐姐!

沈赛花　兄弟你好哇!

李　宝　你们这要上哪儿呀?

李天龙
沈赛花　要回去了。

李　宝　别回去呀,老不来啦,住下吧!

沈赛花　哎,不行不行,可不能住下!

李　宝　住下吧,住下吧! 我们家没臭虫!

沈赛花　不行,不行,我们得回去!

李　宝　我不让你们走! 不让你们走!

　　　　〔李宝拉住李天龙、沈赛花不放。

沈赛花　哎哟,这可怎么好哇!

　　　　〔李宝拉李天龙、沈赛花下。

　　　　〔张古董上。

　　　　〔内声:"忘八啦! 忘八啦!"

张古董　哪儿有黄瓜呀。(出门,瞧介)天可不早啦,怎么还不回来呀!
　　　　不行,我得找他们去哟。

　　　　(小锣水底鱼,念)

　　　　　　　心似猫抓,去到老王家,

　　　　　　　行至此处,城头噪暮鸦。

　　　　〔李天龙、沈赛花双上,坐睡介。

　　　　〔四合老店上。

四合老店　哎呀老兄呀,四合老店在哪嘎里呀?(拉张古董)哎,老兄
　　　　呀,四合老店在哪嘎里呀?

张古董　哎,哎,你撒手,你撒手!

四合老店　哎,老兄,我跟你打听四合老店在哪嘎里呀?

张古董　你撒手吧！

　　　　〔内声："关城门喽！"

四合老店　嘟！嘟！我又一个嘟！

张古董　哪来这么三嘟呀！

四合老店　我和你打听四合老店在哪嘎里，你这样拉住我，扯住我，不
　　　　叫我过去，你看一看，这一边的城门关了，喏，那一边的城门也
　　　　关了！

张古董　啊！

四合老店　把我关在这城门洞内，进又进不去，出又出不来，岂不成了
　　　　瓮中之物！你叫我在哪嘎里困觉啊？

张古董　你还"躄掠"什么呀？你就在这里睡！

四合老店　不行！

张古董　怎么啦？

四合老店　没有我的闪缎被窝褥子，象牙床，我是不能睡的。

张古董　就冲你这个长相，还闪缎被窝褥子哪！

四合老店　我的长相吆，蛮好的呀！

张古董　你睡不睡？

四合老店　我不睡！

张古董　你不睡？

四合老店　我不睡！

张古董　我不管你，我睡！

四合老店　啊哈！我也着了！（卧倒）

　　　　〔起初更。

李天龙　（唱）身无彩凤双飞翼，

　　　　　　　只因她是旁人妻。

张古董　哎呀，心中有事呀，睡不着。我媳妇跟我把弟李天龙到他丈人
　　　　王老户那儿，人家是大财主啊，不用说，烧黄二酒，高摆的果碟
　　　　子……

四合老店　（站起）喂呀，我在哪块吃过他的烧黄二酒，高摆的果碟子

230

呀！（向张古董）起来,起来,起来!

张古董　怎么啦,怎么啦,怎么啦?

四合老店　我在哪嘎里吃过你的烧黄二酒,高摆的果碟子呀?

张古董　这是我心里的话。

四合老店　胡说!

张古董　怎么啦?

四合老店　心里的话,就不该说出来!

张古董　我说出来怎么啦?

四合老店　我不睡了!

张古董　你睡觉!

四合老店　不睡了!

张古董　你睡觉!

四合老店　不睡了!

张古董　不睡我打你!

四合老店　啊,我困了,着了!（卧倒）

张古董　这小子。

　　〔起二更。

沈赛花　（唱）有心为他忧柴米,

　　　　　　恨不相逢未嫁时。

张古董　我是越睡越睡不着!想我媳妇那个年纪儿,我把弟这个岁数
　　　　儿,他们两个不用说呀,干柴烈火一蹭儿就着哇!

四合老店　（跳起）喂呀,着了火了,着了火了啊!干柴烈火一蹭儿就
　　　　着,哦呀,着了火了,着了火了,救火啊!

张古董　我说你怎么回事?

四合老店　哦呀,干柴烈火一蹭儿就着哇!

张古董　那是我心里的话。

四合老店　混账!

张古董　怎么啦?

四合老店　心里的话,就不该说出来!

张古董　我说出来怎么着？你睡觉！

四合老店　我不睡了！

张古董　你不睡？吓！我还是打你！

四合老店　哎呀,着了！（卧倒）

张古董　这小子！

〔起三更。

沈赛花　嗨,这是怎么话说的！当初来的时候,说好了不过夜。如今过
　　　　了夜了,我就是跳到黄河里也洗不清啊！

张古董　可不是嘛！这事儿,跳进黄河里也洗不清啰！

四合老店　喂呀,黄河发了水了！噢呦,黄河发水来啦！噢呦,好大水
　　　　啊,噢哗！噢哗！

张古董　我不理你！

四合老店　我也着了！

〔起四更。

沈赛花　天龙,天龙,你醒醒！

李天龙　何事呀？

沈赛花　咱们来的时候,原说好了不过夜,如今过了夜了,张古董要是
　　　　找上门来,这可怎么办哪？

李天龙　这便如何是好哇！

沈赛花　事到如今,你也不用着急。他来了,闹翻了,大不了我跟他一
　　　　刀两断。都有我哪！我喜欢你！天不早了,咱们先到老爷子
　　　　屋里瞧瞧去。

李天龙　哎呀,惭愧！

沈赛花　瞧你那书呆子劲儿！走！（拉李天龙手下）

〔起五更。

〔二差役上。

二差役　开城啰！

张古董　哎唷嘿！天都亮了！（看四合老店）有的,搅了我一宵,他倒
　　　　着啦啊！——起来,起来！

四合老店　哦哈！天亮了哇！

张古董　对啦,你昨儿个不是打听四合老店吗?

四合老店　是四合老店哪!

张古董　你瞧见没有,那儿就是,上面还有个招牌。

四合老店　那就是四合老店哪?

张古董　对啦!

四合老店　谢谢你,我不去了。(下)

张古董　嘿,他不去了!(向差役)哎,跟您打听打听,昨儿有个小媳妇
　　　　骑驴,后头跟着个小伙儿打这儿过去吗?

二差役　瞧见啦!

差役甲　嘿,这小两口儿!

张古董　……

差役乙　摆一块儿,一对面人似的!

张古董　……

差役甲　看他们一眼,叫人心里都痛快!

差役乙　真是天有眼睛,配得那么合适!

差役甲　看他们那个劲儿,肩靠着肩,手挨着手;看那眼神儿,又是疼,
　　　　又是爱,还又有那么一点不好意思,准是三朝未满!

张古董　你得了吧! 那女的是我媳妇!

二差役　你媳妇?!

　　　　〔二差役端详张古董。

差役甲　不像!

差役乙　你要有这么个媳妇,那人活着还有个什么意思!

张古董　是真的!

差役甲　真是你媳妇?

差役乙　哈哈哈哈!

二差役　你呀,忘八啦! (下)

张古董　坏啦,这一说,这是真啦! 不行,找他们去!

　　　　(小锣水底鱼,念)

七窍生烟，

捡起一块砖，

打他一顿，

还要去见官！

（圆场）到啦！有胳臂有腿的,给我滚出一个来！

〔李宝上。

李　　宝　谁这么说话？没胳臂没腿的,这不成了"板不倒儿"吗？干什么的？

张古董　你姓什么？

李　　宝　太爷姓李。

张古董　有姓王的没有？

李　　宝　有啊。

张古董　给我叫出来！

李　　宝　有请爹爹！

〔王老户上。

王老户　何事？

李　　宝　外面有个长得"呵"寒碜的那么一个小老头儿要看您。

王老户　我家并无这样的亲眷呀！

张古董　不管他是谁,出来我就给他一砖头！（见王老户,立即将砖头藏起）嘿,老爷子,您倒好哇？

王老户　何事啊？

张古董　这个……昨儿您的续女儿来啦？

王老户　来了。

张古董　您留他们住下了？

王老户　住下了！

张古董　您这儿地方是大的,不用说,俩院子？

王老户　一个院子。

张古董　噢,您这儿房子是多的,不用说,两间屋子？

王老户　嗯,一间屋子。

张古董　两张床？

王老户　一张床！

张古董　您啊,把他们叫出来得啦! 就说姓张的找她!

王老户　女儿快来!

　　　　〔沈赛花、李天龙上。

王老户　姓张的找你。

沈赛花　(对李天龙)甭着急,我瞧瞧去!

张古董　不管他是谁,出来就是一砖头!

沈赛花　呦,这不是张老大吗?

张古董　有的,一宵的功夫,我改了张老大啦!

沈赛花　你上这儿干什么来啦?

张古董　我……借水桶来啦!

李　宝　水桶? 我给你取去! (下)

李天龙　啊,张兄!

张古董　帮凶啊,用不着,就我一个! 你呀,接砖头吧! 打官司去! 打
　　　　官司去! (推搡李天龙下)

沈赛花　老爷子,你劝着点! 劝着点! (下)

王老户　这边没羞,那边没臊,当中还挂着个皮老道! (吹胡子下)

　　　　〔检场人甲、乙上。

甲　　假做真时真亦假,

乙　　无为有处有还无。

甲　　我即是你你是我,

乙　　世间难得是糊涂。

　　　　〔检场人甲、乙下。

　　　　〔驴夫官上,后随书吏、四衙役。

驴夫官　(念诗)

　　　　　　马谡不养油葫芦,

　　　　　　卢全下棋八个车。

　　　　　　和尚怕见张果老,

　　　　　诸葛先生字子瑜。

书　吏　啊,主公,你讲说些什么,怎么我一些儿不懂啊?

驴夫官　不懂?回去捉摸捉摸,说白了就没有意思了。——今逢二五
　　　　八日,放告之期,——来呀!

众衙役　有!

驴夫官　放告牌抬出去!

众衙役　是。

驴夫官　抬出去赶紧抬进来,别惹事!

　　　　〔张古董、李天龙、沈赛花、王老户、李宝上。

张古董　冤枉!

衙役甲　干什么的?

张古董　喊冤的!

衙役甲　等着!——老爷,有人喊冤!

驴夫官　惹事不是!升堂!

　　　　〔驴夫官升座。

驴夫官　将原告、被告带上堂来!

　　　　〔李天龙等上堂。

李天龙　参见老父母!

驴夫官　怎么着,这里头还有李相公哪?

李天龙　牵连在内。

驴夫官　土地祠待茶。

李天龙　多谢老父母。(下)

张古董　他土地祠待茶,我这儿跪着?我也奉承奉承他!(韵白)啊,
　　　　烤白薯!

驴夫官　好说,油葫芦!——跪下!

众衙役　跪下!

驴夫官　(问王老户)叫什么?

王老户　小人王老户。

驴夫官　王老虎?你吃人不?

王老户　门户之户。

驴夫官　啊,我认得你! 你们有一匹粉嘴画眉踢雪乌——

王老户　乃是一头叫——

驴夫官　你别说啦,咱俩明白就行啦! 土地祠待茶。(问李宝)小孩儿,你是谁?

李　宝　太爷李宝!

驴夫官　这么点儿小孩儿称太爷?

书　吏　人小辈大。

驴夫官　人小辈大?

书　吏　他是王老户的儿子。

驴夫官　嘟! 王老户的儿子怎么姓李?

李　宝　乃是姓娘舅之姓。

驴夫官　姓娘舅之姓?

李　宝　我们这里的乡风。

驴夫官　哪有这样的乡风! 你别蒙我!

李　宝　蒙你是小舅子!

驴夫官　土地祠待茶!

　　　　〔李宝下。

驴夫官　还有个堂客? 你姓什么?

沈赛花　姓沈。

驴夫官　叫什么?

沈赛花　沈赛花。

驴夫官　巧来! 我也姓沈,我叫沈赛瓜。土地祠待茶,有事我再请你。

　　　　〔沈赛花下。

张古董　原告跪着,被告土地祠待茶,这叫什么官司?

驴夫官　嘟! 低头!

　　　　〔锣鼓声。

驴夫官　这是怎么啦?

书　吏　监墙塌了。

驴夫官　那可坏了！

张古董　（起来蹓跶）什么这么乱七八糟的！

驴夫官　监墙塌了，走了犯人，你担不担哪？

张古董　我担待得着吗？

驴夫官　还是的！跪下！

　　　　〔驴夫官溜下。

众衙役　朝上回话！

书　吏　从实招来！

张古董　是是是。小人张古董，放债为生，娶妻沈赛花。皆因我把媳妇
　　　　借给把弟李天龙……

书　吏　（拍惊堂木）说实话！

张古董　借的时候，言明不过夜……

书　吏　一派胡言，掌嘴！

张古董　哈哈！好你个四合老店，昨儿搅了我一宵，今儿跑这儿来啦！
　　　　（站起，欲走）

　　　　〔驴夫官上。

驴夫官　嘿嘿嘿，你上哪儿去？

张古董　你上哪儿去啦？

驴夫官　我察看监墙去了！跪下跪下！

众衙役　跪下跪下！

张古董　哎哎哎，跪下。

驴夫官　回话！

张古董　小人张古董……

驴夫官　往下讲！

张古董　放债为生，娶妻沈赛花……

驴夫官　大点声！

张古董　（大声）小人张古董，放债为生，娶妻沈赛花……

　　　　〔驴夫官自怀中取出小酒壶，喝起酒来。

驴夫官　（唱）朔风吼，

238

彤云厚，

雪花儿大如斗，

疏林顿失鸟和兽。

你胖得流油，

闲得难受。

这时候，

不在家中嚼崩豆，

没来由，

跑到霸陵桥上穷蹓。

酸不溜丢，

独叹梅花瘦。

你那里自命风流，

累得俺浑身汗酸臭。

两脚的随着四脚的走，

这也算草生一秋？

谁生就？

谁造就？

断送一生唯有，

羊头肉，

猪头肉！

张古董　小人张古董，放债为生，娶妻沈赛花……

驴夫官　得得得，净倒粪！不就是那么点事儿吗？你姓张，对不对？你叫张古董，对不对？你插圈弄套，蒙了个媳妇，对不对？你不会做诗，也不懂画画，你这人一点意思都没有，对不对？你有个把弟，你商量着把媳妇借给他，讲的是不过夜，如今过了夜了，你说是这档子事不是？我早就把判词写得了。（对衙役）叫他们都上来！

众衙役　都上来！

〔李天龙、沈赛花、王老户、李宝上。

驴夫官　一干人等,听我下断:

（念）名为古董,三代破铜烂铁;

　　　贪爱银钱,十足财迷脑瓜。

　　　丈夫全无诗意,势难宜室宜家;

　　　老婆不是铜壶,岂可借来借去?

　　　老夫少妻,鲜花插于牛粪!

　　　青梅竹马,淑女幸会才郎。

　　　马缨花下,重温旧梦,

　　　丈人家中,弄假成真。

　　　生米已成熟饭,何能还君全璧?

　　　媳妇改称弟妹,不妨仍是通家。

　　　张老大异想天开,

　　　荒唐透顶,

　　　本应重责,

　　　以儆效尤。

　　　念其鸡飞蛋打,免予徒流枷号,

　　　罚出白布纹银,为其夫人添箱!

　　张古董,本县的判词你听明白了没有?

张古董　我又像明白,又像不明白。

驴夫官　简短截说,就是我把你媳妇断给李相公啦!

李天龙　多谢老父母!

沈赛花　老爷真是清官!

驴夫官　（对张古董)你哪,借妻骗财,伤风败俗,都像你这样,把媳妇借来借去,满街都是合同夫妻,那成何体统!本该把你枷号充军,念你鸡飞蛋打,也就不予深究了。你不是还有十两银子、一匹白布吗?都拿出来,陪送你媳妇出阁。退堂!

〔众退,张古董不走。

驴夫官　张古董,你怎么还不走哇?

张古董　我告你!

240

驴夫官　小子,你等着!

张古董　等啊!

驴夫官　等我换了便服,别说我倚官仗势。

张古董　换什么我也不含糊你!什么事儿啊,胡里胡涂,把我媳妇断给人家啦!媳妇嫁人,我还得办陪送,这是什么事儿啦?什么叫"全无诗意"啊!你问问台下那么多男人,就都那么有诗意呀?缺乏诗意怎么着啦!缺乏诗意就该把媳妇给别人?这是什么王法啊!非上告他不可!

〔驴夫官脱去官服,恢复驴夫模样。

驴　夫　好,张古董,小子,把我驴拉哪去啦?我正找你,走走走!

张古董　啊?!

〔驴夫拉张古董下。

（剧终）

注　释

① 本京剧剧本据作者改定后的油印本编入。并将北京京剧团 1983 年演出说明书附录于后。初收《汪曾祺全集》第七卷,北京师范大学出版社,1998 年8 月。

附录：

《一匹布》说明书

伏酱秋油老陈醋，
世间哪有借媳妇。
真是满纸荒唐言，
何人编成《一匹布》？

沈家有女名赛花，
窗前一棵马缨树。
嫁夫市侩张古董，
似水年华暗中度。

古董把弟李天龙，
订婚未娶妻亡故。
家中一火荡无存，
昔日繁华今寒素。
天龙岳丈有钱财，
城内知名王老户。
老户曾有言在先，
两家仍可为翁婿。
一旦天龙再娶妻，
奉还妆奁如其数。
陪嫁银子二百两，
原封不动暂存库。

天龙无力再娶妻，
三餐不饱空肠肚。
此事古董得闻知，
想出一条发财路。
愿将媳妇借天龙，
登堂拜谒王老户。
陪嫁银子对半分，
公平交易两不误。
言明当晚赶来回，
岂料丈人留客住。
生米熟饭假成真，
白布下缸成色布。

呜呼奉劝世间人，
夫人不是摇钱树。

裘　盛　戎①

本剧的许多情节是虚构的。

时间： 一九五九年至一九七七年

地点： 北京、江西某矿

人物： 裘盛戎

戴传戎——裘盛戎的爱徒

裘小戎——裘盛戎之子

朱盛斌——唱丑的

侯长有——裘盛戎的跟包

张韵武——裘盛戎的大徒弟

徐　岛——剧团编导

江　流——电影女导演

杨　兮——话剧演员

吴国春——足球运动员

许红樱——唱二旦的。造反派头头

苗志高——造反派

老　季——剧团团长，后被结合为革委会副主任

老　王——掏粪工人

剧团演员若干人

文武场面若干人

电视录像工作人员

红卫兵

第一场　裘门有后

〔一九五九年秋。

〔某大剧场后台化妆室,宽敞明亮,菊花盛开。

〔幕启:台上的《姚期》打住了,裘盛戎正在谢幕,掌声如同暴雨。

〔侯长有正在准备卸妆用具。

侯长有　(唱)我傍着盛戎天下走,

　　　　　　　到如今无净不宗裘。

　　　　　　　老天爷没有白长我这两只手,

　　　　　　　对得起几十年烧酒馒头!

〔朱盛斌穿着大太监的服装上,卸妆。

侯长有　盛斌,辛苦啦!

朱盛斌　侯哥,您辛苦!

〔许红樱穿郭妃服装上。

许红樱　这他妈的裘盛戎,得了那么多好!

朱盛斌　你眼气?玩艺儿在那儿摆着哪!

许红樱　我就不信!有朝一日,我叫马、谭、张、裘,全都陪着我唱唱!

朱盛斌　你?——许红樱?木头眼镜,我有点瞧不透!

许红樱　你就等着瞧!(穿着水衣子,挟了自己的衣服下)

侯长有　凉药!

〔掌声犹在继续。

朱盛斌　盛戎这二年,真是到了全盛时期。嗓音、岁数、功夫、火候!去年得了个儿子,又收了个好徒弟,真是人逢喜事精神爽,月到中秋分外明,他高兴着哪。

侯长有　高兴？这两天他可不高兴呀。起前儿晚上起，就一个人生闷气。

朱盛斌　生气？跟谁？

侯长有　就跟他那徒弟。

朱盛斌　跟戴传戎？为什么？

侯长有　看了他一出《姚期》。

朱盛斌　没唱好？

侯长有　没唱好。

朱盛斌　没唱好，你跟他说嘛，生的哪门子气呀！

侯长有　你还不知道他那脾气？徒弟唱不好，比他自己唱砸了还别扭。

朱盛斌　嗳，对徒弟那么下心，也真少见。真是师徒如父子。

侯长有　恨铁不成钢啊！

〔戴传戎捧着裘盛戎的白满上。

朱盛斌　嗨！这口白满，长过磕膝盖，哪找去！

侯长有　（对戴传戎）这还是你师爷爷的东西哪！这口白满，盛戎谁也不让戴。他的徒弟里，就让你一个人戴，你可得好好地学玩艺，别辜负了师父的一片心哪！

戴传戎　嗳，嗳，我一定对得起他。

〔张韵武作姚刚扮相，捧裘的小茶壶上。

〔裘盛戎穿着《姚期》末场的服装，搽了头。上。

〔老季、电影女导演、话剧演员、运动员、新闻记者多人蜂拥而上。纷纷向裘盛戎道辛苦。

吴国春　裘老板，您今儿这戏真是解恨！过瘾！

裘盛戎　谢谢大家，谢谢大家捧场。多提意见，多提意见！

江　流　盛戎，我看过你的《姚期》，大概总不下有三十场了，从来没有像今天这样精彩。台下这一千四百观众，都听傻了。他们会永远忘不了这次演出。

裘盛戎　我今天这场戏，是为了这一千四百个观众，还特别为了第一千四百零一个观众。

杨　　兮　第一千四百零一个观众？谁？

裘盛戎　（指戴传戒）他。

吴国春　（对戴传戒）你？

戴传戒　是为我。前天我刚刚演了一场《姚期》。

杨　　兮　是让你来对照对照，找找差距？

吴国春　怪不道今儿那么"铆"上！

裘盛戎　（对戴传戒）戴传戒，你说说，你那场《姚期》演得怎么样？好不好？感人不感人？

戴传戒　不好。

裘盛戎　总算知道不好。你说说你哪儿不好。

戴传戒　我说不上来。

裘盛戎　说不上来？自己演的戏，自己说不出哪儿好，哪儿不好？我国的演员，京剧演员，一方面要演人物，要"入"进去；（指电影导演、话剧演员）用他们的说法，是"进入角色"。同时，又清清楚楚地知道自己是怎么演的。手、眼、身、法、步，表达了什么感情，怎么表现的，产生了什么效果，多大多小，多快、多慢，身上是怎么使的，嗓音是怎么用的，清清楚楚！我在唱的时候，浑身上下，哪儿使劲，心里都是清楚的。说一句"糙"话，我在唱某几个字的时候，肛门都往上噘。好角儿，没有糊里糊涂地在台上演戏的。

　　　　我再问问你，我的"好"是在哪儿得的？

戴传戒　在"小奴才"那儿。

裘盛戎　不对。

侯长有　怎么不对？每回你只要一跺脚，"小奴才……""好"就下来了，从来没有"漂"过。

裘盛戎　（向戴传戒）不对。电灯，是哪儿亮的？

戴传戒　灯泡。

裘盛戎　唔！不对。——是电门。你不按电门，它就亮了啊？你看看这菊花，开得多好啊！它是哪天开的？它是从长叶子，坐骨朵的那天就准备好了。先得把戏做足了。就跟水库似的,先蓄水,把感情憋足,一开闸,哗——,水就下来了。马先生有一句话——

杨　兮　哪个马先生?

裘盛戎　马连良。"先打闪,后打雷"。

江　流　"先打闪,后打雷",好极了!这是中国表演艺术的精华!

徐　岛　吴梅村记柳敬亭说书,说他能做到"言未发而哀乐具乎其前",就是这个意思。

裘盛戎　老徐,你再说一遍。

徐　岛　"言未发而哀乐具乎其前"。

裘盛戎　"言未发而哀乐具乎其前","言未发,——而哀,乐,具乎其前"!好!太好了!(对戴传戎)带着笔记本没有?

戴传戎　带着哪。

裘盛戎　记下来,记下来!我问你"儿是姚刚"这句话是什么意思?

戴传戎　……

裘盛戎　自己的儿子,他会不认识吗?这是气极了的话。你!姚刚!你真是好样的!你给我闯下这么大的祸!"嘻嘻嘻嘻"他为什么会笑?这是苦笑,惨笑,气笑,比哭还要难受的笑。人到了哭都哭不出来的时候,反而会笑,你有这个经验吗?

〔戴传戎记笔记。江流也掏出笔记本一边捉摸,一边记。

江　流　盛戎,"小奴才"这一句的唱腔是你的创造吧?

裘盛戎　早年间不这样唱。京剧也没有这样的腔。这是山西梆子的哭头,原本是旦角的腔,我给借了来,化了化。用我们内行的话,这叫捋叶子。

杨　兮　这个叶子捋得好。文章本天成,妙手偶得之!

裘盛戎　韵武,咱们来来这一段,叫他看看。——你累不累?

张韵武　不累!

〔裘盛戎与张韵武表演"小奴才"一段。

〔江流拍照。

〔众鼓掌。

杨　兮　听你说了戏,再看表演,我的感受更深了。真是的,闻君一席
话,胜读十年书。

裘盛戎　哪里哪里! 我是个没有文化的文化人,没有知识的知识分子。

江　流　盛戎,我几年来一直想拍一部《裘盛戎的舞台生活》。我有一
个想法,除了你的几出名剧,想把你的一些艺术见解也记录下
来。想找个时间跟你谈谈。你什么时候得空?

裘盛戎　您随时来,只要打一个电话。不过,我没有什么独到的见解,
都是老一辈传下来的。

〔裘盛戎卸妆。

〔江流从提包里取出一个纸包。

江　流　盛戎,我们几个人送你一件礼物。

裘盛戎　哦?

〔江流打开纸包,是泥人张捏的一个二尺来高的姚期造像。

侯长有　姚期!

朱盛斌　真像嗳!

裘盛戎　真是活灵活现! 我收下了,谢谢你!

吴国春　这不是给你的,是给你的儿子的。

江　流　今天不是你儿子的周岁吗? 按北京的老风俗,得抓周。我们
给他添一样东西。

裘盛戎　这他要是抓了这个,赶明儿就是个唱戏的啦?

杨　兮　我们希望他继承你的衣钵,克绍箕裘。

裘盛戎　好好好,谢谢各位的美意。

朱盛斌　盛戎,你晚年得子,又收了个好徒弟,真是双喜临门哪!

侯长有　想当年,他在上海卖胰子②的时候,在大舞台当底包,混得连
彩裤都当了,不想也有今天哪!

裘盛戎　想我裘盛戎啊!

(唱)初次登台才十六,

　　　在艺术的大海里浮沉漂泊数十春秋。

249

我也曾夹着靴包当下手，

我也曾咸菜白水就窝头。

若不是共产党将我救，

早已是流落街头喂了狗。

篱边的菊花如锦绣，

树上的果子正成熟。

你说是人到中年万事休，

我说是一年好景是中秋。

今儿个大伙全别走，

我家里有好菜好酒。

谁也不许把杯扣，

都得到开怀痛饮，一醉方休！

杨　兮　好！我们陪你一宵！

吴国春　喝你的斧头牌三星白兰地去！

裘盛戎　你们先到我家去，我洗洗脸就来。盛斌、侯哥，都去！韵武你
　　　　陪着！季团长，您也去玩玩？

老　季　我，啊。我明天还要做一个报告，不陪啦，不陪啦。盛戎同志，
　　　　你也少喝一点，保护嗓音，啊！

裘盛戎　谢谢您，我喝不了多少。您走啦？

老　季　不送！不送！（下）

　　　　〔众下，只余戴传戎。

裘盛戎　这是怎么啦？

戴传戎　我惹师父生气啦。

裘盛戎　嗨！我这不是已经不生气了吗？快家去，真叫你师娘一个人
　　　　忙活呀！

　　　　〔戴传戎欲下。

裘盛戎　（举姚期泥人）把这个带着。

戴传戎　嗳！

250

裘盛戎　真是个好苗子呀！

——幕落

第二场　剪白满

〔一九六六年夏，"文化大革命"初期。

〔裘盛戎家的客厅。墙上挂着叶浅予画的裘盛戎扮演姚期的画像。旁边贴着一张"勒令"："反动权威裘盛戎立即将家中四旧准备好，等着我们来破。如敢隐藏转移，后果自负！切切此令。红缨公社"。客厅内外杂放着圆笼、马鞭之类的"四旧"。桌上有一个唱机和一叠唱片。

〔幕启：侯长有正往外搬"四旧"。

〔徐岛上。

徐　岛　（唱）家家收拾起，

户户不提防。

父子成两派，

夫妇不同床。

访旧半为鬼，

惊呼热中肠。

茫茫九万里，

一片红海洋！

侯哥，您这是？——

侯长有　哦，徐先生。把这些"四旧"归置归置，等着红卫兵来抄家。

〔徐岛捡着了几件"四旧"，看到一个锦盒。

徐　岛　这是什么？

侯长有　盛戎历年的剧照。

徐　岛　拿出来我瞧瞧。

侯长有　您还瞧它干什么！

徐　岛　瞧一眼是一眼。

侯长有　唉，这都是什么事！

徐　岛　（看剧照）这是哪年拍的？都发黄啦。

侯长有　这是《阳平关》，那年盛戎才出科，跟杨老板一块拍的。

徐　岛　杨小楼？——他跟杨小楼同过台？

侯长有　那年，盛戎才搭班唱戏。杨老板正在后台扮戏，听见前面打虎
　　　　头引子，他把描眉毛的笔放下了："这是谁?"——"裘桂仙的
　　　　儿子。"——"唔，他将来非红了不可！"老一辈的好角，就是有
　　　　眼力，能识人！

徐　岛　这是——

侯长有　《白良关》哪！这是金少山。金老板的大黑，盛戎的小黑。多
　　　　会金老板一唱这个戏，总得要约盛戎的小黑。盛戎从来不
　　　　"啃"金老板，可是他一个人能要下一半好来。

徐　岛　这是？

侯长有　《恶虎村》。

徐　岛　他还能来这个？

侯长有　来过！大大个儿，二大个儿，都来过。那会儿，什么都唱。哪
　　　　像现在，你看看那个许红樱，连个二旦都没唱好，就想唱中间
　　　　的！不长本事，光长脾气！

徐　岛　嗳，你不能提她哟，人家这会是响当当的造反派。

侯长有　我听说过梅派、程派、马派、麒派，哪儿又出来个"造反派"来
　　　　了！——瞧这个，朱光祖！

徐　岛　他能唱武丑？

　　　　〔朱盛斌上。

朱盛斌　能唱！他要是不唱花脸，我就没饭了。

侯长有　有日子没见，盛斌，您倒好？

朱盛斌　好！太好了！

徐　岛　打哪儿来？

朱盛斌　大街上。

侯长有　这是什么时候了,您还逛大街?

朱盛斌　我瞧热闹去了。咱没有瞧见过呀。嘿,真开眼哪!

（念）大卡车,连成了串儿,

车上坐的造反派儿。

红袖章,柳条帽儿,

绷着脸儿不带笑儿。

手里攥着消防用的大铁枪,

瞧着全都瘆得慌。

长安街,王府井儿,

人人夹着红纸、墨汁、广告色儿。

东单西单大辩论,

谁都正确都占着理儿。

兵团、公社、战斗队,

高音喇叭吵得人人没法睡。

粗着脖子红着脸儿,

吞符上法附了体儿!

这究竟为的是什么事儿?

什么年月今儿是几儿?

徐　岛　盛斌,你还是那么爱逗!

朱盛斌　徐大导,不是我爱逗,我是不懂啊。你们这是,——哦等着来
　　　　抄家哪?盛戎哪?

侯长有　在里屋。

朱盛斌　干嘛呢?

侯长有　太太病啦。

朱盛斌　病啦?这年头,生病可不好,没地方抓药去,你找不着门!都
　　　　一样,大红油漆门脸,"四海翻腾云水怒,五洲震荡风雷激"。
　　　　油盐店也"激",山货铺也"激",真是够急的。怎么病啦?

侯长有　吓病啦。

朱盛斌　唉！真够吓人的。你们主动点也好。在劫难逃。凡事要争取主动,我给你们都带来了。

徐　岛　带了什么啦?

朱盛斌　(从提包里取出两顶纸帽子)瞧瞧! ——这是盛戎的。

徐　岛　(念帽子上的字)"反动权威",合适。

朱盛斌　这是您的。

徐　岛　(念)"牛鬼蛇神",合适。

侯长有　喝。您一人占了四样。盛斌哎,您自己的呢,您不像我,您有这么一号呀。

朱盛斌　有哇。(取出一顶蛐蛐罩,上书四个大字:"跳梁小丑")我是唱丑的,开口跳,正桩该戴这个。(指裘盛戎的画像)这个也该拿下来啦,这不是"安眼"吗!

〔侯长有取下画像。

朱盛斌　这是盛戎的唱片?

侯长有　一张不缺,都在这儿。

朱盛斌　我听听。

〔朱盛斌打开唱机,每张唱片听了一两句。

朱盛斌　真好! 字是字,味是味,哪儿找去! 再也听不着啰!

侯长有　只要盛戎不死,您还能听得着! 就是盛戎,哎,我说句不好听的话,就是他死了,您也还能听得着。您记着我这句话:玩艺儿,比人活得还长!

朱盛斌　有你这么一说。人去留名,雁去留声。

〔裘盛戎一手抱着首饰盒,一手提了一双白高跟鞋上。

裘盛戎　盛斌,盛斌,你这是干什么! 你不是给我惹事吗!

朱盛斌　我听会子。他们不还是没有来吗!

裘盛戎　这都是帝王将相!

朱盛斌　"帝王将相",帝王将相怎么啦? 咱们在科班里就是这么学的。帝王将相也得择巴择巴嘛。噢,一簸箕全给撮出去啦?

裘盛戎　这会动摇经济基础!

朱盛斌　"经济基础"？这经济基础是个啥样儿,您拿出来叫唔们瞧瞧呀! 哦,鞍钢、百货大楼、十三陵水库,你叫我动摇,我摇得动吗?

裘盛戎　盛斌,你别这样。这"文化大革命",是毛主席他老人家亲自发动的。共产党说的话,多会错过? 咱们不懂,咱们学。咱们跟着、顺着,就是挨了打,丢了东西,只要是对咱这个国有好处,咱们不掉一滴眼泪,家里的,刚才我还劝了她半天。咱们不许有一丁点儿的抵触情绪!

（唱"滚板"）

　　　"文化大革命"史无前例。

　　　咱们可别当了阻碍运动的绊脚石。

　　　唱戏放毒,害人害己,

　　　也真该洗一洗身上的污泥。

　　　一不做工,二不种地,

　　　凭什么挑样儿吃饭,按季穿衣?

　　　这些东西,来之不易,

　　　可都是身外之物,抄了、毁了、不可惜。

　　　脱胎换骨,从头做起,

　　　为人民,出一把力,也还来得及。

　　　裘盛戎还不是坏到底,

　　　我相信,一定能跟着党,对得起毛主席!

（问侯长有）咱们的"四旧",都在这儿啦?

侯长有　都在这儿啦!

裘盛戎　没有藏着掖着的?

侯长有　有!

裘盛戎　哦?

侯长有　你的那口白满。

裘盛戎　白满!……

侯长有　这口白满,这么大的犀牛尾,长到磕膝盖以下,现在没有你唱

　　　　　姚期,挂上它,就能长三分成色!

朱盛斌　　白满碍着十三陵水库什么事啦!侯哥,你把它藏起来,有什么
　　　　　娄子,我兜着!

徐　岛　　藏起来不好吧,搜出来更麻烦。

裴盛戎　　(对侯长有)你拿来,回头我跟他们说说。红卫兵是通情达理
　　　　　的。戴传戎现在不也红卫兵么?年轻人,要革命,是好事,咱
　　　　　们别掖着。你拿来,拿来!

　　　　　〔侯长有下,取白满上。

侯长有　　(唱)什么人兴下这抄家勒令?

朱盛斌　　(唱)从古未有的怪事情。

徐　岛　　(唱)人身自由无保证,

　　　　　　　　宪法成了一纸空文。

侯长有　　(唱)这真是没有辫子怕张勋(读如迅)。

朱盛斌　　(唱)唱戏的遇见了红卫兵。

裴盛戎　　(取过白满,唱)

　　　　　　　　非是我舍弃白满心不忍,

　　　　　　　　只因为我对它太有感情。

　　　　　　　　那一年在青岛我应约受了聘,

　　　　　　　　看报纸才知道:名伶裴桂仙,病逝在北平。

　　　　　　　　期满我才能把丧奔,

　　　　　　　　回家来只看到半间空屋一口灵。

　　　　　　　　他未留下三根椽子两根檩,

　　　　　　　　只留下生前身后的名。

　　　　　　　　他到处寻,逢人问。

　　　　　　　　一根一根地挑,一根一根地选,

　　　　　　　　才攒下这一口白满,长过膝盖白似银。

　　　　　　　　戴上它,我懂得人生有尽艺无尽,

　　　　　　　　戴上它,我懂得刻苦钻研,不坠家声。

　　　　　　　　犀牛尾无知它不是反革命,

　　　　但愿得红卫兵手下留情。

　　　　〔外面一片杀气腾腾的喊叫:"造反造反,造反有理!"……

朱盛斌　来了!

　　　　〔侯长有将白满藏在一堆旧报纸里。

　　　　〔许红樱率一队造反派上,其中包括戴传戎、苗志高。许红樱
　　　　胸前挂着一个嵌着毛主席像的镜框。

许红樱　立定! 稍息! 拿出语录来! 敬祝毛主席万寿无疆! 万寿无
　　　　疆! 万寿无疆! 祝林副主席身体健康! 永远健康!

　　　　〔众随之祝颂。

许红樱　裘盛戎、徐岛、朱盛斌! 你们向毛主席请罪!

　　　　〔裘盛戎等向许红樱胸前的毛主席请罪。

裘盛戎　伟大领袖毛主席,我们向您请罪!

许红樱　你们知道自己是什么罪过吗? 裘盛戎!

裘盛戎　我是反动权威,我演帝王将相,放毒。

许红樱　你还压制新生力量! 你是三名三高!

裘盛戎　对,我压制新生力量,三名三高。

许红樱　徐岛!

徐　岛　我是牛鬼蛇神,我编导了不少帝王将相的坏戏。

许红樱　朱盛斌!

朱盛斌　有!

许红樱　你!

朱盛斌　(急忙戴上蛐蛐罩)我,跳梁小丑。我破坏了十三陵!

许红樱　什么?

朱盛斌　啊不,我没有破坏十三陵,我破坏了十三陵啊……的基础。

许红樱　什么! 背两条语录!

朱盛斌　我就会背戏词,别的,我记不住。再说,唱小丑的,很少是死
　　　　口,随时会加几个字,去几个字。

许红樱　那你就念一段。

朱盛斌　照册子念?

许红樱　什么"册子",这是"册子"吗？反动！第一页第一段！

朱盛斌　（念）"领导唔们事业的核心力量是中国共产党,指导唔们思想的……"

许红樱　不对！

朱盛斌　（又念）"领导唔们事业的……"

许红樱　不对！

裘盛戎　（轻轻地）我们！我们！

朱盛斌　（再念）"领导唔们事业的核心力量是中国共产党,指导唔们思想的……"

一红卫兵　（上去给朱盛斌一拳）他妈的！耍骨头！

许红樱　一边跪着去！

〔朱盛斌跪。

许红樱　裘盛戎！你们家的"四旧"都在这儿啦？

裘盛戎　都在这儿了。

许红樱　唔,还有点自觉性。都说你是裘傻子,你可一点不傻。这样多好,省得我们费事。检查检查！

〔红卫兵把盔头、靴子扔了一地。

〔许红樱检查首饰箱。

许红樱　（对苗志高）把这些登一下记,给他开个收条！

〔苗志高开收条。

苗志高　（小声）裘老师,您好好留着。

裘盛戎　嗳！嗳！

许红樱　（举首饰盒）这些,我们带着,其余的,你自己处理了,该砸的砸,该烧的烧,该毁的毁！过两天我们来检查。（指指姚期泥人）把这个也毁了！听见了吗？如果你敢隐藏一件,可别怪我们不客气！造反派的脾气,你们领教过吗？

朱盛斌　唔们正在领教！

许红樱　（挥舞大铜扣皮带,动作都似红卫兵舞,唱）

　　　　　天连五岭银锄落,（读如涝）

地动三河铁臂摇,(摇她的铁臂)

踏遍青山人未老,(用脚一踏)

数风流人物,还看今朝!（拍胸）

〔掏粪工人老王背粪斗,持粪杓上。

许红樱　你是干什么的?

〔老王把粪杓在她面前晃了晃。

许红樱　你来干什么?

老　王　掏粪! 掏人拉的屎!

许红樱　咱们走! 赶下一家! 今天任务很紧!

〔许红樱等一阵风似的下。

〔老王下。

〔朱盛斌还在跪着。

侯长有　盛斌,起来吧,走啦!

朱盛斌　走啦?（环视诸人）全须全尾,就算万幸!

〔门外又喊叫"造反造反,造反有理!"

侯长有　坏了,又来啦!

裘盛戎　不会吧?

〔许红樱等上。

许红樱　裘盛戎,你的那副白满呢?

裘盛戎　白满? 啊,你说什么? ——白满?

许红樱　放傻呀?

侯长有　早没啦!

〔许红樱翻出白满。

许红樱　这是什么? 好哇! 你伪装顺从,你们灵魂深处还想变天,想复辟! 首长说,要跟旧戏"决绝",你还梦想有朝一日,还要粉墨登场,还要动摇社会主义经济基础,用心何其毒也! 是可忍孰不可忍!

裘盛戎　（扑上前,想护住白满）我不再演老戏,不再放毒。我保证! 用我的生命保证! 我只是想留个纪念!

许红樱　不行！“纪念”？纪念什么？纪念谁？纪念地、富、反、坏、右？（把白满扔给苗志高，并扔给他一把剪刀）苗志高，给他铰了！

裘盛戎　不能铰，不能铰！铰了就再也没有啦！

许红樱　（夺过剪刀和白满，交给裘盛戎）你自己铰！

裘盛戎　（浑身哆嗦）我，我下不去手啊！

〔苗志高迟疑。

许红樱　（夺过剪刀、白满，扔向戴传戎）戴传戎！你铰！

裘盛戎　传戎！传戎！你不能铰！这是多好的东西啊！传戎！传戎！你就是把我杀了，也别铰它呀！传戎，传戎，你听师父一句话呀！（抓住白满不放）

许红樱　戴传戎！这是考验你的时候到了！你到底是忠于毛主席，还是忠于裘盛戎！

〔裘盛戎与戴传戎争抢白满。

许红樱　戴传戎！打他！

红卫兵　（大吼）打他！

戴传戎　裘盛戎！你闪开！

〔戴传戎举起右手，许红樱就势一推，戴传戎一巴掌打在裘盛戎的脸上。裘盛戎撒手。

许红樱　铰！

〔戴传戎举剪刀剪白满。裘盛戎瘫跪。

〔老王上，看见地下一堆红扎，偷偷掖起。

许红樱　（把剪断的白满用脚一踢）走！

老　王　我真想一粪杓把他们都扤出去！（下）

〔裘盛戎爬向白满。

裘盛戎　（唱）这一剪剪在了我的心窝，

浑身无力我的泪扑簌。

天哪天哪这是为什么？

我真是想死不想活！

〔裘盛戎晕倒。

侯长有　赶快拿一丸安宫牛黄！

——幕落

第三场　一块番薯

〔一九六九年，旧历春节。

〔江西某矿，一个祠堂的厢屋，裘盛戎等人体验生活的宿舍，屋里放着几张竹床。整整齐齐地叠着被窝，墙上有一张"毛主席到安源"复制品，一条大标语："排好杜鹃山，埋葬帝修反！"到处是毛主席像章，铝制的、竹制的、瓷烧的。正中有一张方桌，桌上码着几套毛选、语录，好几个毛主席的瓷像。半身的、全身的。

〔幕启：徐岛正在方桌上改剧本。

〔外面下着大雪。

徐　岛　（唱）体验生活到湘赣。

　　　　　　踏遍当年战斗的山。

　　　　　　盛戎的精神真少见，

　　　　　　他心中似有火一团。

裘盛戎　（内白）好大雪！

　　　　（唱）满天大雪万山白！

〔裘盛戎、朱盛斌、苗志高及其他演员、鼓师、琴师上。

裘盛戎　（接唱）

　　　　　　异乡佳节难忘怀。

　　　　　　乡亲的热情深似海。

　　　　　　到处把大手伸过来。

　　　　　　炭棚里控诉旧世界。

　　　　　　掌子面上是戏台。

不唱前朝唱现代，

转世投胎某又来！

徐　岛　喝，一个个都这么高兴！

朱盛斌　高兴！到哪里都是热情招待，说是北京的剧团，能上这儿来，
　　　　深入生活，改造世界观，还送戏上门，太好了，又有草，又有
　　　　咬……

徐　岛　什么叫"又有草，又有咬"啊？

侯长有　徐大导，你在剧团里呆了这么些年，连"草"、"咬"都不懂？
　　　　（举烟卷）"草"就是这个！"咬"就是米希米希！

徐　岛　连日本话也出来了！今儿都有什么"咬"啊？

张韵武　四个菜一个汤。

朱盛斌　外加语录本，纪念章，现在招待剧团，像成了个制度，只要演出
　　　　点好节目，一概是：四个菜，一个汤，语录本，纪念章。

徐　岛　你们今儿又奔了多少纪念章啦？

裴盛戎　瞧瞧！大伙都拿出来，不许打埋伏，有重样的，咱们换。
　　　　〔大家都把像章拿出来放在桌上，互相品评："这个好""瞧这
　　　　个"！……

裴盛戎　老徐没有出去，亏了！咱们一人送他一个！"光焰无际"我有
　　　　俩，分你一个！

徐　岛　谢谢你！盛戎，你这回下来，精神焕发，简直成了老小孩。

裴盛戎　我高兴！我又能登台唱戏了。照你们文人的话说，是又有艺
　　　　术生命了。艺术生命，这个词是谁想出来的？想得好哇！艺
　　　　术，真是我的生命呀！

徐　岛　真不容易！（指裴穿的"价拨"棉大衣）你多会穿过这个过冬？

裴盛戎　穿过！那年在上海，我跟侯哥两个人合穿一件棉袍子。侯哥
　　　　这人也真怪，我都混到那个份上了，他还舍不得离开我。他拉
　　　　洋车，卖烟卷，还给我弄二两酒，逼着我吊嗓子练功。老徐，您
　　　　不知道哇，我们是患难之交啊！

侯长有　谁叫你是裴盛戎呢！我爱你那点玩艺儿，爱你那点才！

苗志高　裘老师,你不冷啊?这南方的冬天比北京要冷多了!阴冷阴冷的。

裘盛戎　不冷!

朱盛斌　不冷?谁冷谁知道!不冷,不冷你干嘛穿着毛窝就进被窝?

裘盛戎　我就是脚怕冷。

朱盛斌　多新鲜!谁不是脚怕冷?寒从脚下起,暖从背上来!我见过穿棉衣棉裤睡觉的。没见过不脱棉鞋钻被窝!回北京,叫弟妹怎么给你拆洗?

裘盛戎　我自己洗!

侯长有　你洗,你得了吧!你还是给我唱戏吧。

裘盛戎　嗳,我就会唱戏!

　　　　〔一个老师傅,一个小孩,端着一盘炭火,半筐红薯,一筐箩番薯片上。

老师傅　冻坏了吧!南方冬天不比北方。北方冷,可是不潮湿。间间屋里都有火。我们这儿,房檐的冰,会拖到地,冷噢!给你们送盆火来,烤烤!

裘盛戎　太谢谢你啦,老同志!您这可真是雪里送炭哪!

老师傅　雪里送炭?哈哈,来来来,尝一点咱们这儿过年吃的玩意。

　　　　〔大家抓起来尝。

裘盛戎　(掰了一块沙炒片入口)这是什么?

老师傅　红薯片,我们这也叫番薯。

裘盛戎　怎么会是脆的?

孩　子　这是:"沙炒片"。

裘盛戎　哦,沙炒的。

侯长有　这是什么,牛筋牛筋的,挺有个咬劲。

孩　子　这是牛皮片。

侯长有　也是番薯?挺甜!

孩　子　也是番薯,煮熟了晒的。

裘盛戎　那还有半筐生红薯,咱们烤两个吃。

老师傅　　炭盆里有几个烤熟了的。

朱盛斌　　都是红薯？

老师傅　　红薯,过去就是我们这个老百姓的主粮啊。逢年过节,才能吃上一顿净白米的米饭,平常都掺一多半红薯丝。天天吃大米干饭,谁吃得起啊。你们烤着火,吃着,我还要给别的屋里送去。(下)

裴盛戎　　不下来,咱们哪知道这些啊?(手握番薯,若有所思,轻吟唱)"手握番薯浑身暖,勾起我多少往事到心间……"(对琴师)老唐、老熊,刚才在路上,我想了想。烤番薯这段腔,有两个地方,我想改改。我哼哼你听听。(哼其两句的腔)

琴　师　　挺好!挺有感情!

裴盛戎　　你拉起来,咱们唱唱,听听!

〔琴师、鼓师操琴、打鼓。

裴盛戎　　(唱)手握番薯浑身暖,

勾起我多少往事到心间。

我从小父母双亡,讨米要饭,

多亏了街坊们问暖嘘寒。

大革命,造了反。

几次遇险在深山。

每到有急和有难,

都是乡亲接济咱。

一块番薯掰两半,

曾受深恩三十年。

到如今,山下来了毒蛇胆,

杀人放火把父老摧残。

稳坐高山不去管,

隔岸观火心怎安?……

〔众鼓掌。

徐　岛　　唱得真好,太感人了!

裘盛戎　是您的词写得好。

徐　岛　老裘,你要是不下来,唱不出这样的感情啊。

裘盛戎　那是!

　　　　〔许红樱、老季上。

许红樱　徐岛! 昨天的戏你是怎么排的?

徐　岛　是不是有什么错误?

许红樱　原则性的错误! 你排的群众场面,是怎么回事?"四记头"亮
　　　　相,是怎么亮的? 什么人亮在头里? 说!

徐　岛　群众场面? 谁亮在头里? 谁赶上锣鼓,谁亮在头里啊。

许红樱　亮在头里的,有一个红五类吗?

徐　岛　红五类? 不能赶得那么巧啊。将将将将……将七令仓! ——
　　　　头一排都得是红五类?

许红樱　以后,必须红五类站在人前,狗崽子靠后!

徐　岛　要不,这场戏您来排。

许红樱　徐岛! 你知道你现在是什么政治待遇吗?

徐　岛　……

裘盛戎　他是"控制使用"。

许红樱　你哪!

裘盛戎　我是"戴罪立功"。

许红樱　知道了就好。你们要永远记着:"夹着尾巴做人!"现在,由老
　　　　季同志宣布革委会的一项决定!

老　季　咳,咳,咳……革委会经过研究,认为,裘盛戎同志扮演革命英
　　　　雄人物,差距很大。因此,决定裘盛戎停止排演。

琴　师　我们认为盛戎很能理解人物,唱得很好,很有感情,大家希望
　　　　他能演。

许红樱　我承认,他唱得很好,很有感情,——不但有感情,而且有味
　　　　儿! 谁都爱听,——我也爱听! 越是这样,越不能让他们都忘
　　　　啦:政治标准第一,艺术标准第二! 裘盛戎要演出,奔下"好"
　　　　来,这不是证明整他是错了吗?"文化大革命",是搞错了吗?

裘盛戎　好,我服从革委会的决定,我不演。明天,我就回北京。

许红樱　你不能回去!

裘盛戎　我呆在这儿干什么呢?

许红樱　你得把他(指苗志高)教会! 要叫他唱得像你! 胜过你! 这是政治任务。

裘盛戎　他?……

许红樱　你看他条件不好是不是? 他五音不全,上下身不合,这你知道,可是,他是红五类不是?

裘盛戎　是。

许红樱　他有没有毛泽东思想?

裘盛戎　……有。

许红樱　还是的! 红五类必须占领舞台! 有了毛泽东思想,一切人间奇迹都可以创造出来! 没有煤,可以有煤! 没有铁,可以有铁! 没有嗓子,可以有嗓子! 精神变物质,你懂不懂?

裘盛戎　我不懂。我就知道:子弟无音客无本。

许红樱　你那是机械唯物论! 不懂,学! 学一点辩证法!

裘盛戎　嗳,我学,我学。学"辩——证——法"。

老　季　盛戎同志,不要难过。

裘盛戎　嗳,我不难过。

老　季　想开一点。

裘盛戎　嗳,我想得开。——你们走啦。不送啊。

〔老季、许红樱下。

〔张韵武拿着一封信上。

张韵武　裘老师,传戎来信问您好。

裘盛戎　哦,他来信啦? 他现在在哪儿?

张韵武　调南京了。他说他没脸给您写信,听说你到南方体验生活,要演现代戏,您的艺术又可以得到发展,很替你高兴,希望您注意身体,好好地为现代戏贡献力量。

裘盛戎　谢谢他,"为现代戏贡献力量",为现代戏贡献力量。嘿嘿,嘿嘿嘿……

（唱）传统戏，不能唱，

我挥手告别了大衣箱。

实指望在现代戏上贡献力量，

又谁知一瓢凉水我的遍体凉。

我曾说就是死，也要死在台毯上，

谁承想再不能走进后台去化妆。

从今后我该干点什么好呢？

除了唱戏，我可是一无所长。

我还不到七老八十拄拐杖，

难道说就叫我遛遛大街，逛逛公园，晒晒太阳？

谁知道我的苦闷？

谁了解我的心肠？

我的心好比是一朵雪花儿，

在黑夜里飘飘荡荡！迷茫，怅惘，凄凉。……

〔老季、许红樱陪矿工、农民上。

老　季　矿上的工友，附近的乡亲看望大家来了。

　众　　给你们拜年。

演员们　请坐请坐，床上坐。

一矿工　冷吗？

演员们　不冷，不冷。

一矿工　我们来呀，一来是来看看你们生活得怎么样，缺什么不缺。

演员们　挺好，挺好，不缺，什么都不缺。

一矿工　再呢，是想请你们给我们唱两段。

许红樱　好，我给大家唱。

一矿工　你的我们听过了，我们想请老裴唱。

裴盛戎　我？（向老季）我能唱吗？

老　季　唱什么呢？

裴盛戎　唱一段毛主席语录吧。

老　季　语录？（向许红樱）那可以吧！

许红樱　唱吧！

裘盛戎　（唱）群众是真正的英雄，

　　　　　　　而我们自己则往往是幼稚可笑的。

　　　　　　　不了解这一点，

　　　　　　　就不能得到起码的知识。

　　　　　　　不了解这一点，——

　　　　　　　就不能得到起码的知识！

　　　　〔众热烈鼓掌。

——幕落

第四场　安宫牛黄丸

　　　　〔一九七一年春夏之交。

　　　　〔裘盛戎家的客厅。茶几上一盆盛开的杜鹃花。桌上放着
《杜鹃山》的剧本。旁置鼓板、胡琴。

　　　　〔幕启：裘盛戎戴着花镜在看剧本。裘小戎伏案做作业。

裘盛戎　（轻声哼唱）

　　　　　　　我也曾帮工抬轿十四年整，

　　　　　　　肩膀上压的是地主豪绅。

　　　　　　　三伏天一盆炭火头上顶，

　　　　　　　到冬来冻裂双脚血淋淋……

　　　　　　　冻裂双脚……

　　　　　　　血……淋淋！

　　　　〔拉起胡琴大声唱了这几句。

　　　　〔徐岛、朱盛斌、张韵武上。

朱盛斌　盛戎，你在干嘛呢？

裘盛戎　（唱）

　　　　冻裂双脚血淋淋！

朱盛斌　阳春三月,会冻脚?

　　　　〔裘盛戎伸出三个指头。

朱盛斌　（也伸出三个指头）……?

徐　岛　这是《杜鹃山》第三场的词儿,盛戎老惦着这第三场。

裘盛戎　（问张韵武）这些天我身体不好,也没上团里去,这第三场,怎么样啦?

张韵武　……

徐　岛　第三场全改啦！说是不能叫二号人物压过一号人物。

朱盛斌　我说你这个人是怎么啦?不叫你唱,叫你设计唱腔,你也干。到如今,连剧本都改啦,你那腔也留下不多啦,你还惦着！你是得了"戏癌"啦！老这么"三"呀"三"的,你还有完没有?

裘盛戎　我这个人闲不住哇！一天不想着唱戏,我就没着没落的。

朱盛斌　你是贱骨头！你有这口"累"！你不想它,少给你一个蛘子儿啦！你瞧我,看传达室,省事省心,益寿延年。

裘盛戎　唉,没法子呀！

　　　　〔江流上。

江　流　盛戎！

裘盛戎　江流同志！哎呀,可有日子没见了！我听说,你为我,还吃了"挂落"啦,说是您挨了批斗,罪状之一,就是要拍《裘盛戎的舞台生活》?怎么样?过去啦?

江　流　过去啦。没什么。（轻声）我是检查啦,可是,我没有死心。总有一天,我还要拍！——盛戎,门口有一个人要见你。

裘盛戎　谁?快请进来！

　　　　〔老王上。

老　王　裘老板！

裘盛戎　王师傅！

老　王　我一直想来瞧瞧您,有几句话想跟您说。我是个掏粪的,您不

269

嫌弃吗？

裴盛戎　您说到哪儿去了！

老　　王　我,我们,喜爱您的玩艺儿！我们一个班的哥们托我告诉您:
　　　　　天,不能老是阴着。它总是有个出太阳的时候。您总有一天,
　　　　　还会登台。我们这些卖力气的,盼着您唱！我们,想着您！就
　　　　　这么两句话。多保重！

裴盛戎　我谢谢您！

老　　王　您可千万别灰了心！

裴盛戎　嗳！嗳！

老　　王　我走了。(下)

江　　流　盛戎,你听听群众的声音！
　　　　　(唱)这世界不会永远这样的不公正,
　　　　　　　　上峰何苦困才人！
　　　　　　　　人民没有忘记你,
　　　　　　　　背巷荒村,更深半夜,还时常听得到裴派的唱腔,一声
　　　　　　　　　半声。
　　　　　　　　谁能遮得住星光云影？
　　　　　　　　谁能从日历上勾掉了谷雨、清明？
　　　　　　　　我愿天公重抖擞,
　　　　　　　　落花时节又逢君！

裴盛戎　咳！《牧虎关》里有那么一句:
　　　　　(唱)"为社稷拉断了宝雕弓枉费劳心！"
　　　　　〔外汽车喇叭声,许红樱、苗志高上。

许红樱　裴盛戎！你这是怎么啦,穷泡呀？

裴盛戎　……

许红樱　烤番薯这段唱,经我们研究,暂时保留。可苗志高到现在还没
　　　　　唱会,你是怎么教的？

苗志高　裴老师真下了功夫,是我底子太差。

许红樱　月底要彩排,你必须把他教会。这是态度问题！"文化大革

270

命"以前,你教徒弟,怎么那么卖块儿呀?怎么着,是还要给你买两条大中华,提两个蒲包是怎么的?我告诉你:这些情况我们要向上汇报。你那个《姚期》里不是有这么几句词吗?"伴君如伴虎,如羊伴虎眠。一朝龙颜怒,四体不周全!"吃不了,你就兜着走!(对苗志高)今儿我值班,说不定首长会有指示,有事给我打电话!——朱盛斌,你别老在这儿搅和!回见!(下)

〔汽车开动声。

朱盛斌　吃错啦?

裘盛戎　咱们说戏,咱们说戏。昨儿说到了"每到有急和有难,都是乡亲接济咱",今天接茬往下说。你把下面四句唱唱。

苗志高　(唱)一块番薯掰两半,

　　　　　　曾受深恩三十年。

　　　　　　到如今,山下来了毒蛇胆,

　　　　　　杀人放火把父老摧残……

裘盛戎　好,好,"掰两半"不要使大的劲,要轻一点,虚一点,不要有很多共鸣,只要在嘴里唱就行了。"半"字不要出得太快,要在嘴里揉一揉,再出来,(示范)——"半"。"深恩"要唱得很深厚,要用丹田气,最后把音归到两眼之间,要自己觉到。(示范)"曾受深——恩——"你来来。

苗志高　"深——恩,深——恩……"

裘盛戎　不要着急,慢慢练。下去自己多找找,有轻、有重,一虚、一实,这样才——

徐　岛　才有对比。

裘盛戎　才有对比。你看过齐白石的画没有?有的地方很浓,有的地方很淡。"半"字"恩"字送出去,还得收回来,不能撒出去不管。每个字都得把它唱圆了。前几天老徐跟我讲写字的道理,是怎么说的?

徐　岛　"无往不复,无垂不缩"。

裘盛戎　你给他讲讲。

徐　岛　会写字的人,都有"回笔"。一笔出去,他的笔都要往回收一下。写一撇,(作手势)笔是这样的。写一竖,(手势)笔是这样的。

裘盛戎　这样才有笔力,才结实、饱满,才足。唱戏,也得讲"笔力",光是嗓子好,可筒儿倒,还是没有力量。就像发面馒头,不筋道,没有咬劲。劲儿,得在里边。(示范)"半——""恩——"。
〔裘盛戎觉得胸口发闷,抚摩了一阵。

苗志高　今儿就到这儿吧,老师不舒服。

裘盛戎　不要紧。

苗志高　您歇着吧,我走了。

裘盛戎　我不送啊。
〔苗志高下。

裘盛戎　这个小青年,人倒挺好,也用功,可就是——

朱盛斌　有人是会睡没有被;有人是有被不会睡。有人有嗓子,不开窍;有人开了窍,没有亢,祖师爷不给饭。他是既没被,也不会睡。盛戎,你的一番心血都倒在大海里了,——没用。你的那一套太深了,他不懂。

裘盛戎　不深哪。这都是普普通通的话呀。

徐　岛　怎么不深,这是艺术辩证法。

裘盛戎　哦?这是"辩证法"?我会讲辩证法,哈哈……许红樱叫我学一点辩证法,我还没学哪。

朱盛斌　"辩证法",你就是变戏法,也不能把苗志高变成了好角儿。苗志高,苗志高,志气很高,可就是不是个苗子!

裘盛戎　哎呀,我一辈子教学生还没费过这么大的劲。这要是戴传戎——,一点就透!

裘小戎　(哼哼)"一块番薯掰两半,
　　　　　　曾受深恩三十年……"

裘盛戎　小戎,你大声唱!

裘小戎　(唱)一块番薯掰两半,

曾受深恩三十年。

到如今,山下来了毒蛇胆,

杀人放火把父老摧残。

稳坐高山不去管,

隔岸观火心怎安?……

裘盛戎　谁教给你的?

裘小戎　您哪!

裘盛戎　我多会教过你!

裘小戎　我听的您一天到晚"一块番薯掰两半"老唱,把我妈都唱烦了:"这一块番薯掰不开了,掰起来没完了!"她一生气把一锅米饭都折了!

　　　　〔众笑。

裘盛戎　这孩子,嗓音很像我。

朱盛斌　盛戎,没准你的那点玩艺要由他传下去。

裘盛戎　唉,等他长大了,就没有我了。他能不能成材,我是看不到了。(收拾胡琴、鼓板)——唉,韵武,你今儿是怎么啦,怎么半天不言语呀?你是不有什么心事呀?

张韵武　没有。

裘盛戎　有,你有心事。你瞒不过我,这么些年了,你瞒不过我。

张韵武　真的没有。

裘盛戎　——头几天,我在陶然亭遛弯,出门时候,一辆面包车开过去,里面有一个人,仿佛是传戎。我只看见一个侧影,许是我眼岔了,不会是他吧。

张韵武　是传戎。他到北京来了!

裘盛戎　他到北京,也不来看看我!

张韵武　来过啦。他来了三次。在您门口转了一会,又回去啦。

裘盛戎　这孩子这是为什么!

朱盛斌　为什么?他有这个脸吗?哼!狼心狗肺的东西!

裘盛戎　他到北京干什么来啦?

273

张韵武　录像。

裴盛戎　录像？录什么像？

张韵武　《盗御马》。

裴盛戎　《盗—御—马》这怎么可能呢！

张韵武　上边要看。

裴盛戎　《盗御马》，他这出戏，学得不怎么瓷实呀！我早就惦着把那趟"边"给他说说，一直没有机会。

朱盛斌　你还惦着给他说戏呀？你挨了一个大耳刮子，还不够，还想再挨两个脆的？嗨，你这人可真有个意思，记打不记疼。我告诉你说戴传戎要是来了，打我这儿，就不答应，他来了，我拿扫帚疙瘩把他轰出去！什么玩意！我听说过教会徒弟，饿死师父，还没听说过教会了徒弟打师父！他是人吗？往后，不许再提戴传戎这三字！

张韵武　他也来不了啦！

裴盛戎　怎么啦？

张韵武　录像也不能录啦。

裴盛戎　怎么啦？

张韵武　他病啦！

裴盛戎　什么病？

张韵武　中风不语，口眼歪斜。

裴盛戎　啊！这么年轻，怎么会得这个病？

朱盛斌　该！该！

裴盛戎　唱戏的，要是得了个病，这辈子就算完啦！

朱盛斌　该！该！

　　　　〔裴盛戎翻箱倒柜。

徐　岛　你找什么哪？

裴盛戎　找安宫牛黄丸。

朱盛斌　你又不舒服啦？快帮着找找。

　　　　〔大家七手八脚地找。

274

〔侯长有上。

侯长有　找什么哪？

朱盛斌　安宫牛黄。

侯长有　盛戎又犯病啦？在我这儿哪！我带在身上，怕你一犯病，要用。

裘盛戎　快拿出来。

　　　　〔侯长有拿出一丸安宫牛黄。

　　　　〔徐岛给裘盛戎倒了一杯水。

裘盛戎　还有几丸？

侯长有　一共三丸。

裘盛戎　都给我！

侯长有　你一次也不能吃三丸哪！

裘盛戎　不是我要吃。（对张韵武）给传戎送去。我的病是孔伯华看好了的。他说，心经的病，甭管多么严重，有两丸安宫牛黄，即刻就能扳回来。快去快去！

张韵武　（接丸药）嗳！（欲下）

朱盛斌
侯长有　张韵武，你给我回来！

张韵武　……

朱盛斌　（夺过药丸）这药不能给他！

侯长有　真安宫牛黄不好找，这几丸还是你大哥从同仁堂内部买出来的。你自己还要用。这是你的救命的药，万一你突然犯病，那可措手不及！

裘小戎　不能给他，他打过您！

裘盛戎　他没有打过我。

朱盛斌　这人！

　　　　（唱）一巴掌打碎了师徒情分，

　　　　　　　　纵不是仇人也是路人。

裘盛戎　（唱）他没有伸手打过我，

　　　　　　　打我的是另外一个人。

　　　　　　　你们都把它忘得干干净净，

　　　　　　　就当是没有发生过这件事情。

侯长有　（唱）他如今攀上高枝走红运，

　　　　　　　"上边"会给他请医生。

　　　　　　　你闭门不出家中忍，

　　　　　　　管的什么闲事情！

　　　　　　　安宫牛黄不好买，

裘盛戎　（唱）好买我就不操这份儿心。

侯长有　（唱）一朝犯病你要用，

裘盛戎　（唱）我如今还是好好的人。

徐　岛　（唱）你真是爱才如爱命，

江　流　（唱）裘盛戎是一个多情的人。

裘盛戎　（唱）非是我爱才如爱命，

　　　　　　　我愿看青松长成林。

　　　　　　　珍珠难得过半寸，

　　　　　　　翡翠难得彻底儿清。

　　　　　　　倘若是戴传戎不幸短命，

　　　　　　　就好比花残、月缺、天上掉下一颗星，

　　　　　　　挽不回，留不住，我的心疼！

朱盛斌　唉！（拭泪，把药交给张韵武）

裘盛戎　你跟他说，过去的事，不要再想啦。叫他好好养病。这病不要
　　　　紧。等病好了，对《盗御马》有什么不明白的地方，只管来问。

张韵武　嗳！

裘盛戎　告诉他，不明白，只管来问。

张韵武　嗳！

裘盛戎　告诉他，我——想他！

张韵武　嗳！

裘盛戎　快去。

张韵武　嗳！！！……（下）

　　　　〔老季、许红樱上。

许红樱　现在，请老季同志宣布一项重要通知。

老　季　戴传戎临时生病，不能录像。首长等着要看。首长决定，叫裘
　　　　盛戎同志自己录制《盗御马》。明天报到！

裘盛戎　叫我录《盗御马》？

许红樱　这是给你一个立功的机会。

徐　岛　盛戎的身体最近可不大好啊。

侯长有　能不能缓几天？

许红樱　不成，这是首长的指示，这是政治任务。

裘盛戎　我行！我行！明天我就去报到。

　　　　〔老王上。

老　王　裘老板，我还给您一样东西！

裘盛戎　一样东西？

　　　　〔老王打开纸包，是一付红扎。

老　王　我怕您有一天许用得着。

裘盛戎　太谢谢你啦！我这会就用得着！我要去录像。侯哥，咱们那
　　　　件箭衣还在吗？

侯长有　在。

裘盛戎　好极了！侯哥，你不是这辈子再也不能傍我扮戏了吗？不想
　　　　还有这一回呀！侯哥，你就把你全身的本事都施展出来吧！
　　　　（对台下）同志们！我要去录《盗御马》了，欢迎你们去参观指
　　　　导！（对老王）老哥哥！
　　　　（唱）我纵然浑身热汗淌，
　　　　　　　难报答天下的老张、老王。
　　　　　　　蹑足潜踪把御营闯，
　　　　　　　盗不回御马不回山岗！

　　　　〔亮相。

——幕落

第五场　盗御马

〔前场后数日。

〔电视台舞台。

〔幕启：裘盛戎勾了脸，穿着水衣子、胖袄、彩裤、厚底。他的朋友，电影导演江流、话剧演员杨兮、新闻记者、运动员吴国春、掏粪工人老王都在台下看热闹。徐岛和电视导演在指挥。张韵武替裘盛戎走地位。鼓师用嘴念锣经。导演不住地叫"停"，一会把特灯对一对，一会叫把碘钨灯挪一挪，问一号机能不能够得到，嘱咐某处节奏要紧一些……

张韵武　这录像真是个磨性子的活，没完！

裘盛戎　等人、钓鱼、坐牛车，这是三大慢。还得加上一大慢：拍电影，录像。这是个磨人的事儿，急不得。韵武，你今儿替我走地位，真是辛苦了。

张韵武　我只是这么说说，我顶得住。您干嘛不到后面歇着去？等都好了，我叫您去。

裘盛戎　我不看看怎么行。再说，我也歇不住。

江　流　盛戎今天很兴奋。

杨　兮　那是，重上舞台嘛。

吴国春　今天是决赛！

〔一切就绪，张韵武把"乔装改扮下山岗"至"盗不回御马不回山岗"，完整地走了一遍。鼓师念锣经。

徐　岛　行了。盛戎你穿服装吧。

裘盛戎　好，在哪儿？

杨　兮　就在台上。

裘盛戎　台上？

江　流　这儿宽亮！

老　王　　今天台下不少参观、瞧热闹的,他们愿意看您怎么穿服装。

裴盛戎　　(问导演)成吗?

导　演　　可以,这又不是公开演出。

裴盛戎　　台上穿服装,我还是头一回! 侯哥,来吧。

　　　　　〔众人七手八脚搬来一面大镜子,一张桌子,软包。

　　　　　〔裴盛戎穿服装。众围观。

朱盛斌　　(已经化好了妆)裴盛戎,你顶得下来吗?

裴盛戎　　没事! 才这么几句! 全本《连环套》,今天我也照样拿下来!

吴国春　　裴老板,明儿咱们踢一场!

裴盛戎　　踢足球? 陪你!

张韵武　　您还是悠着点。不行,就歇一会。

吴国春　　叫停!

裴盛戎　　没事! 我今儿腰、腿都得劲儿,嗓子也痛快。

　　　　　〔裴盛戎已经穿戴整齐,对镜自照,左右端详。

　众　　　吓! 还是当年裴盛戎!

侯长有　　盛戎扮的窦尔墩,宽肩、小腰,箭衣板平,浑身透着利索。不只
　　　　　是一个绿林大盗,而是一个侠义的英雄。粗豪之中透着秀气。

杨　兮　　英俊! 美!

裴盛戎　　(撩起大带,唱)

　　　　　　　戴好了扎巾系大带,

　　　　　　　不想我今日里又上舞台。

　　　　　　　虽然是虎已老——

　众　　　不老!

裴盛戎　　(接唱)

　　　　　　　我的雄心在,

　　　　　　　长空留得雁声哀!

导　演　　来吧! 正式走一遍,就试录了!

　　　　　〔众走下舞台。裴盛戎走入后台。锣鼓响处,窦尔墩出台。

裴盛戎　　(唱)乔装改扮下山岗,

山洼以内扎营房。

跷足潜踪把御营闯，

盗不回御马我不回山岗！

〔裘盛戎亮相，掌声如雷。

〔裘盛戎忽然不支。

〔众拥上前，扶之入后台。

侯长有　赶快找两丸安宫牛黄，我知道，他这病一犯，有两丸安宫牛黄就有救。

老　季　上边有规定，安宫牛黄，这得有级别，得经过批，我做不了主呀！

众　　一个裘盛戎就值不了两丸安宫牛黄吗？

老　季　我们研究一下。

众　　还研究什么，人都倒下啦！

老　季　那我打电话请示一下。

侯长有　盛戎！盛戎，你等等，扎挣一会，他们找安宫牛黄，他们请示去了……

——幕落

第六场　告　别

〔前场后十数日。

〔裘家小客厅。

〔幕启：徐岛、侯长有、朱盛斌正在布置一小小灵堂。上挂裘盛戎的遗像，案上摆满了鲜花。有一只瓦香炉，一个青花瓷瓶。

〔裘小戎捧骨灰盒，安置案中。

〔侯长有、朱盛斌、徐岛向遗像三鞠躬。

〔裘小戎磕了三个头。

〔江流持鲜花一束上。

〔江流与徐岛等人点头致意。

〔江流将鲜花插入花瓶中。

江　流　盛戎同志,你就这样离开我们了!

（唱）

昨日的故人已不在,

昨日的花,还在开。

盛戎啊,

这些年你受尽了摧残迫害,

满腔委屈,壮志蒿莱。

到如今遗像犹存旧丰采,

长空留得雁声哀。

问神州怎把沉冤载,

有多少,有多少才人未尽才!

裘小戎　江阿姨,谢谢您。

江　流　小戎,你妈好些了吗?

裘小戎　追悼会上昏倒了几次,打了针,躺下了。

江　流　那就不惊动她了。（把小戎揽在怀里）盛戎才五十多岁,正是大有作为的时候,真是太可惜啦。

徐　岛　戏曲界的一代人才,就这样过早地凋谢了,《广陵散》从此绝矣!

侯长有　要是早有两丸安宫牛黄,许还不至于。

朱盛斌　偏偏赶上戴传戎得了那样的病,唉!

江　流　盛戎临走,我也没赶上来见见他,他最后留下什么话没有?

侯长有　后来神志不清,说不了话啦,只能做做手势。昏迷之中,几次用手指指弟妹和小戎,意思我们明白:弟妹体弱多病,孩子年纪还轻,希望大家照顾他们。再就是老是伸着三个指头,这样（作伸三指手势）。

江　流　这是什么意思？

侯长有　这是说《杜鹃山》的第三场。他病得都不行了,枕头旁边还放一本《杜鹃山》,最惦着的是这第三场。临死的时候,手还是这样。

朱盛斌　临了还是忘不了戏呀！可就是不让他演呀！

江　流　这真是个了不起的艺术家！可惜没有给我们留下一点东西。

〔张韵武上。

张韵武　江流同志,传戒来啦！

朱盛斌　谁？

张韵武　戴传戒。

侯长有　他来干嘛！

徐　岛　他病好啦？出院啦？

江　流　没有,盛戒的事,大伙一直瞒着他,今天我到医院去看他,告诉他了,他一定要来。师父生前,他没有见着一面,死后,也该让他见见遗像骨灰,是我让他来的。你们都是盛戒生前友好,应该征求一下你们的意见。

侯长有　裘家门里没有这样的徒弟！

朱盛斌　不欢迎！

裘小戎　不许他进来！

江　流　小戎,不要这样。你去问问你妈去。

〔裘小戎下,复上。

裘小戎　妈说,让他进来。

〔张韵武下。

江　流　传戒来的时候,希望不要使他难堪。

〔张韵武扶戴传戒上。戴传戒浑身素服,戴黑袖箍,佩白花。

戴传戒　(与众人招呼)侯大爷！

〔侯长有不理。

戴传戒　(对朱盛斌)师大爷！

朱盛斌　不敢当！

戴传戎　（对徐岛）徐老师！

〔徐岛略略点头。

戴传戎　（对裘小戎）小戎！

裘小戎　呸！

〔戴传戎拈香，对遗像深深三鞠躬。

戴传戎　师父啊！

（唱）霎时间只觉得如临梦境，
往事历历太分明。
师父啊，
您头角峥嵘成名早，
晚年艺术更精纯。
博采众长成一派，
举手投足树典型。
正是秋光无限好，
夕阳犹未到黄昏。
头未白，发尚青，
志未酬，才未尽，
岂料积郁成重病，
好叫人遗恨千年怨不平！
师父啊，
您谈吐从容无俗论，
真知灼见一座惊。
一生爱才如爱命，
传徒授艺苦费心。
您在千百人中发现了我，
耳提面命更垂青。
谁知我丧心病狂迷本性，
利剪剪碎了您的心。
这几年，我说不尽的悔，说不尽的恨，

经常是梦中惊醒,中宵起坐到天明。

您纵然宽容大量原谅了我,

我更觉无地自容罪孽深。

多少次我想跪在您的面前来忏悔,

实在是无颜跨进裴家的门。

你生病在床住医院,

他们不告诉我您的病情。

今早方才闻凶信,

到来时,只看见骨灰一匣,遗像长存。

我好似万箭穿心,心悲痛,痛不欲生,

师父啊!

〔众人为戴传戎的感情所动,颜色渐和。

〔江流给戴传戎倒了一杯水。

戴传戎　（接唱）

师父啊,

您千金到手都散尽,

一生谋艺不谋身。

到如今,一家生活谁照应?

师娘多病,师弟年轻。

师父请把双目瞑,

有我们几个徒弟在,一定要师娘宽心,师弟成人。

我们一定精心培养小戎师弟,

就像您当初那样培养我们。

一定叫裴派艺术传千古,

雏凤清于老凤声,告慰您在天之灵!

泪珠儿有尽言无尽,

千言万语也诉不尽我的百种情怀一片心。

回头我把小戎叫,

　　　　　请转告师娘:保重身体为来人!

江　流　　传戒,你也不要过于悲痛。你的病还没有好,你该回医院吧。

侯长有　　传戒,你刚才的话,我们都听得清清楚楚。你有这一片心,我
　　　　　们也很受感动。

朱盛斌　　日后如何,那就看你自己了。

徐　岛　　该忘记的,就让它忘记吧。

江　流　　该记住的,应该永远记住。

戴传戒　　当着师大爷、侯大爷、徐老师、江同志,我在师父像前发誓:若
　　　　　有虚情假意,天地不容。(对遗像双膝跪倒)

侯长有　　小戒,快叫师哥!

裘小戒　　师哥!

　　　　　〔戴传戒戴起帽子。

裘小戒　　师哥,你等等,我妈说有一件东西要交给你。说是我爸留给你
　　　　　的。(入内)

朱盛斌　　一件东西?

侯长有　　一件什么东西呢?

　　　　　〔裘小戒上,手捧一摞录音胶带,提一架录音机上。

裘小戒　　我爸病重之后,当中有两天忽然好了一些,他要求回家住两
　　　　　天。他这两天谁也不见。一个人关起门来,小声地对着录音
　　　　　机话筒讲,录了这几盘胶带。谁也不让听,他说一定要等到那
　　　　　一天,交给传戒师哥。

戴传戒　　交给我!

江　流　　咱们听听!

戴传戒　　好。

　　　　　〔戴传戒打开录音机。

　　　　　〔舞台灯光渐暗。

　　　　　〔追光照着裘盛戒。

裘盛戒　　我的日子不多了。

　　　　　这两天,我的精神好了一些,我的家人很高兴。我自己知道,

285

我的病已经是不治了。

我只有几天了。

我要抓紧非常有限的时间,做一点事。

我要跟我所爱的人讲几句话。

亲爱的观众同志们,你们写给我的信,我都看到了。你们对我的热情,使我流了很多眼泪。我谢谢你们,想你们。我不能写信,就让我在我的生命的最后的时刻,给你们做一个最后的答复吧。

你们让我演戏,我也多想给你们演演哪。可是这个愿望达不到了。

我就要死了。

我才五十四岁,按说我还能再给你们唱十年。

可是,我要死了。

我是怎么死的?

我是闷死的,憋的,是因为他们不让我唱戏,憋死的。

不是一天两天,一个月两个月,是整整五年呀。

我是一个演员哪!一个演员,不让他演戏,怎么活得下去呢?

我要死了,但是我不能把我身上这点东西全都带走。这不是我一个人的,是多少位老先生的,我只是把它集中在一起。

亲爱的观众同志们,你们再也看不到我了,但是我还有几个徒弟,还有戴传戒,也许还有我的孩子。我把我的几出戏,小声地录下来了。戴传戒他们,听了录音,会体会我的意思,把我的几出戏照样演给你们看,他们会比我演得更好。

传戒,你听见我的话了吗?你能做到吗?

你一定能做到。

人是要死的,但是艺术是不死的。艺术是永生的,一个国家不能没有艺术。一个人,不能不懂艺术。没有艺术的国家是一片荒地;不懂艺术的人,是野人。为什么有人要把我们的国家变成荒地,把我们的人民变成野人呢?

他们是办不到的。

艺术万岁!

我应该再见见你们,见见我的妻子儿女,见见我的徒弟,见见我的观众呀! 但是,我要走了。

再见,我的至亲骨肉!

再见,我的生前好友!

再见。传戎!

再见,亲爱的观众!

〔袭盛戎挥手告别。

——幕徐落

第七场　姚　　期

〔一九七七年,粉碎"四人帮"以后。

〔某大剧场台上。

〔幕启:张韵武扮姚刚,许红樱扮郭妃,朱盛斌扮大太监,……来往穿梭,紧张热烈,琴师试调门,打大锣的听锣音,鼓师试鼓。徐岛、戴传戎对灯光、试音响,忙得不亦乐乎。

戴传戎　徐大导,齐了吗?

徐　岛　齐了。

戴传戎　台上集合!

〔全体演员、文武场面,舞台工作人员齐集台上。

徐　岛　大家随便坐。戴传戎同志,在开演之前,跟大家讲几句话。

戴传戎　叔叔大爷们! 我没有几句话。今天,是小戎串排《姚期》,这是他头一次演这么大的戏。他,有条件,有天分,可是还缺少舞台经验,缺少火候。诸位叔叔大爷,都是他父亲多年合作的老伙伴,这个戏的卡疤哨节儿,叔叔大爷,都是摸得熟透了的。

希望你们,全都保着他,托着他。叫他能发出他爸爸当年的一分、两分的光彩!

鼓　师　我保证每一箭子都叫他舒服,痛快。

琴　师　我保证保腔、托腔,严丝合缝,玉润珠圆。

朱盛斌　当初我傍着盛戏要是使上九分九的力气,今天,我使上一百一! 戴传戎,孩子,你就瞧好吧!

　众　　冲着传戎,我们一定陪小戎把这场演好。

戴传戎　我代表我师父盛戎同志,谢谢大家!(深深一鞠躬)

　　　〔台下人声杂乱。

戴传戎　(发现台下来了很多观众,对徐岛)怎么来了那么多观众啊? 今天是化妆连排,叫小戎在台上走一走,不招待观众啊!

徐　岛　不知是谁走漏了风声!

戴传戎　怎办呢?

徐　岛　跟他们讲讲吧。

戴传戎　(至台口)同志们! 打倒"四人帮",京剧得解放,大家想看看重新得到解放后的京剧,这种心情,是可以理解的。不过,今天不是演出,也不是彩排,本来是不招待观众的……

　声　　我们想看看裴盛戎的儿子!

　声　　我们怀念裴盛戎。

戴传戎　谢谢大家的这种感情,不过,今天是化妆连排,随时是会掐断的。

　声　　不要紧!

　声　　哪怕让我们听一句,我们就满足啦!

戴传戎　既然这样,就请你们多多指教。大家都是盛戎老师的知音,都是裴迷,请你们提出宝贵意见!

　众　　没错儿! 这是我们的心愿,也是我们的责任!

戴传戎　(向后)开吧!(下)

　　　〔以下由裴小戎演出《姚期》一场,由"闻报"至"绑子"。

裘小戎　（唱）

　　　　　……

　　　　也免得万岁爷来锁拿！

　　〔台下掌声如雷，经久不息。

　　〔台上大家拥向裘小戎，把他抱了起来，掏粪工人等跃上舞台。

徐　岛　《广陵散》没有绝呀！

戴传戎　师父！您的艺术有了传人啦！

侯长有　盛戎！你没有死！你没有死呀！

　　〔众人热泪盈眶。

　　〔台上台下掌声连成一片，有如大海波涛。

　　　　　　　　　　　　　　　　　　　　　——幕落

　　　　　　　　　　　　　　　　　　　　　（全剧终）

注　释

① 本京剧剧本是作者执笔，与梁清濂合作创作。原载《新剧本》1985 年第三期。又载香港《大成》1988 年 4 月第一百七十三期，并加前言。初收《汪曾祺文集·戏曲剧本卷》，江苏文艺出版社，1993 年 9 月。

② 过去军乐队的队员，落魄了，只能吹小号卖肥皂。戏剧界引申其意，谓落魄为"卖胰子"。

1986 年

一　捧　雪[①]

前　言

这个戏只是小改。主要的三场戏:《搜杯》、《蓟州堂》、《法场》,基本上没有动。我认为改旧戏,不管是大改还是小改,对原来精彩的唱念表演,最好尽量保留。否则就不是改编,而是创作。如果原剧并无精彩的唱念表演,也就不值得去改。

我所做的只有三件事。一是把原来《蓟州堂》莫成想起的心事,在前面写成明场。二是在《蓟州堂》与《法场》之间加了一场唱工戏:《长休饭、永别酒》(《五杯酒》),对莫成的奴才心理作更深的揭示。三是加了一个副末,这个副末不但念,也唱。

许多旧戏对于今人的意义,除了审美作用外,主要是它有深刻的认识作用。莫成的时代已经一去不复返,但是他的奴性,他的伦理道德观念,是我们民族心理的一个病灶。病灶,有时还会活动的。原剧是可以引起我们对历史的反思的。我们可以由此想及一个问题:人的价值。为了减弱感情色彩,促使观众思索,所以加了一个副末。

一九八六年七月二十五日记于密云水库

副 末 开 场

〔副末上。

副　末　（念）

尊卑贵贱几千年，

青史斑斑血未干。

人命轻于一捧雪，

奴才不值半文钱！

今日搬演的这本戏，名唤《一捧雪》。讲的是一个奴仆，跟随主人进京为官。这主人只因一只玉杯，惹下杀身大祸。这奴仆为救主人的性命，甘愿替主人一死。人替人死，哪有此理？仆报主恩，却是真情。正是：

莫怀古求官爱宝，

严世蕃仗势横行。

汤裱褙忘恩负义，

小莫成救主捐生。（下）

第一场　老夫人手捧一杯酒

〔汤勤嗽上。

汤　勤　（念）欲上青天揽明月，

不到黄河不死心。

小生汤勤，旧在钱塘江畔，卖字画为生。那一日天降大雪，身上饥寒，倒卧在风雪之中，多蒙莫大老爷搭救。那莫大老爷见我的字乃是真草隶篆，画乃是水墨丹青。莫大老爷就有了怜才之意，将我收留府中，以为一名门客。臭大老爷去年点中翰林，今年又官拜太常寺正卿，今日就要进京赴任。莫大老爷有心将我携带到京，荐与权豪门第，图一个进身之阶，我看莫老爷倒是个忠厚长者。但是自古道：忠厚乃无用之别名。似此无用之人，他竟自高官厚禄。他有一玉杯，名唤"一捧雪"，晶莹夺目，剔透玲珑，真乃稀世之宝。他新近又纳了一房美姜，名叫雪艳，闻听人言雪娘子生得是花容玉貌，冰雪精神。可惜不曾见过。那莫大老爷朝玩一捧雪，夜赏雪娘子，真乃是快活神仙！想我汤勤，精明强干，反不如他。正所谓"庸人多厚福"。老天呀老天！你也太不公道了！

〔内莫豪声："你往哪儿跑！我要打你！"

汤　　勤　后面何事喧嚷？

〔莫豪执鞭追文禄上。

莫　　豪　我要打你！你让我打！

文　　禄　你干嘛打我？

汤　　勤　啊！大相公，追赶文禄，为了何事呀？

莫　　豪　我要打他，他不让我打！

文　　禄　无缘无故的，你干嘛要打我？

莫　　豪　我就要打你，就要打你！

文　　禄　我不让你打！不让你打！

汤　　勤　嗯！他是一主，你是一奴，打你两下，有何不可！如若不然，告诉你爹爹莫成，定要将你重责！

文　　禄　你打吧！

莫　　豪　打死你！打死你！

〔文禄哭下，莫豪追下。

汤　　勤　唉！要享福中福，须做人上人！后面官靴声响，环佩丁东，大老爷、二夫人来了，我且回避一旁。（下）

〔莫怀古、雪艳上。

莫怀古　（唱）

　　　　蒙圣恩授官职太常正卿。

292

雪　艳　（唱）

　　　　　愿老爷此一去平步青云。

莫怀古　掌家！掌家！莫成这个奴才,哪里去了!

莫　成　（内白）来了!来了!（上）

莫怀古　你做什么去了?

莫　成　堂前传轿,江边雇船,收拾古玩字画,检点箱笼行李。

莫怀古　"一捧雪"现在哪里?

莫　成　现在太夫人手中。

莫怀古　哦哦哦!

　　　　〔内声:"老夫人出堂!"

　　　　〔一丫环手捧"一捧雪",一丫环执金酒壶引莫太夫人上。

太夫人　（引）

　　　　　世代簪缨,愿我儿,光耀门庭。

　　　　〔太夫人入座。

莫怀古　参见母亲!

雪　艳　参见太夫人!

太夫人　怀古儿过来!

莫怀古　母亲!

太夫人　怀古,我儿,我莫家乃是书香门第,从不曾附势趋炎。你此番职授太常寺,乃是严世藩的保荐。严家莫家虽是世交,但那严家父子势倾当朝,名声甚坏。江南一带,口碑载道。言道:但将冷眼观螃蟹,看你横行到几时。你到得京师,少不得要到他家谢官,不可得罪于他。但也不可过于亲近,要持一个不亲不疏,若即若离。这"一捧雪"乃是莫家先人传下之宝,不可在茶余酒后,夸耀于人,免招不虞之祸,儿要记下了!

莫怀古　孩儿记下了。

太夫人　丫环,看"一捧雪"过来!!

　　　　〔丫环呈玉杯。

太夫人　看酒!

〔丫环斟酒。

太夫人 莫成呀！掌家！此番跟随你家老爷进京求名，劝你家老爷，酒
要少饮，事要正办。你家老爷，若能平安回来，漫说我在钱塘，
就是莫氏堂上，去世的先人，也要感恩非浅，老身亲自用这家
传玉杯，与你敬酒，你要满饮了这一杯！

莫　成 折煞奴才！

（唱）

接过了太夫人一杯酒，

奴才有话禀从头。

但愿得我老爷功成名就，

无灾无难到公侯。

倘若是有什么吉凶休咎，

我甘愿拼一死与他分忧。

将身儿跪尘埃发誓赌咒，

我若是有二心天地不留！（沥酒于地）

太夫人 掌家言重了，舟船可曾齐备？

莫　成 俱已齐备。

太夫人 天色不早，即刻登程。

莫怀古 （唱）

辞别母亲奔京师。

太夫人 （唱）

但愿你入门还似出门时。

莫怀古 母亲多多保重。

太夫人 我儿一路小心！

〔文禄上。

文　禄 （对莫成）爹。您早点回来，我可盼着您呢！

莫　成 好好伺候大相公！

文　禄 他老打我！

莫　成 去！

〔各下。

〔副末上。

副　末　（唱）

　　　　　老夫人手捧一杯酒，

　　　　　小莫成手捧一片心。

　　　　　离却了钱塘江风波万顷。

　　　　　又向那燕京城十丈红尘。（下）

第二场　钱塘江上船

〔船夫上。汤勤上。

汤　勤　老爷临行之时，还要带领掌家，去往几家拜客，命我先到江边，照顾二夫人上船。今日有幸，能见到雪娘子的娇容，我倒要从头到脚，仔仔细细地观看一回。来此已是钱塘江岸。远远望见二夫人车辆来也。

〔雪艳乘车上，下车，车夫下，船夫搭扶手，雪艳上船欲跌，汤勤急扶。

汤　勤　好险哪！这还了得！吓了我一身大汗。（背白）哎呀！如此美人，真真叫人销魂！如若不能弄到手中，真是枉活一世了也！

〔莫怀古骑马，莫成背包袱上，汤勤迎接，众上船。

莫怀古　开船！

〔同下。

第三场　海岱门相面

〔赛希夷上。

赛希夷　（念）

　　　　　常将冷眼观世态，

　　　　　要凭巧语动人心。

在下赛希夷，在这海岱门里摆设相面卦摊。想我们这相面的，也不容易。一要善观气色，二要洞达人情，三要模棱两可，四要危言耸听。你越是说得神乎其神，他才觉得五心不定。天时不早，怎么还没有人来找我看相呀？

莫怀古　（内）

莫成带路！

〔莫怀古、莫成、汤勤上。

莫怀古　（唱）

　　　　　拜客回家心烦闷，

　　　　　果然京洛多风尘。

　　　　　安步当车观市井——

〔赛希夷咳嗽。

莫怀古　（接唱）

　　　　　那旁有个卖卜人。

"赛希夷"、"赛希夷"哦！卖卜人好大的口气。今日闲暇无事，不妨让他相上一相。啊先生，请与我相上一相。

赛希夷　您哪？甭相了！相准了，我是蒙您。

莫怀古　哦？

赛希夷　我认得您。

莫怀古　怎么，你认得我？

赛希夷　您不是新任太常寺正卿莫怀古莫大老爷吗？

莫怀古　你怎么知道啊？

赛希夷　您就在花市西口居住，每天车中马上，时常从我这卦摊前面经过，我要是相中您是位达官贵人，我不是蒙事吗？

莫怀古　这个相士，倒还老实。啊先生，我的身份官职，你已知晓。就烦你将我的来日前程相上一相。

赛希夷　这倒使得。老爷请上一步。观大人天庭饱满,地阁方圆,鼻梁端正,主为人忠厚。

莫怀古　唔。

赛希夷　眉心过平,主于心不大仔细。您哪,有点大大咧咧的。

莫怀古　哦呵呵,不错不错。

赛希夷　啊呀,不好!

莫怀古　怎么了?

赛希夷　印堂之上,隐带煞纹,只恐一二年内,必有大祸!

莫怀古　必有大祸?

赛希夷　宦海风波,难以预料!君子问祸不问福,我是直言无隐,莫大老爷切勿见怪!

莫怀古　焉能见怪。(沉吟)宦海风波,难以预料……啊先生,请与此人相上一相。

赛希夷　此位是……

莫怀古　我的掌家,名唤莫成。

赛希夷　请上一步!咦!此人的相貌与莫大老爷一般无二,简直像是孪生兄弟——一对双胞儿!

莫怀古　相貌相同,因何一贵一贱?

赛希夷　这可保不齐!(对莫成)莫掌家呀!莫大哥,你的好贵相!可惜你有你家老爷之相,无有你家老爷之福。你家老爷日后若有杀身大祸,要应在你的身上。

莫　成　我家老爷怎么会有杀身大祸呀?

赛希夷　天机不可泄露!

莫　成　好不闷煞人也!

汤　勤　掌家过来!待我也来仔细观瞧观瞧。咦,莫掌家,你果然长得与大老爷一模一样!倘若你穿起老爷的衣服,外人一定错认你是老爷了。外人错认还不要紧,倘若那雪娘子在花前月下,把你错当了老爷,那可就……

莫　成　你这是什么讲话!

汤　勤　开个玩笑,莫要当真!

莫　成　什么东西!

莫怀古　(唱)

听先生一番话心烦意乱,

只要是谨言行料可平安。

先生,相金在此。

赛希夷　多谢了!

〔莫怀古等下。

赛希夷　看他主仆已去。我这也是信口开河,瞎说八道。不过他主仆
二人,长得一模一样,倒真是稀奇少有。得来,天时不早,我不
免收起卦摊,回家吃炸酱面去啰!(下)

〔莫成复上。

莫　成　相面的先生,赛希夷先生!方才相面的先生言道,我家老爷日
后会有什么杀身大祸,本当问个明白,他他他已经走远了! 莫
成呀莫成,你如何长得与老爷一模一样呀?

(唱)

奴才应有奴才相,

岂可主仆一般同!

但愿得荣华富贵归老爷,

灾祸全归小莫成!(下)

〔副末上。

副　末　(念)

看相全凭江湖诀,

相士人人口似铁。

若无有主仆相似这一节,

唱不成这出《一捧雪》。(下)

第四场　荐汤勤

〔中军上。

中　军　（念）

奉了严爷命，

下书求贤才。

来此已是太常寺。门上有人么？

〔莫成上。

莫　成　何事？

中　军　太子少保兵部左侍郎严爷有书信一封，接下了。

莫　成　（接书）后面待茶！

中　军　不用了！（下）

莫　成　有请老爷！

〔莫怀古上。

莫怀古　何事？

莫　成　太子少保兵部左侍郎有书信一封。

莫怀古　（看书）原来如此。莫成，有请汤先生。

莫　成　有请汤先生！（下）

〔汤勤上。

汤　勤　（念）

寄人篱下终非计，

待价而沽到几时？

参见大老爷！

莫怀古　恭喜汤先生！贺喜汤先生！

汤　勤　小生何喜之有啊？

莫怀古　今有严少保下来书信。意欲延聘才人，与他料理书画古董。

你若前去，必可胜任，你岂不是有了出头之日了？

汤　勤　小生愿跟随大老爷左右,以图报效。

莫怀古　哎,严少保乃当朝宠臣,手眼通天。你到了那里,还可谋个一官半职,如同平地登高,比在下官这里强胜百倍。我这太常寺乃是清水衙门,无可贪恋。不可失此机会!

汤　勤　容小生思忖思忖!

莫怀古　你且想来。

汤　勤　(背躬)严家父子,炙手可热,势倾当朝,到了那里,升官发财,不在话下。只是我心中忘不了雪——

莫怀古　(拍汤勤肩)"雪"什么?

汤　勤　这个——忘不了大老爷雪中相救的大恩哪!

莫怀古　汤先生倒是个有良心的人!

汤　勤　圣人云:受恩慎勿忘呀!

莫怀古　些许小事,何足挂齿。待我修书。

汤　勤　几乎露了马脚!好险哪!(磨墨)

莫怀古　(修书,唱)

　　　　　　　上写怀古多拜上,

　　　　　　　拜上了少保严侍郎。

　　　　　　　遵嘱荐才孚雅望,

　　　　　　　此人名勤本姓汤。

　　　　　　　能书能画精鉴赏,

　　　　　　　调丝弄竹也在行。

　　　　　　　弹棋能将三子让,

　　　　　　　插花换水善焚香。

　　　　　　　若得此人为臂膀,

　　　　　　　书斋客座添风光。

　　　　　　　此书由你亲送往,(递书与汤勤)

　　　　　　　你快卷诗书理行装!

汤　勤　(唱)

　　　　　　　多谢老爷美意广,

荐举之恩永不忘。（下）

莫怀古　（唱）

　　　　荐汤勤了却我心事一桩，

　　　　到后堂与雪艳小酌芸窗。

莫　成　（暗上）老爷离家之时，太夫人嘱咐，要老爷酒要少饮，事要正

　　　　办……

莫怀古　你又来扫兴！（二人下）

　　　　〔副末上。

副　末　（唱或念）

　　　　一张巧嘴两张脸，

　　　　十个清客九个浑。

　　　　世上哪有"一捧雪"，

　　　　人间不乏狗汤勤。（下）

第五场　搜　　杯

　　　　〔严世藩持玉杯半醉上。四龙套、四校尉随上。

严世藩　（念）

　　　　父子掌朝纲，

　　　　人称大严相，小严相。

　　　　富贵不可寒酸相，

　　　　我便是讲求风雅的贾平章。

　　　　雨过琴书润，

　　　　风来翰墨香。

　　　　阶前国色开魏紫，

　　　　案上名碑拓硬黄。

　　　　新得玉杯"一捧雪"，

　　　　且试佳酿"玉堂春"！

宝杯、名酒！哈哈哈哈……（颓然就坐）

〔汤勤上。

汤　勤　参见少保。

严世藩　汤勤！这几日你往哪里去了？

汤　勤　小子莫府谢官去了。

严世藩　看将起来，你倒是个有良心的。

汤　勤　小子本来就有良心，眼前有一个人，他却无有良心！

严世藩　哪一个无有良心？

汤　勤　就是那莫大老爷他无有良心！

严世藩　我与那莫仁兄交好甚厚。是你言道，他家藏宝杯"一捧雪"，前者，我在酒筵席前问起此杯，过了数日，他就将"一捧雪"献于老夫，他怎么无有良心？

汤　勤　请问老大人，那莫大老爷献于老大人的那只玉杯是真的，还是假的？

严世藩　自然是真的，哪有假的道理？

汤　勤　分明是假，怎说是真？

严世藩　怎见得？

汤　勤　那日小子过府谢官，观见真杯现在他府。

严世藩　老夫不信！

汤　勤　大人不信，过府搜杯！

严世藩　搜得杯出？——

汤　勤　莫爷之罪。

严世藩　搜杯不出？——

汤　勤　小子情愿领罪。

严世藩　好！校尉们！

四校尉　有！

严世藩　顺轿过府搜杯去者！

四校尉　啊！

严世藩　（唱）

　　　　　　　　小汤勤说的话斩钉截铁，

　　　　　　　　太常寺去搜"一捧雪"。

　　　　〔四龙套、四校尉引严世藩急下，汤勤下。

　　　　〔莫怀古、雪艳上。

莫怀古　（唱）

　　　　　　　　海岱门相一面心神不定，

雪　艳　（唱）

　　　　　　　　向严府献假杯终是祸根。

　　　　〔莫成上。

莫　成　启禀老爷，严爷过府。

莫怀古　知道了。

　　　　〔同下。

　　　　〔四龙套、四校尉引严世藩急上。

严世藩　（唱）

　　　　　　　　来在莫府下了轿，

　　　　　　　　会一会当年的旧故交。

　　　　〔莫成上。

莫　成　有请老爷！

　　　　〔莫怀古上。

莫怀古　何事？

莫　成　严爷已到府门！

莫怀古　知道了！

　　　　（唱）

　　　　　　　　听说严爷到胆战心惊，

　　　　　　　　整整衣冠忙相迎。

　　　　　　　　莫不是为谢官有失恭敬？

严世藩　你做的是嘉靖皇上的官，谢我何来？

莫怀古　（接唱）

　　　　　　　　人人发怒为何情？

大人怒气不息,所为何来?

严世藩　就为你来!

莫怀古　为我何来?

严世藩　我且问你:"一捧雪"献与不献,但凭于你,为何拿假杯哄我?

莫怀古　玉杯只有一只,献与大人,并无第二。

严世藩　你待怎讲?

莫怀古　并无第二。

严世藩　住了!

〔莫成暗下。

严世藩　(唱)

听一言来怒气生,

骂声怀古太欺情。

我两家并非是寻常百姓,

世代来往有交情。

我保你身入翰林院,

我保你太常寺职授正卿。

一只假杯不打紧,

老夫的名声不好听!

人来与爷忙搜定……

〔四龙套、四校尉搜杯。

〔莫成暗上,闯前门不能出,下。

四龙套
四校尉　搜杯不出。

严世藩　(接唱)

削土三尺再搜寻!

四龙套
四校尉　啊!

〔四龙套、四校尉削土搜杯。

〔莫成暗上,闯后门,逃下。

四龙套 四校尉	搜杯无有！
严世藩	起过了！
	（唱）

   搜杯不出难为情，

   失却当年的座上宾。

  〔雪艳上。

  〔严世藩看雪艳。

严世藩	仁兄，身后何人？
莫怀古	贱妾雪艳。
严世藩	请来见礼！
莫怀古	见过严大人！
雪　艳	参见大人！
严世藩	仁嫂！（审视雪艳浑身上下）
莫怀古	回避了！

  〔雪艳下。

  〔严世藩作手势表示雪艳身上并无杯。

严世藩	莫仁兄，真杯也好，假杯也好，拿将出来，待小弟一观，不要你 的，也就是了！
莫怀古	方才言过，玉杯只有一只，献与大人，并无第二。
严世藩	有人亲眼得见！
莫怀古	何人亲眼得见？
严世藩	汤勤亲眼得见！
莫怀古	汤勤？哦呵是了！那日汤勤过府谢官，酒席筵前，是我得罪于 他，因此他在大人台前搬弄是非，有道是小人之言，不可深 信呀！
严世藩	住口！
	（唱）

   听罢言来怒气生，

　　　　　老夫怎能信小人。

　　　　　朝里朝外访一访,

　　　　　严家父子眼内不沾半点尘!

　　　　　人来与爷把轿顺——

莫怀古　送大人!

严世藩　(接唱)

　　　　　三日内定灭尔的满门!

　　　〔四龙套、四校尉引严世藩下。

　　　〔雪艳上。

莫怀古　严老下轿,莫成这个奴才哪里去了?

雪　艳　不知去向。

莫怀古　两厢唤来。莫成! 掌家!

雪　艳　莫成,掌家!

莫　成　(内)走啊!

　　　〔莫成上。

莫　成　老爷受惊了!

莫怀古　我受的什么惊。我受的什么惊哪? 家中出了这样大事,你到
　　　　哪里去了? 我打死你这个奴才!

　　　〔莫怀古欲打莫成,雪艳拦阻。

莫　成　纵然打死小人,可容小人讲个明白?

莫怀古　你且讲来!

莫　成　小人见严爷下轿之时,气色不正,就知为"一捧雪"而来,小人
　　　　去到上房,扭开箱锁,揣了"一捧雪"前门而逃,有严府家丁拦
　　　　阻。小人打从后门而走,有严府家丁拦阻,小人只得从犬洞而
　　　　逃,站在高坡之上,见严爷走远,小人才得回来。老爷不问青
　　　　红皂白,开口就骂,举手就打,想我们为奴才的,也就难了啊!

莫怀古　哼! 有了"一捧雪"还则罢了,如若不然——夫人不要拦阻,
　　　　待我打死这个奴才!

莫　成　小人打不起了!

雪　艳　待妾身向前。啊莫成，你家老爷打你，你可知为了何事？

莫　成　小人不知。

雪　艳　就为的是那"一捧雪"。

莫　成　这"一捧雪"么——（四望）有有有！这不是"一捧雪"么？
　　　　（献杯）

雪　艳　老爷，"一捧雪"在此。

莫怀古　呵！
　　　　（唱）
　　　　　　　一见玉杯果是真，
　　　　　　　好个聪明小莫成，
　　　　　　　走上前来掌家叫。
　　　　　　　错打你几下莫记在心。

莫　成　啊老爷，严爷上轿之时，可曾讲些什么？

莫怀古　讲了两句淡话。

莫　成　哪两句淡话？

莫怀古　三日之内，要灭尔的满门。

莫　成　灭老爷的满门！——哎呀，老爷呀，这岂是一句平常的淡话，
　　　　那严世藩可是说得出做得到的呀！

莫怀古　哎呀！
　　　　（唱）
　　　　　　　掌家一言来提醒，
　　　　　　　吓得我三魂少二魂。
　　　　　　　走上前来掌家叫，
　　　　　　　想一良策去逃生。

莫　成　老爷意欲弃官逃走？哎呀，老爷呀，逃不得。老爷若是不走，
　　　　严府的玉杯就是真杯，老爷若是逃走，严府的玉杯分明就是假
　　　　杯了。走不得！

莫怀古　我心中害怕。

莫　成　定要逃走？

莫怀古　定要逃走！

莫　成　但不知逃向哪里？

莫怀古　往钱塘而逃！

莫　成　且慢！哪一个不知老爷是钱塘人氏？钱塘去不得！

莫怀古　往哪里而逃？

莫　成　那日跟随老爷进京求官,路过海岱门,见得一位穿红袍的官
　　　　长,他叫什么戚——

莫怀古　戚继光？

莫　成　正是！戚大人现在哪里为官？

莫怀古　蓟州总镇。

莫　成　往蓟州而逃。

莫怀古　吩咐外厢,顺轿、备马！

莫　成　事到如今,用不得轿马,只好步行了吧！

雪　艳　(哭)喂呀！

莫怀古　夫人,下官连累你了！

　　　　〔雪艳哭下。

莫怀古　莫成,你老爷进京,未到一月,就有这身荣耀,叫我如何割舍？

莫　成　老爷,不为这身荣耀,还到不了这样的下场。事到如今,舍不
　　　　得也要舍！

莫怀古　罢！

　　　　〔同下。

　　　　〔四龙套、四校尉引严世藩上,汤勤上,迎接。

严世藩　来！将汤勤绑了！

汤　勤　慢来慢来,留头讲话！

严世藩　你且讲来！

汤　勤　启禀大人:若是真杯,他必定拿稳做官;若是假杯,他必定弃官
　　　　逃走！

严世藩　且听一报。

　　　　〔旗牌上。

旗　牌　启禀大人:莫怀古弃官逃走。

严世藩　知道了。

〔旗牌下。

汤　勤　啊大人,如何呀?

严世藩　啊呀莫仁兄呀莫仁兄! 真杯也罢,假杯也罢,你不该弃官逃走。你这一走,旁人知道,岂不要说我严世藩气小量窄,不能容人了!

汤　勤　(背白)他倒假惺惺起来了! 啊老大人,莫怀古一走,这真的"一捧雪"也就飞了!

严世藩　依你之见?

汤　勤　大人必须行文,命驿马沿途追赶,无论文武大小衙门,拿获者,须要问他个罪名,才能追回"一捧雪"。

严世藩　看文房伺候!

汤　勤　小子磨墨。

严世藩　(修书、念)"太子少保兵部左侍郎,票行阃外事:为犯官一名莫怀古——"

汤　勤　"拐带皇家印信,有欺君辱国之罪……"

严世藩　(接写)"拐带皇家印信,弃官逃走,有欺君辱国之罪。命马上二校尉沿途追赶,无论文武大小衙门,拿获者——"

汤　勤　"斩头解京"!

严世藩　"斩头解京"? 莫怀古哪有这样的罪过?

汤　勤　他拐带皇家印信,就是一项死罪,有道是无毒不丈夫! 这是他自作自受,哪个狗娘养的害他不成?

严世藩　好!"斩头解京"。

汤　勤　(复念公文)"太子少保兵部左侍郎,票行阃外事:为犯官一名莫怀古拐带皇家印信,弃官逃走,有欺君辱国之罪。无论文武大小衙门,拿获者,斩头解京。"好好好!

严世藩　来,传马上校尉走上!

龙　套　马上校尉走上!

〔张龙、郭仪上。

张　龙
郭　仪　参见大人！

严世藩　这有公文一角,沿途追赶莫怀古,不得有误！

张　龙
郭　仪　但不知往何处追赶？

严世藩　往钱塘追赶。

汤　勤　哪一个不知莫怀古是钱塘人氏,他不会逃往钱塘。

严世藩　依你之见？

汤　勤　莫怀古有一好友,名叫戚继光。现任蓟州总兵,往蓟州追赶！

张　龙
郭　仪　喳！（欲下）

汤　勤　回来！你二人可认得莫怀古？

张　龙
郭　仪　这,认不清。

汤　勤　（取出莫怀古的画像）这里有画像一幅,带在身旁,按图捉拿,
　　　　万无一失！

张　龙
郭　仪　喳！（欲下）

严世藩　回来！莫怀古事小,"一捧雪"事大！

张　龙
郭　仪　喳！（欲下）

汤　勤　二位,"一捧雪"事小,雪娘子事大呀！

张　龙
郭　仪　哼！

严世藩　汤勤！

汤　勤　大人！

严世藩　你是个好人,还是坏人？

汤　勤　小子是个好人哪！

严世藩　好人！莫怀古身旁有你这样的好人,他就死定了！但愿老夫
　　　　一朝时乖运败之时,你不要照方儿抓药,对待老夫呀！

汤　勤　小子不敢。

严世藩　正是：心中惦记"一捧雪"，

汤　勤　但愿人头早解京！

严世藩　好一个"早解京"！汤勤，你是个狗娘养的!!

汤　勤　老大人！

　　　　〔同下。

　　　　〔副末上。

副　末　（唱）

　　　　　　　闲官冷署太常寺，

　　　　　　　小饮花前也自由。

　　　　　　　尘海风波人不测，

　　　　　　　蓟门烟树走荒丘。（下）

第六场　蓟州堂

　　　　〔四龙套引张龙、郭仪上。

张　龙
　　　　俺
郭　仪

张　龙
郭　仪

张　龙　请了！

郭　仪　请了！

张　龙　奉了严爷之命，追赶莫怀古。前面不远，已是蓟州，就此马上
　　　　加鞭！

郭　仪　请！

　　　　〔同下。

莫怀古　（内）趱行者！

　　　　〔莫怀古、雪艳、莫成上。

雪　艳　喂呀！（哭）

莫怀古　夫人为何不走？

雪　艳　两足疼痛，难以行走。

莫怀古　夫人两足疼痛,难以行走,如何是好?

莫　成　啊老爷,此处离蓟州不远,待小人进得城去,雇两乘小轿,迎接老爷、夫人进城。(欲下)

莫怀古　莫成转来!

莫　成　老爷何事?

莫怀古　你要小心了。

莫　成　大家小心了!(下)

莫怀古　夫人,莫掌家前去雇轿,待下官搀扶于你,步行几步,在柳林躲藏。

　　　　〔四龙套引张龙、郭仪上。

张　龙　啊!他们在前面走,我二人后面赶,来到此地,为何不见?

郭　仪　想必在柳林里面躲藏,你我冒叫一声。

张　龙
郭　仪　里面可有莫怀古、莫大老爷?

雪　艳　啊老爷,外面有人唤你。

莫怀古　有人唤我?

雪　艳　不可出去!

莫怀古　不妨事!哪一位?

张　龙
郭　仪　(取出画像对照,同)你是莫怀古,锁了!

　　　　〔四龙套锁莫怀古、雪艳,拉下。

　　　　〔四龙套、张龙、郭仪锁莫怀古、雪艳上。叫城、劈栅子、击堂鼓。

　　　　〔四龙套、二旗牌引戚继光急上。

戚继光　(念)辕门鼓角声高,
　　　　　　　想必公文来到。

张　龙
郭　仪　请了!

戚继光　请了!

张　龙
郭　仪　上司公文,大人请看。(呈公文)

312

戚继光	当堂拆封。(看公文,大吃一惊)人犯可曾带齐?
张 龙 郭 仪	带齐了。
戚继光	带上堂来!
张 龙 郭 仪	带莫怀古、雪艳上堂!

〔四龙套带莫怀古、雪艳上堂。

雪 艳	喂呀!(哭)
莫怀古	夫人不必害怕,来此戚贤弟的衙门,料无妨碍。

〔莫怀古、雪艳进大堂。

莫怀古	上面敢是戚——
戚继光	嗯!本镇点名,哪怕你不“齐”?听点!犯官莫怀古,女犯无名。带下去!

〔莫怀古、雪艳出堂。

莫怀古	哎呀夫人哪!事到如今,连戚贤弟也不认你我了!
雪 艳	这都是你交的好朋友!

〔四龙套押莫怀古、雪艳下。

张 龙 郭 仪	大人,人犯拿获,就该立即斩首,我等也好回京复命!
戚继光	这!……深夜处决,多有不便,暂押监中,明日五更天明,斩首解京。只是此事重大,必须两家担待!
张 龙 郭 仪	何为两家担待?
戚继光	头门以里,仪门以外,有一军牢小房,里面有灯,外面有锁。将你等四人,锁在一起,等候五更天明,看着绑、看着斩,人头打入木桶,回复严爷。
张 龙 郭 仪	好便好,只是我们二人太辛苦了!
戚继光	自有你二人的下场!
张 龙 郭 仪	看他与我们的下场!

戚继光　来！

旗　牌　有。

戚继光　准备酒饭,款待二位差官！

旗　牌　是,随我来！

戚继光　转来！

　　　　〔旗牌回。

戚继光　要丰盛一些！（暗示多备酒）

旗　牌　明白了。

郭　仪　这还差不多！

张　龙　吃饱了,喝足了,睡他娘的一觉,明日五鼓天明,带了人头,回
　　　　府交差哟！

郭　仪　走哇！

张　龙　走哇！

　　　　〔张龙、郭仪下。

戚继光　唔呼呀！想我那莫仁兄,不知为了何事,冒犯了严府,身遭不
　　　　幸。我想莫仁兄有一掌家,名叫莫成,忠心耿耿,颇能办事,为
　　　　何不跟随前来？哦呵是了,想必是中途失散,校尉拿人,他不
　　　　敢向前。本当派人四下寻找,怎奈衙中无人认得,况且此事需
　　　　要机密,不可走漏风声,只得本镇亲走一遭。来！掌灯！

　　　　〔旗牌掌灯,引戚继光上街。

戚继光　（唱）

　　　　　　莫仁兄分明来投奔,

　　　　　　始末根由我未辨清,

　　　　　　人来掌灯大街进,

　　　　　　大街小巷找莫成。

　　　　〔同下。

　　　　〔起初更,更夫上。

更　夫　（念）

　　　　　　为人莫打更,

　　　　黑夜到天明。

　　　　多少恩和怨,

　　　　都在暗中行。

　　我,蓟州堂更夫便是。只因今夜拿到一名犯官莫怀古,五更天明,就要开刀问斩。奉了大人之命,巡更守夜,就此走走。

莫　成　(内)走哇!(上)

更　夫　拿住啦,拿住啦!

莫　成　拿住什么?

更　夫　拿住犯夜的啦。

莫　成　我是乡下人哪!

更　夫　乡下人不犯夜,难道城里人犯夜吗?

莫　成　我是交钱粮的。

更　夫　交钱粮的? 到文官衙门去呀,上我们武官衙门干什么呀?

莫　成　此地什么衙户?

更　夫　乃是戚大人的衙户。

莫　成　原来如此!

　　　　〔幕内喊声。

莫　成　为何这样喧哗?

更　夫　你不知道,我告诉你,只因拿住一名犯官莫怀古,五更天明,就要问斩啦!

莫　成　唉,老爷呀!(哭)

更　夫　你哭什么呀?

莫　成　不是哟,那莫大老爷为官清正,如今身遭此不幸,怎不教我悲叹哪!(泣)

更　夫　我把你好有一比!

莫　成　比作何来?

更　夫　看兵书落泪——替古人担忧嘛! 这么办,你先到我房里去,等到天明,你再去交钱粮。你随我来!

莫　成　是是是。

更　夫　老头子,你替我打更,我先睡一觉,你在那边儿,我在这边儿。

莫　成　是是是。

〔更夫睡。

〔起二更,旗牌引戚继光上。

戚继光　(唱)

听谯楼打罢了二更时分,

八台官倒做了巡更之人。

莫　成　老爷呀!(哭)

戚继光　(唱)

啼哭之人是哪个?

莫　成　小人莫——

戚继光　噤声!

〔戚继光拉莫成下,旗牌随下。

〔幕内:"打更的!打更的!吃大碗面喽!"

更　夫　来啦!来啦!(下)

〔旗牌、戚继光、莫成上。

戚继光　(唱)

来在二堂问分明。

莫　成　参见大人!

戚继光　罢了。你家老爷来了。

莫　成　可容我主仆一见?

戚继光　下面伺候。

莫　成　谢大人!唉老爷呀!(哭,下)

戚继光　来!

旗　牌　有!

戚继光　看看严府校尉可曾睡着?

旗　牌　(下,又上)睡着了!

戚继光　悄悄揭开封锁,有请莫大老爷!

旗　牌　遵命。(下)

〔旗牌引莫怀古、雪艳上。

雪　艳　　喂呀！（哭）

莫怀古　（唱）

　　　　　夫人且把悲声忍，

　　　　　休要惊动严府人。

　　　　　战战兢兢把二堂进——

戚继光　（唱）

　　　　　有弟在此心莫惊。

　　　　〔戚继光挽莫怀古、雪艳。松刑。

戚继光　莫仁兄，你掌家莫成来了。

莫怀古　在哪里？

戚继光　有请莫掌家。

　　　　〔莫成上。

戚继光　你家老爷来了。

莫　成　老爷在哪里？老爷受惊了！

莫怀古　你这奴才，办得好事！

莫　成　事到如今，埋怨小人，也是枉然了。

戚继光　是呀！埋怨他，也是枉然了。但不知莫仁兄为了何事，冒犯了
　　　　严府？

莫怀古　就为了那"一捧雪"。

戚继光　"一捧雪"乃是一桩小事，为何有紧急公文到来！

莫怀古　来得好快呀！可容我一看？

戚继光　那是自然。旗牌，掌灯！

　　　　〔旗牌掌灯。

戚继光　仁兄请看！（递公文）

莫怀古　（念）"太子少保兵部左侍郎，票行阃外事：为犯官一名莫怀古
　　　　拐带皇家印信，弃官逃走，有欺君辱国之罪。命马上二校尉沿
　　　　途追赶，无论文武大小衙门，拿获者——"

　　　　〔戚继光抢去公文。

莫怀古	为何不叫我看了?
戚继光	恐仁兄看了害怕。
莫怀古	看完了,也好做一准备。
莫　成	是呀,看完了也好做一准备。
	〔戚继光递公文与莫怀古。
莫怀古	(接念)"拿获者,斩头解京。"哎呀!(晕倒)
莫　成 雪　艳	老爷醒来!
莫怀古	(唱)

　　　　　听说斩头要解京,

　　　　　天旋地转汗淋淋。

　　　　　回头再把贤弟问,

　　　　　有何良策救愚兄?

戚继光	事到如今,有什么良策。倒不如小弟开了牢门,放你逃走!
莫　成	大人,走得的么?
戚继光	走得的!
莫　成	走得的。好,走啊!
戚继光 莫怀古	走啊!
莫　成	走不得呀,走不得!
戚继光	怎么走不得?
莫　成	哎哎呀大人哪!我家老爷,只为弃官逃走,才惹下这场杀身大祸。如今又要逃走,岂不连累了戚大人么?
莫怀古 雪　艳 戚继光	哎呀!
旗　牌	大人,倒不如动点人马反了吧!
莫　成	大人,反得的么?
戚继光 旗　牌	反得的!
莫怀古 莫　成	反哪!

莫　成　反不得呀,反不得!

戚继光　怎么反不得?

莫　成　请问大人:蓟州堂上有多少人马?

戚继光　三千人马,五百守城军。

莫　成　哎呀大人哪!这三千人马,五百守城军,漫说交锋打仗,就是
　　　　　垫马蹄,也是不够啊!

莫怀古
戚继光　哎呀!
雪　艳

戚继光　唉!

　　　　　(唱)

　　　　　　　　叫你反来你不反,

　　　　　　　　叫你逃来你不行。

　　　　　　　　但等五更天明亮,

　　　　　　　　我监法场你受刑。

戚继光　仁兄!

莫怀古　贤弟!

雪　艳　老爷!

莫怀古　夫人!(同哭)

莫　成　老爷!夫人!大人哪!

　　　　　(唱)

　　　　　　　　一家人只哭得如酒醉……

　　　　　　　　老爷!夫人!大人哪!

雪　艳　喂呀!

莫　成　(接唱)

　　　　　　　　那一厢哭坏了雪艳夫人。

　　　　　　　　戚大人,八台的官救不了家主爷的命,家主——爷的命,
　　　　　　　　老爷呀!

　　　　　　　　蓟州堂,急坏了小莫成。

　　　　　且住!曾记去年,跟随我家老爷进京时节,太夫人手捧一杯
　　　　　酒,叫道一声莫成呀掌家!此番跟随你家老爷进京求名,劝你

家老爷,酒要少饮,事要正办。你家老爷若能平安回来,漫说我在钱塘,就是莫氏堂上去世的先人,也要感恩非浅!今日我家老爷在蓟州堂惹下杀身大祸,难道叫我看水翻船,袖手旁观?这!这!这!……哎呀且住!想来想去,我倒又想起一桩心事来了!前数月,跟随我家老爷过府拜客,打从海岱门经过,遇见一个相命的先生,与我家老爷相了一相。然后,又与我觑了一觑。叫道一声莫掌家呀,莫大哥,你的好贵相!可惜你有你家老爷之相,无有你家老爷之福。你家老爷有一桩杀身大祸,要应在你的身上。那时他说的无心,我听的有意。事到如今,莫非就应在今夜蓟州堂上?也罢,想我这为奴的,何日才能出头?倒不如替老爷一死,也落得个青史名标,这万古流芳。我就是这个主意!我就是这个主意哟!

(唱)

　　　　走上前来忙跪定,

　　　　大人开了天地恩!（向戚继光跪）

戚继光　莫掌家,跪在我的面前则甚?

莫　成　我家老爷有了救了!

戚继光　仁兄醒来!

莫怀古　贤弟何事?

戚继光　你有了救了。

莫怀古　救在哪里?

戚继光　莫掌家言道你有了救了。

莫怀古　莫成,救在哪里?

莫　成　事到如今,还有什么救应,倒不如小人替老爷一死。

莫怀古　哪有人替人死的道理!有这两句话,也就够了!

莫　成　说什么无有人替人死的道理,小人有辈古人,说与大人、老爷、夫人一听。

戚继光
莫怀古　慢慢的讲来!
雪　艳

320

莫　成　昔日,杨生好养犬,酒醉睡卧在荒山。有那不知事的牧童,他就放火烧荒。那火看看烧到杨生的身旁,那犬见主有难,就翻身跳下涧去,滚湿毛衣,舍身救主。来回数十趟,它就累、累死在荒山。想乌鸦有反哺之义,羊有跪乳之恩,马有渡江之力,犬有救主之心,畜牲尚且如此,难道小人不如禽兽乎?老爷不叫小人替死,我就碰——(欲碰壁)

戚继光　不必如此!

莫怀古　掌家呀!

　　　　(唱)

　　　　　　莫成请上我拜定,
　　　　　　拜你重生再造的恩!

莫　成　折杀奴才!

　　　　(唱)

　　　　　　我今一死无遗恨,
　　　　　　小人有话要禀明。

莫怀古　你且讲来。

莫　成　小人有一子,名唤文禄,在钱塘服侍大相公。大相公性情不好,开口就骂,举手就打。可怜我那文禄孩儿,三岁亡母,小人今日替老爷一死,算来他刚刚七岁,可算七岁丧父。望求老爷另眼看待我那文禄孩儿。小人纵死九泉,也是感恩非浅!

莫怀古　哎呀莫成啊!日后我若错待你的孩儿,叫我天诛地灭!

莫　成　谢老爷!

　　　　(唱)

　　　　　　水流千遭归大海,
　　　　　　原物交回旧主人。

　　　　(交"一捧雪"与莫怀古)

莫怀古　(唱)

　　　　　　玉杯本是起祸根,
　　　　　　为你伤了小莫成。

　　　　　　　　恨不得将杯来摔碎！

　　　　〔莫怀古欲摔杯，戚继光、雪艳挡阻。

戚继光　（唱）

　　　　　　　　摔杯犹如欺先人。

　　　　　　　　将杯寄在弟衙内。——

雪　艳　喂呀！

莫怀古　贤弟请上，受愚兄一拜！

戚继光　施礼为何？

莫怀古　将贱妾雪艳寄在贤弟衙内，不要当将仁嫂看待，全当使女
　　　　丫环。

戚继光　还是仁嫂看待！

　　　　〔起四更。

莫　成　（唱）

　　　　　　　　忽听谯楼打四更，

　　　　哎呀大人哪！谯楼鼓打四更，看看快到五鼓天明，难道蓟州堂
　　　　上有两个莫怀古不成！

戚继光
莫怀古　这！
雪　艳

戚继光　仁兄，小弟有一好友，在古北口为官，待弟修书一封，仁兄去到
　　　　那里躲避躲避。（修书）

莫怀古　（接书唱）

　　　　　　　　多谢贤弟施恻隐。

　　　　　　　　愿担干系救残生。

　　　　　　　　叫声夫人且走近。

　　　　　　　　下官言来你是听。

　　　　　　　　五鼓天明法场进。

　　　　　　　　你要对莫成叫夫君。

雪　艳　记下了！

莫　成　小人不敢！

322

莫怀古　（唱）

　　　　辞别贤弟足踏镫——（欲下）

莫　成　老爷慢走!

莫怀古　（唱）

　　　　莫非起下追悔的心?

莫　成　小人哪有追悔之意! 老爷此番前去,酒要少饮,事要正办。当
　　　　交的朋友交上几个,切莫要再交汤勤那样的狗男女。若再惹
　　　　下祸事,要想找这第二个莫成,今生只怕难得的了!

莫怀古　话倒是两句好话,可惜讲迟了!

戚继光　却还不迟。上马去吧!

戚继光　仁兄! 兄长! 仁兄啊!

莫怀古　贤弟! 我妻! 掌家呀!

雪　艳　老爷! 我夫! 夫啊!

莫　成　老爷! 夫人! 老爷呀!

　　　　〔莫怀古下,雪艳哭下。

戚继光　莫成,五鼓天明,法场之上,一不要胡言,二不要乱语。本镇的
　　　　前程、老爷的性命……

莫　成　大人! 五鼓天明,法场之上,一不胡言,二不乱语,只求与小人
　　　　一个快!

戚继光　那个自然。

莫　成　谢大人。

　　　　〔戚继光下。

　　　　〔莫成下。

　　　　〔副末上。

副　末　（念）

　　　　　尊卑贵贱几千年,

　　　　　青史斑斑血未干。

　　　　　人命轻于一捧雪,

　　　　　奴才不值半文钱。（下）

323

第七场　长休饭、永别酒

〔莫成上，神情恍惚。

〔狱卒携酒一瓶，饭一碗上。

莫　成　这是什么？

狱　卒　这是酒、饭。

莫　成　不用！

狱　卒　不用？

莫　成　五鼓天明，我就要斩头了，还用的什么酒饭哪！

狱　卒　这是规矩。这叫长休饭、永别酒。

莫　成　哦！"长休饭、永别酒？"——我平生从不饮酒！

狱　卒　这回您喝一回吧！喝了这一回，再没有第二回啦！

莫　成　哦！喝了这一回，再无有第二回了？放下！

狱　卒　您痛痛快快地喝吧！（下）

〔莫成倒酒。

莫　成　（举杯，唱）

我平生滴酒不沾唇，

今日倒要痛饮几巡。

（饮酒，接唱）

一杯酒下咽喉心中烦闷，

想起了大老爷待我的恩情。

你平日坐高堂一呼百应，

离却了小莫成寸步难行。

到如今只身向边境，

风霜雨雪可安宁？老爷呀！

（斟酒，饮，接唱）

二杯酒下咽喉心回原郡，

想起了钱塘的太夫人。

离家时太夫人曾把酒敬,

嘱咐我好好照看旧主人。

不料想他今日身遭不幸,

我有何面目去见那莫氏堂上三代的先灵？老夫人哪！

（酌酒,饮,接唱）

三杯酒下咽喉实难平静,

想起了文禄小娇生。

你今日盼、明日盼。

盼来盼去,把为父盼到了枉死城。

可怜你,三岁亡母、七岁丧父、孤苦伶仃,有谁照应？

你不该投生在奴才的家门,我的儿啊！

（酌酒,又饮,接唱）

四杯酒下咽喉心中不忿,

无过犯为什么惨遭非刑？

常言道蝼蚁还惜命,

我真是枉到人间走一程。

（接唱）

我今日替主一死乃是大幸,

我不哭,我还要大笑三声,

大笑三声！！

哎呀,想我莫成,为奴一世,今日替我家主人一死,乃是一桩喜
事,必须要大笑三声！哈哈！哈哈！啊哈哈哈……

哈哈哈……

哈哈哈……

〔莫成手执酒壶,倒酒,一饮而尽,步履踉跄,下。

〔副末上。

副　末　（唱）

五杯酒下咽喉他昏迷不醒,

转眼间到五更犬吠鸡鸣。

这是他平生首次把酒饮，

也是他最后一次手握酒瓶。

临死前他还要三声大笑，

笑声凄厉不可闻，不可闻。（下）

第八场　　法　　场

〔四龙套引戚继光上。

戚继光　（念）

黄沙漫漫古法场，

碧血淋淋杀人桩。

本镇，戚继光。奉了严大人之命，监斩莫怀古。刀斧手！

刀斧手　（内）有！

戚继光　将莫怀古绑上来！

刀斧手　（内）啊！

〔二刀斧手绑莫成上。雪艳、张龙、郭仪随上。

〔一禁卒背桶上。

戚继光　二位公差看得真？

张　龙
郭　仪　看得真。

戚继光　见得明？

张　龙
郭　仪　见得明。

戚继光　将莫怀古绑好了！

刀斧手　啊！

〔刀斧手与莫成插招子。

莫　成　天哪，天！想我莫——

戚继光　刀斧手，将莫怀古绑好了！

326

刀斧手　啊！

莫　成　想我莫——

雪　艳　哎呀老爷呀，事到如今，你那心中要放明白些！

莫　成　想我莫莫莫莫……怀古，死的好难瞑目也！

戚继光　斩！

刀斧手　啊！

〔刀斧手推莫成下。斩讫，捧装了人头的木桶上。

戚继光　二位上差，这是你们的下场。（回文）

　　　　本镇叩回严大人的金安！

张　龙
郭　仪　谢大人！

戚继光　众将官！回衙去者！

　众　　啊！

〔同下。

〔副末上。

副　末　（念）

　　　　　　繁弦急管一时停，

　　　　　　此时无声胜有声。

　　　　　　唱罢悲歌《一捧雪》，

　　　　　　北邙山上草青青。（下）

（全剧终）

注　释

① 本京剧剧本原载《新剧本》1986 年第五期。初收《汪曾祺文集·戏曲剧本卷》，江苏文艺出版社，1993 年 9 月。其"前言"曾收入《晚翠文谈》，浙江文艺出版社，1988 年 3 月。

327

大 劈 棺①

人物：观音

小鬼（八人）

扇坟少妇

庄周

田氏

春云

棺材匠

伙计（即小鬼）

二百五

一百八

楚王孙

女鬼（领舞者为扇坟少妇）

场次：第一场　扇　坟

第二场　撕　扇

第三场　幻　化

第四场　吊　孝

第五场　怀　春

第六场　成　亲

第七场　劈　棺

第八场　尾　声

第一场　扇　坟

〔小鬼上，舞蹈。

〔观音上。

观　音　（唱）

开辟鸿濛，万物滋生，

或为圣贤，或为蝼蚁。

受气成形，

偶然而已。

你是谁？谁是你？

人应该认识自己。（小鬼合唱）

霎时间九烈三贞，

霎时间七情六欲。

暮楚朝秦，

人各有志。

你是谁？谁是你？

人应该认识自己。（小鬼合唱）

蝴蝶梦为庄生，

庄生梦为蝴蝶。

是梦是真，

疑非疑是。

你是谁？谁是你？

人应该认识自己。（小鬼合唱）

〔观音、小鬼下。

〔扇坟少妇上。

少　妇　丈夫,你撇得我好苦也!

　　　　　（唱）

　　　　　　　实指望少年夫妻,

　　　　　　　终生作伴,

　　　　　　　谁知你一病奄奄,

　　　　　　　半路里把我闪。

　　　　　　　你叫我靠谁吃饭,

　　　　　　　怎办得柴米油盐开门七件?

　　　　　　　况且我正青春,一朵鲜花才绽,

　　　　　　　怎耐得枕只衾寒孤孤单单。

　　　　　　　冷淡,

　　　　　　　难堪。

　　　　　　　我待要反穿罗裙,一步向前,

　　　　　　　怎奈丈夫有遗言,

　　　　　　　若要改嫁,

　　　　　　　须待他坟土干。

　　　　　　　这新坟湿土,

　　　　　　　几时才能干。

　　　　　　　因此上,手执聚头折扇,

　　　　　　　来把坟扇。

　　　　　〔少妇扇坟。

　　　　　〔庄周上。

庄　周　（唱）

　　　　　　　闲步荒郊,

　　　　　　　白杨何萧萧,

　　　　　　　见累累荒坟侵古道,

　　　　　　　不由人万念俱消。

　　　　　　　什么是大,什么是小?

　　　　　　　什么是寿,什么是夭?

任凭你生前花花哨哨,热热闹闹,

到头来都听蛐蛐叫。

休烦恼,

且踏遍连天衰草。

正行间,

见一个妇人,一身重孝,

手拿着纸扇儿扇坟,

甚是蹊跷。

看那旁有一妇人,身穿重孝,手拿纸扇扇坟,不知是何原故,不免问个明白。

喊,小娘子,你在这里做什么?

〔少妇不应。

庄　周	是个哑巴?再去问来。喊,小娘子,你在这里做什么?
少　妇	扇坟。
庄　周	扇坟?我倒从来没有见过这样的事情。这坟里是你的什么人?
少　妇	是我丈夫。
庄　周	丈夫?你为何扇坟?
少　妇	只因我们夫妻,恩恩爱爱,实指望一杆子扎到底。没想到他得了急病,死了。是他临死留下遗言,说得等他坟土干了,我才能改嫁。这新坟湿土,多会才能干哪?故此,我用扇子扇它。
庄　周	你要改嫁,等不及了?
少　妇	耽误一天是一天!
庄　周	我说小娘子,你也太死心眼了。你丈夫已经死了,死了就什么也不知道了,他知道坟土干没干?你要嫁,就嫁得了,管他坟土干不干。
少　妇	那不行,我答应过他,说话得算话。
庄　周	这一妇人,又似有情,又似无义,两头占着理儿!也罢,看你的手腕,如此娇弱,一扇子才多大点风?我来帮你扇扇,你看

如何？

少　妇　如此有劳了！

　　　　〔庄周接扇。

　　　　〔小鬼上。

　　　　〔庄周、少妇、小鬼舞蹈扇坟。

小　鬼　扇！扇！扇！

　　　　干！干！干！

　　　　〔坟干，小鬼下。

庄　周　干了！

少　妇　先生，你是个好人！这把扇子送给你吧！

庄　周　送给我了？

少　妇　送给你的夫人吧。没准她用得着。再见！

庄　周　慢些走。

少　妇　我可等不及了！（急下）

庄　周　（看扇）哦，扇子上还写着四句诗。（念）

　　　　　　"夫妻本是同林鸟，

　　　　　　莫笑奴家扇新坟。

　　　　　　先生要解其中意，

　　　　　　回家试问眼前人。"

　　　　满纸荒唐！（下）

第二场　撕　　扇

　　　　〔田氏执斧上。

　　　　〔簪花，照镜，顾影自怜。扔花，摔镜。

田　氏　（唱）

　　　　　　唉！

　　　　　　闷闷悠悠，

332

无尽无休，

没兴嫁庄周。

我：田氏。嫁与庄周为妻。这位老先生啊！（接唱）

性情怡，

脾气拗。

楚威王聘他为官，

他不就，

他说是不愿作牺牛，披文绣，

甘愿在泥沟里沤。

这年头，不做官，吃什么？（接唱）

多亏了亲戚故旧，

不时的馈送些粮糗。

老先生啊！（接唱）

不吃肉，不饮酒，

不吃五荤葱蒜韭，

直饿得面黄肌瘦，

有什么力气枕上绸缪。

坑杀人也庄子休！

他整天到处闲遛，百事不管，就连挑水劈柴，也都推给了我，

唉！（接唱）

这一柄铁斧头纯钢淬就，

一片寒光冷飕飕。

也不砍红桃绿柳，

只劈这青松绿槐乌桕。

〔斧刃伤手。

哎呀！（接唱）

不留神，

伤了纤纤手，

红溅青衫袖。

田氏呀！（接唱）

　　　　原来你也是一个人，

　　　　有血有肉！

这是我命该如此！（接唱）

　　　　嫁鸡随鸡，

　　　　嫁狗随狗，

　　　　嫁一块石头抱着走！

　　　　这也是人生一世，

　　　　草生一秋！

　　　　休！休！

　　　　明日黄花蝶也愁！

　　〔鼓乐声。轿夫——即小鬼抬花轿过场。

轿　夫　（唱）

　　　　一顶花轿红嘟嘟，

　　　　丹凤朝阳缀流苏。

　　　　抬过多少黄花女，

　　　　抬过多少二婚的小寡妇。

　　　　一顶花轿红嘟嘟，

　　　　大姑娘上轿都要哭。

　　　　昨日犹是娘边女，

　　　　待晓窗前拜舅姑。

　　　　一顶花轿红嘟嘟，

　　　　大姑娘上轿都要哭。

　　　　姑娘姑娘哭什么？

　　　　不知道他那东西有多粗。

　　〔田氏倚门而望，若有所思。

庄　　周　（内）走啊！（上唱）

在荒郊遇见了扇坟少妇，

扇子上哑谜儿恍恍惚惚。

〔入门。

田　氏　先生回来了？

庄　周　回来了。我口渴，给我打杯茶来。

田　氏　春云！

春　云　（内应）来啦！（上）

我叫春云，是个书童。伺候先生，抄写《南华经》。方生方死，方死方生。抄得我手指头发硬，腿肚子转筋。肚子饿了，想吃点心。师娘唤我何事？是不是下山买两个烧饼？

田　氏　给先生打杯茶来。

春　云　是啰。

〔下，捧茶上。下。

庄　周　一日夫妻百日恩，

一朝恩尽似春水。

喜乐挽歌纷纷乱，

世间难测是人心。

唉！

田　氏　先生闲逛回来，为何发此感慨？

庄　周　你看看这个。（递扇）

田　氏　是一把白纸折扇。现在不是扇扇子的时候。这把扇子是怎么到你手里的？

庄　周　是一个小寡妇送给我的。

田　氏　小寡妇？瞧你这岁数，还能和小寡妇搭咯上了？看你面黄肌瘦，两腮无肉，原来是老不正经！

庄　周　不是啊！

田　氏　不是？那你说！

庄　周　是我今日，闲步荒郊，见荒坟累累，正在感叹，忽然看到一桩蹊跷的事儿……

田　氏　什么蹊跷事儿？

庄　周　见一个少妇，在那里扇坟。

田　氏　扇坟？你该问问她是怎么回事。

庄　周　是我问道：你在这里做什么？——扇坟！——为什么扇坟？她说是，坟里是她的丈夫，死了还不到半拉月。他们小夫妻相亲相爱，不想他身得暴病，——

田　氏　死啦？

庄　周　死了。他临终之前，留下几句遗言，说他的媳妇，年轻轻的，不能守寡。

田　氏　说的也是。

庄　周　但念在夫妻一场，得等他坟土干了，才能改嫁。

田　氏　那为什么？

庄　周　你问我，我问谁？这新坟湿土，几时才能干？

田　氏　又赶上这些日子都是连阴天。

庄　周　因此上，她用这把小扇儿天天来扇。

田　氏　这个小娘们，可真有你的！你看她扇啦，后来呢？

庄　周　我看她手腕娇弱，没有力气，就帮她扇了几扇。

田　氏　多管闲事！

庄　周　我帮她扇了几扇，干了！

田　氏　坟土就干了？你有这么大能耐。

庄　周　有两下子。那小寡妇欢欢喜喜，改嫁去了。临行之时，把这把扇子送给了我。

田　氏　干嘛送你一把扇子？

庄　周　是送给你的。

田　氏　送给我？是什么意思？我看看，有字。

夫妻本是同林鸟，

莫笑奴家扇新坟。

先生要解其中意，

回家试问眼前人。

这四句诗分明是讥刺于我！什么伤风败俗的东西,我不要！
（扔扇）

庄　周　别扔呀！没准你用得着。

田　氏　你这是什么话！

庄　周　我已经这么大的岁数,老嫌春寒秋后热,没有多长的日子。我
　　　　死之后,你还能不改嫁吗？你要是等不及,就用这把扇子把我
　　　　的坟土扇干。

田　氏　庄先生！庄子你！
　　　　你说话好没来由！
　　　　我这些年侍奉箕帚,
　　　　淡饭粗茶免怨尤。
　　　　你活着,我也只是孤眠独守,
　　　　你死后,
　　　　倒耐不得花月春秋？
　　　　说什么少妇扇坟,
　　　　全是你胡诌！
　　　　你从哪里弄来柄破扇儿,
　　　　来把我怄！（撕扇）

庄　周　我死后你不嫁人？

田　氏　梦里也有三分志气！

庄　周　你敢发誓？

田　氏　倘若我别抱衾绸,死后白骨无人收！

庄　周　好,好,好！哎呀！（忽然昏厥）

田　氏　先生！先生！——春云快来！
　　　　〔春云急上。

田　氏　先生不好了！

春　云　这是怎么话儿说的,说不行就不行了。
　　　　〔田氏、春云扶庄周下。

第三场 幻 化

〔棺材匠上。

棺材匠 人人都盼我的买卖不兴旺,

——为什么?

不才是个棺材匠,

棺材匠,眼睛亮,

看见行人就打量。

谁多高,谁多胖,

心里都有一本账,

什么壳子什么瓢,

装上保险不游荡。

不是我的眼睛和人不一样,

只怕是临时现做不赶趟。

〔春云上。

春 云 掌柜的!

棺材匠 买什么?

春 云 上你这儿还能买什么! 买棺材。

棺材匠 谁死啦?

春 云 庄先生。

棺材匠 哟,他可从来没有死过呀! 我这儿可没有给他预备合适的。

庄先生个子高,我这儿的现货都短了点儿。

春 云 凑合吧,叫他蜷着点腿儿。

棺材匠 那行! 你挑吧。

春 云 这口吧。你这棺材是凉的还是热的?

棺材匠 凉的热的?

春 云 我们师娘让我买什么都要热的。包子、花卷、烧饼、油条,都得

338

是刚出锅的,热的。

棺材匠　那你摸摸看。

春　云　(探手入棺)唔,有点温和气儿。掌柜的,哪儿有卖童男童
　　　　女的?

棺材匠　纸人?我这儿就有哇。

春　云　我瞧瞧。

　　　　〔伙计扛童男童女上。

春　云　这么大个呀?行哎!多少钱?

棺材匠　童男三百钱,童女二百钱。

春　云　打个折扣。童男二百五,童女一百八。我闹套烧饼麻花吃。

棺材匠　好,依你!

春　云　(数钱)二百五,一百八。

棺材匠　下回光顾。

春　云　你这是怎么说话!——二百五、一百八、四百三,合着这棺材
　　　　没要钱!走,伙计们,抬棺材!

　　　　〔伙计——即小鬼上。

春　云　闲人闪开,刚出锅的热棺木来啦!

伙　计　(唱)

　　　　　　薤上露,何易晞,
　　　　　　人命不知朝与夕。
　　　　　　才见日头出东海,
　　　　　　转眼又见日平西。
　　　　　　噫戏,
　　　　　　噫戏!

　　　　　　薤上露,何易晞?
　　　　　　树老焦梢叶儿稀。
　　　　　　为人全仗三寸气,
　　　　　　终归还成一块泥。

　　　　　　　　噫戏,

　　　　　　　　噫戏!

　　　　　　　　薤上露,何易晞,

　　　　　　　　死别何必太凄凄。

　　　　　　　　倘若老人都不死,

　　　　　　　　要吃多少高粱饴?

　　　　　　　　噫戏,

　　　　　　　　噫戏!

春　云　到了到了!哥儿几个,帮帮忙,把庄先生盛殓起来。

　　　　〔抬出庄周尸身,装殓。

伙　计　停在哪儿?

春　云　就停在南华堂。待我把灵堂布置布置。劳驾,搭把手,把二百
　　　　五、一百八放在椅子上。

　　　　〔放下孝幔。

春　云　这是你们的酒钱。

伙　计　我们要给庄先生祭奠祭奠。

春　云　祭奠祭奠?好!祭奠祭奠。

伙　计　(点香烛;跪拜,念)

　　　　　　　　庄先生呀庄先生,

　　　　　　　　你是一个古怪人。

　　　　　　　　同大小,齐死生,

　　　　　　　　整天鼓捣南华经。

　　　　　　　　你说话,人不懂,

　　　　　　　　人说话,你不听。

　　　　　　　　今日撒手归天去,

　　　　　　　　人死骨重真不轻。

　　　　　　　　你死之后要清净,

　　　　　　　　悄悄躺着别出声。

　　　　　别诈尸,别还魂,

　　　　　不要装神弄鬼吓唬人!

　　〔一百八直晃悠。

春　云　哟,一百八怎么站不住呀? 哪位劲儿大,帮我把她搭到后面
　　　　去,我给她修理修理。

　　〔伙计搭一百八下。复上。

伙　计　我们走啦。

春　云　慢走。

伙　计　再有用着我们的时候,言语一声。

春　云　不不不,用不着,用不着!

　　〔伙计、春云下。

　　〔庄周自孝幔后走出。

庄　周　(唱)

　　　　　棺材里打了一盹,

　　　　　忘不了少妇扇坟。

　　　　　我是一个幻影,

　　　　　她是一个真人,

　　　　　道德五千言,

　　　　　南华一卷经,

　　　　　谈无说有,

　　　　　都是鬼吹灯!

　　可笑田氏,被我言语所激,发下重誓。是我一时任性,装做假
死。本欲试探于她,一场游戏而已。棺材里躺了半日,才知道
这是我的不是。如今只好假戏真做,把戏演到底。

待我变做楚王孙,

前来拜望师父。

怎奈缺少一个童儿,

好好好,点他二百五。

二百五!

睁眼！（二百五睁眼）

转眼珠！（二百五转眼珠）

点头！（二百五点头）

摇头！（二百五摇头）

伸左胳臂！（二百五伸左胳臂）

伸右胳臂！（二百五伸右胳臂）

说话！（二百五张嘴无声）

哦，你没有舌头

（空中飞鸟鸣声）

待我摘取飞鸟舌头，与你安上。

（摘鸟舌，植入二百五的口中）

二百五　（说话）啊！啊！啊！

　　　　〔二百五跳下椅子。

二百五　师父，你把我点化成人，哪厢使用？

庄　周　为师要幻化成为楚王孙，要你化成一个童儿。

二百五　您变得了吗？

庄　周　一变二变，王孙出现。

　　　　〔庄周化为楚王孙。

二百五　真行！

庄　周　二百五！带马！

二百五　马来啦！

　　　　〔庄周跨马下。

二百五　嗨，师父，您慢着点，我这衣服是纸的，风一吹就撕个大口子！

第四场　吊　　孝

　　　　〔田氏上。向庄周灵牌跪拜。

田　氏　先生啊！（唱）

我和你虽不是比翼鸳鸯，

总还是夫妻一场。

镇常是少言无语过一晌，

可毕竟有一个活人在身旁。

看惯了你那满面风霜的旧模样，

听惯了你的咳嗽声，脚步响。

到如今你撒手归泉壤，

我成了折脚雁，失意的孤孀。

这几间老屋显得那么空荡荡，

不动的炉香，

难落的太阳，

这日子怎么那么长！

〔春云暗上。

〔扇坟少妇上。

少　妇　脱却孝服换红裙，

前来拜谢庄先生。

里面有人么？

田　氏　春云，外面有人。

春　云　有人？谁？这时候来凑热闹！（出门）是个娘们，不认识。你
找谁？

少　妇　我找庄先生。

春　云　找他什么事？

少　妇　前几天，他帮我扇干了前夫的坟土，特来向他道谢。

春　云　你就是在荒郊野外扇坟的小寡妇？那你现在——（打量少妇
的装束）

少　妇　已经改嫁了。

春　云　这么快！我告诉你，庄先生亡故了。

少　妇　已故了？

春　云　死了。

少　妇　那你给师娘回一声,说我要到庄先生灵前祭奠。

春　云　那你等着。(入门)回禀师娘,外面是一位女客。

田　氏　女客?——不见。

春　云　就是那个扇坟的小寡妇。

田　氏　扇坟的小寡妇?

春　云　她要到师父灵前祭奠。

田　氏　容她一祭。——我倒要看看这小寡妇什么模样! 有请!

春　云　有请!

　　　　〔少妇进门,跪拜。

少　妇　(唱)庄先生呀庄先生,

　　　　　　多谢你帮我扇坟。

　　　　　　我如今已经改素服,

　　　　　　换红裙。

　　　　　　我那前夫的继任,

　　　　　　模样好,性格儿温存。

　　　　　　特来告慰,您那在天之灵。

　　　　　　您死后有知,请您多保佑,

　　　　　　保佑我从二而终,不再扇坟。

春　云　我只听说"从一而终",没听说过"从二而终",你可真是新鲜!

少　妇　(与田氏见礼)见过师娘。

田　氏　不敢。(背躬)好一位标致的小媳妇,难怪她要扇坟。

春　云　标致的小媳妇,就难怪扇坟;那难看的小媳妇就扇不得?

田　氏　那当然。

春　云　这是什么王法!

少　妇　请问师娘,师父几时安葬?

春　云　须待过了尽七。

少　妇　七七四十九天?

春　云　六七开吊、尽七发表,这是规矩!

少　妇　太长了!

春　云　都跟你似的,等不了半拉月!

少　妇　师娘,我送你一样东西。

田　氏　什么?

少　妇　这个。

田　氏　扇子?

少　妇　您许用得着。

田　氏　(怒唱)

　　　　　你,你,你,太无礼!

　　　　　怎敢上门,把我嘲戏!

　　　　　我本是玉壶冰,清到底。

少　妇　未必!

田　氏　(接唱)怎似你萝卜快了不洗泥!

少　妇　樱桃桑椹,货卖当时。

田　氏　恼一恼,我就撕——

春　云　撕!撕!撕!

少　妇　(念)我是好意。

田　氏　(念)放在那里。

春　云　坏了。

少　妇　告辞。

田　氏　无须!

　　　　　〔少妇下。春云下。

　　　　　〔田氏展扇,独舞。

　　　　　〔田氏颓然伏椅。

　　　　　〔春云上。

春　云　唔!(盹睡)

　　　　　〔楚王孙、二百五上。

楚王孙　(唱)滔滔世上人,

　　　　　　　形质皆无定。

　　　　　　　谁都有个身外身,

影中影。

既化作楚王孙，

便当有些风流行径。

但把定脚跟，

休迷本性。

来此已是。前去问灵，这里可是庄先生府上。

二百五　里面有人吗？这里是不是庄先生府上？

春　云　明知故问！是哪一位？（出门，见二百五）唔？这人好面熟，怎么像是二百五呀？（盯着二百五看，"推磨"）

〔二百五进屋，仍旧站在椅子上。

春　云　（看二百五）唔？（复出门）这位公子，您有什么事？

楚王孙　我乃楚国王孙，仰慕庄先生的道德文章，曾与庄先生有约，愿来拜他为师，朝夕问道。

春　云　庄先生死啦。

楚王孙　哦，庄先生仙去了！

春　云　他先去了，您跟着来吧。

楚王孙　前去对师母言讲，说我与庄先生有师生之谊，要去灵前祭奠。

〔春云进门，二百五乘机出门，仍随楚王孙身后。

春　云　（看空椅）唔，怎么又没啦？回禀师娘，外面有楚国王孙，说是和先生有师生之谊，要到灵前祭奠。

田　氏　我居丧服孝，不见远客，请他自己到南华堂祭奠。（下）

春　云　公子，我们师娘居丧服孝，不见远客，请你自己去南华堂。随我来。

〔楚王孙至南华堂。

楚王孙　先生，学生远道而来，未能见先生一面，真是终生之憾也。

〔二百五燃香烛，楚王孙跪拜。

二百五　蜡烛一对，

薄酒三杯，

蝴蝶死，

纸钱灰，

抚棺恸哭——无泪。

叩头的是你，

受头的也是你，

一出一进，

两不吃亏。

楚王孙　（对二百五）回禀一声，我要面见师娘。

二百五　（对春云）回禀一声，公子要面见师娘。

春　云　回禀师娘，楚王孙要面见你，见是不见？

田　氏　（在孝帏后）我重孝在身，不见生人，何况是男女有别。

春　云　（对二百五）师娘重孝在身，不见生人，何况男女有别。

二百五　（对楚王孙）师娘说，重孝在身，男女有别，不见。

楚王孙　我与庄先生有师生之谊，自古通家之好，妻妾不避，我还有一
　　　　事，要面请师娘。

二百五　通家之好，妻妾不避。

春　云　通家之好，妻妾不避。

二百五　公子还有一事。

春　云　公子还有一事。

二百五　要面请师娘。

春　云　要面请师娘。——这等麻烦！你自己去说，不就完了！

田　氏　春云，展起孝帏。

春　云　是啦。

　　　　〔田氏走出孝帏。

楚王孙　拜见师娘。

田　氏　不敢。

　　　　〔二人注视良久。

田　氏　好一个俊俏的楚王孙。

楚王孙　好一个守孝的未亡人！

春　云　嗨嗨嗨，看两眼就够了！哪有这么死乞白咧的！

田　氏　（羞）请问王孙，有什么事要跟我说的？

楚王孙　先师死后，可曾留下什么典籍？

田　氏　有《南华经》数卷。

楚王孙　《南华经》，乃是绝世奇文！啊师娘，学生愿借尊府空屋一间，

　　　　暂住三月，也好揣摩诵读《南华经》，不知道能应允否？

田　氏　就请住在庄先生书斋之中。

春　云　三个月？三年也成！

田　氏　春云，打扫书斋，好让王孙安歇。

春　云　是啰。

田　氏　要茶要水，只管言语。

楚王孙　多谢师娘。

田　氏　早晚天凉，多加一件衣裳。

楚王孙　学生自会小心。

田　氏　昼夜攻书，不要过于辛苦。

楚王孙　知道了。

春　云　没完了！请吧！

　　　　〔田氏下，楚王孙继下。春云、二百五下。

第五场　怀　　春

　　　　〔月移花影。

　　　　〔田氏上。

田　氏　（唱）夜深人静，

　　　　　　　花香月影。

　　　　　　　山村无更鼓，

　　　　　　　起看三星。

　　　　　　　要睡何能睡稳，

　　　　　　　信步闲庭。

庄　周　（内唱）

　　　　夜深入静，

　　　　花香月影。

　　　　是何人闲步，

　　　　袅袅婷婷？

　　　　原来是景色撩人，

　　　　有女怀春。

田　氏　（唱）自见了楚王孙，

　　　　情不自禁。

　　　　恨不得纵体入怀，

　　　　便和他亲。

　　　　初相识，

　　　　不识浅和深。

　　　　知他是，

　　　　风流种，

　　　　少年老成？

　　　　未必他心似我心。

　　　　他还没有睡，

　　　　屋里亮着灯。

　　　　我待要上前敲门，

　　　　知道他肯不肯？

　　　　我身上一时热，

　　　　一时冷。

　　　　脚底下一步儿重，

　　　　一步儿轻。

　　　　停停走走，

　　　　走走停停。

庄　周　（内唱）

　　　　妇人家水性，

天生来一段柔情。

这一场恶作剧，

未免过分。

罢罢罢，

得饶人处且饶人，

不为已甚。

且容她猛回头，

深自省。

〔窗中现出庄周影。

田　氏　（惊怖）

呀！

（唱）莫非是我眼晕，

忽瞥见亡夫影？

吓得我汗津津，

脚步儿移不得一寸。

（鸡鸣）

猛听一声鸡鸣，

顿觉苍苔露冷，

一阵羞难忍，

急忙把身退。（下）

第六场　成　　亲

〔春云上，焚香击磬。

〔田氏上。

田　氏　（唱）庄先生怎会出现在书斋内，

我这是疑心生暗鬼！

枕席如水，

害得我一宵没睡。

越想楚王孙，

越觉得美。

倘若与他成婚配，

九死不悔！

庄　周　（内唱）

她若是知道羞愧，

我也就一眼睁，一眼闭，

从此云游去不归。

只怕她马到悬崖不后退，

这台戏还煞不了尾。

田　氏　春云，唤公子的童儿前来！

春　云　公子的童儿？二百五？二百五，师娘叫你！

〔二百五上。

二百五　又怕碰，又怕挤，

衣服脏了没法洗。

忽然起了一阵风，

把我刮在云端里。

师娘唤我何事。

田　氏　与你家公子传话。

二百五　传话？

田　氏　我有话告诉春云，春云告诉你，你再告诉公子。

二百五　鹅脖子，大转弯！好。您说吧。

〔楚王孙暗上。

田　氏　请问公子贵庚？

春　云　请问公子贵庚？

二百五　桂根！他没有桂根，只有桂皮。

春　云　多大年纪！

二百五　请问公子今年多大了？

楚王孙　　学生虚度二十有三。

二百五　　二十三岁。

春　云　　公子今年二十三岁。

田　氏　　可曾完婚？

春　云　　娶了媳妇没有。

二百五　　问您成了家没有。

楚王孙　　尚未婚娶。

二百五　　没娶媳妇。

春　云　　他还是个童男子。

田　氏　　却是为何？

春　云　　却是为何？

二百五　　是怎么回事？

楚王孙　　高不成，低不就。

二百五　　挑花了眼了。

春　云　　没有称心如意的人。

田　氏　　但不知公子要一个什么样的人哪？

春　云　　公子要挑一个什么样的人？

二百五　　您要挑一个什么样的人？

楚王孙　　倘若年貌近似师娘，于愿足矣。

二百五　　要长得跟师娘相似。

春　云　　要跟您差不离。

田　氏　　我给他保一个媒，不知道他中意不中意。

春　云　　师娘要给公子保媒。

二百五　　师娘要给你介绍一个。

楚王孙　　莫非是师娘的亲戚、姊妹？

二百五　　是师娘的亲戚、姊妹？

春　云　　是您的亲戚？

田　氏　　不是的。

春　云　　姊妹？

352

田　氏　也不是的。

春　云　那是谁？

田　氏　就是师娘自己。

春　云　哎哟哎哟,你可真不害臊,哪有自己给自己保媒的！——就是
　　　　师娘自己。

二百五　就是师娘自己。

楚王孙　伐薪不用斧,

　　　　甚似扇坟土,

　　　　如此急色人,

　　　　堪入无双谱！

　　　　哈哈哈哈……

二百五　哈哈哈哈……

春　云　哈哈哈哈……

田　氏　他乐什么？问问他,答应不答应。

春　云　答应不答应？

二百五　答应不答应？

楚王孙　此事有三不可。

二百五　这一——

楚王孙　我与庄先生有师徒之分。

二百五　二——

楚王孙　师娘孝服在身。

二百五　三——

楚王孙　我只身前来,行李在后。一时之间,难办聘礼。

二百五　我们公子言道,有三不可。

春　云　三不可！

田　氏　这一——

二百五　他与庄先生有师徒之分。

春　云　师徒之分。

田　氏　先生在日,他们是师徒。先生死后,就不是师徒了。

二百五　师娘孝服未满。

春　云　你的孝服未满。

田　氏　守制服孝,可长可短,三年不算长,一天不算短。

二百五　公子行李在后,难办聘礼。

春　云　来不及办聘礼。

田　氏　纳聘乃是俗礼,一概不要。

春　云　不要聘礼。

二百五　连一片茶叶都不要你的。

楚王孙　还要依我三件大事。

二百五　哪三件?

楚王孙　一要全堂鼓乐。二要夫人脱白穿红。三要推倒灵牌,即刻成亲。

二百五　公子说还要依他三件大事。

春　云　三件大事。

二百五　一要全堂鼓乐。

春　云　全堂鼓乐。

田　氏　依得。

二百五　夫人要脱白穿红。

春　云　脱白穿红。

田　氏　依得。

二百五　推倒灵牌,即刻成亲。

春　云　推倒灵牌,即刻成亲。

田　氏　依得!依得!依得!

楚王孙　更衣!

〔楚王孙、田氏、二百五下。

春　云　乐工走上。

〔乐工——即小鬼上,奏乐舞蹈。

〔二百五搀楚王孙,一百八搀田氏上。

春　云　(赞礼)伏以:

这个娘们胆子大，

做事不怕旁人骂。

自己说媒自己嫁，

真是一场大笑话。

一拜天地，

二拜高堂，

夫妻交拜，

送入洞房。

〔饮交杯酒。

田　氏　公子请！

楚王孙　夫人请！

（唱）燕婉新婚，

不是新人是旧人。

灯光下，

见田氏打扮得格外精神。

我和她几年来相敬如宾，

饮清泉，

吃烙饼，

从不见她玉面朱唇，这般娇嫩。

庄先生呀庄先生，

守着个如花美眷，

你讲什么寡欲清心，

著什么《南华经》！

你真是枉做一世人，

白长了一对眼睛！

只在今晚，

我要开一次荤，

和她好好地温存温存。

啊？我这是怎么啦？

355

怎么会胁下生风，

脚下坐云，

脐下三寸，

热气氤氲？

哦，我是喝了酒了。

酒助春兴，

折腾得我忘乎所以，不知所云！

我到底是庄夫子？

还是楚王孙？

快醒醒，醒醒，

老伙计，庄先生，

你可别迷了本性，

弄假成真！

田　氏　（唱）你与我松纽扣，

解罗裙，

笑吟吟，

展香衾。

〔扶入罗帏。

楚王孙　（大叫）哎哟！

〔田氏出帐。

田　氏　来人！

〔二百五、春云上。

田　氏　（问二百五）你家公子怎么了！

二百五　他得了暴病。

田　氏　是新病是老病？

二百五　旧病复发。

田　氏　可有药治？

二百五　百药都有，缺少药引。

田　氏　什么药引？

二百五　活人脑髓。

田　氏　活人脑髓,哪里去找?

二百五　往日在楚国京城,每逢公子犯病,便从大牢里提出待决死囚,
　　　　砍头取脑,热酒冲服,便可痊愈。

田　氏　这这这,哪里去找活人脑子呀?……活人脑子没法找,这死人
　　　　的行不行?

二百五　只要不过七七四十九天,脑髓尚未干枯,也能凑合。

田　氏　有唻!庄先生死去,未满一七,脑髓还是新鲜的。

二百五
春　云　你要劈棺取脑?!

田　氏　好好照看公子,待我劈棺!(下)

二百五　这娘们——

春　云　真够狠的!

第七场　劈　　棺

〔女鬼舞蹈。

田　氏　(内唱)月色凄迷,(上)
　　　　(唱)阴风阵阵透人衣。

　　　　　　为救公子,
　　　　　　灵堂把棺劈。
　　　　　　我今日所为,
　　　　　　必定有人挑剔。
　　　　　　挑剔就挑剔,去他娘的!
　　　　　　只为了一世欢娱,
　　　　　　哪管他千夫所指。
　　　　　　心急只恨步行迟。

　　　　　　(摔了一交)

喔哟！

这一交摔了我一个半死，

磕破了双膝。

（登椅，复跃下）

我和他究竟是结发夫妻，

怎忍心开棺露体，

一斧当头劈？

且从容思虑，

别想个主意。

楚王孙　（内）疼煞我也！

田　氏　（唱）事急矣，

　　　　　　不能再犹豫。

　　　　　　舍不了死的，

　　　　　　就救不了活的。

　　　　　　（磨斧，登桌）

　　　　　　庄先生，庄夫子，

　　　　　　只好叫你委屈委屈，

　　　　　　借你的脑髓，

　　　　　　当他调药剂。

　　　　　　你死后无知，

　　　　　　早咽了一口气。

　　　　　　区区脑髓，

　　　　　　留之也无益，

　　　　　　白便宜了地下的虫蚁。

　　　　　　我这里倾全力钢斧一举——

　　　　〔庄周推棺坐起。

庄　周　是何人将我的灵柩劈！

　　　　〔田氏从桌上翻下。

庄　周　你是何人？

358

田　氏　你妻田、田、田氏。

庄　周　为何手执利斧,劈开我的棺木?

田　氏　……有一个术士,说你今日还阳,故尔手执利斧,劈开棺木。

庄　周　为何脱白穿红?

田　氏　先生还阳,乃是喜事。

庄　周　你喝了酒了?

田　氏　喝喝喝了一杯。

庄　周　可有人与你同饮?

田　氏　没没没没有别人。

庄　周　你房中案上为何有两副杯筷?

田　氏　那一副是给你预备的。

庄　周　我死之后,可有外客前来?

田　氏　没没没没有外客。

庄　周　你来看!

　　　　〔楚王孙出现。

　　　　〔庄周一挥袖,楚王孙隐去。

庄　周　我即是他,

　　　　他即是我。

　　　　可一可二,

　　　　可分可合。

田　氏　(恍然大悟)

　　　　好你个庄先生,

　　　　你真想得出,

　　　　做得出!

　　　　我只说你是无疾而终,死得利索,

　　　　原来你插圈弄套,

　　　　百般的捉弄我!

　　　　我如今恶名扬,丑声播,

　　　　你叫我怎么做人? 怎么活?!

罢！

〔田氏持斧自刎。

〔庄周夺过斧头。

庄　周　不必如此。

（唱）细思量，

不是你的错。

原来人都很脆弱，

谁也经不起诱惑。

不但你春情如火，

我原来也是好色不好德。

想男女交合，

本应是琴瑟谐和，花开两朵。

老夫少妻，

岂能强凑合。

倒不如松开枷锁，

各顾各。

从今后，

你是你，

我是我。

你要爱谁就爱谁，

愿跟谁过就跟谁过。

我这就打点行囊包裹，

浪迹天涯，神游六合。

你也解脱，

我也解脱。

（取出纸扇）

这一柄纸扇儿给你留着，

扇一扇，可也是日丽风和。

〔庄周翩然而下。

田　氏　庄先生！庄先生！（展扇轻扇）

尾　声

〔庄周、田氏、楚王孙、扇坟少妇、二百五、一百八、小鬼、女鬼。

〔歌舞。

歌　词　宇宙洪荒，开天辟地，

　　　　或为圣贤，或为蝼蚁，

　　　　赋气成形，偶然而已，

　　　　谁也没有什么了不起。

　　　　你是谁，谁是你，

　　　　人应该认识自己。（三次重复）

1989 年旧历大年初一

注　释

① 本戏曲歌舞剧剧本原载《人民文学》1989 年第八期。初收《汪曾祺文集·
戏曲剧本卷》，江苏文艺出版社，1993 年 9 月。

1992 年

讲　用^①

〔"文化大革命"期间。

〔某京剧团。舞台工作队学习室。

〔一张长桌,十几把椅子。

〔舞台工作队的同志已经坐好。

〔军宣队老田、马四喜、郝有才上。

老　田　开一个小会。事情大家已经知道。郝有才同志拿了人家四个
羊蹄(举起一个塑料袋,内装羊蹄)。问题不大,影响不好。
军宣队决定,让郝有才同志在小范围内做一次检查。大家帮
助他认识认识。现在,由马四喜同志介绍一下事情的经
过。——简短一些。

马四喜　若要人不知,除非己莫为。昨儿晚不响,下班之后,郝有才打
从清真食堂门前经过,见搪瓷大盘之中,有白煮羊蹄一堆,当
即抓取四只,装于塑料袋内,乘人多之际,并未付钱,出门就
走。被售货员发现,一把将其手腕攥住:"你给了钱了吗?"有
才回答:"给了。"售货员道:"你什么时候给的? ——我还没
约,你就给了!"有才吞吞吐吐,连说:"我现在给,现在给!"售
货员高声言道:"现在给? 晚了! 早干嘛去了?"以上情况,经
调查属实,并有旁证,核对无误。

舞工队员甲　有才,这可是你的不对了! 为了四个羊蹄,当场现丑,这
值得吗? 要是十个八个的,还,还说的过去。

舞工队员乙　你瞧你,穿了一身"板儿服",干出这种事,这不是给样板

团抹黑吗？

马四喜　（举起一本《雷锋日记》）你瞧人家雷锋，舍己为人，风格多高！你瞧你，什么风格！你简直的，没有格儿！你好好找找差距吧！拿人家四个羊蹄，四个羊蹄，能值多少钱！你这么大的人了，也不嫌寒碜。哎呦哎呦，可叫我说你什么好噢！

老　田　郝有才同志，你也说说。

郝有才　说说。我这叫"爱小"，贪小便宜。贪小便宜吃大亏！我怎么会贪小便宜？我打小就穷。我爸死得早，我妈是换取灯的……

老　田　什么是"换取灯的"？

马四喜　取灯就是早年间的火柴。换取灯的就是收破烂的。

郝有才　我打小什么事都干过。拣煤核、打执事……

老　田　什么是打执事？

马四喜　出殡时候的仪仗队。

郝有才　后来，我拉排子车。我力气小，驾不了辕，只能拉小绊。后来，我拉了两年洋车。后来，我给陈老板拉包月。

老　田　哪个陈老板？

马四喜　陈盛福，原先是"好角"，唱老生的。

郝有才　拉包月，倒不累，除了拉大爷上馆子——

老　田　上馆子？陈盛福爱吃馆子？

马四喜　上馆子就是上剧场。

郝有才　除了拉大爷上馆子，就是拉大奶奶上东安市场买东西……

老　田　不要说"大爷"、"大奶奶"。

郝有才　对！不说"大爷"、"大奶奶"。他是老板，我是拉车的，我跟他是两路人。除了……陈盛福爱吃红菜汤，他老让我到大地餐厅给他去端红菜汤，放在车上给他拉回来。我拉车，拉人，还拉红菜汤，你说这叫什么事！

老　田　不要离题太远，说说你对自己的错误的认识。

郝有才　对，说认识。好容易，解放了，我参加了剧团，我每月有了整收入,冻不着,饿不死了。这都亏了共产党呀——中国共产党万岁!

〔在场的人没想到他抽不冷子喊了一声口号,但立刻机械地,本能地而且充满激情地跟着他喊:"中国共产党万岁!"

郝有才　谢谢!这以后剧团归为样板团,咱们可是一步登天。"板儿服","板儿饭",真是没的说。西红柿焖牛肉!香酥鸡每人一只,没的说。可我居然干出这种丢人现眼的事,给样板团抹了黑。我对得起谁?(气势汹汹,咄咄逼人)你们说:我对得起谁?嗯?

老　田　还有谁要发言?

　众　　没有了!

老　田　郝有才同志的检查不够深刻,不过态度还是好的,也有沉痛感。对于犯错误的同志,我们不应该歧视他,而要热情地帮助他。对于任何人,都要一分为二。比如郝有才同志有缺点,也有优点嘛!比如,他每天上班,给大家打开水,这就是优点嘛,这也是为人民服务嘛。希望他发扬优点,克服缺点,争取做一名无愧于样板团称号的文艺战士。

郝有才　(问马四喜)食堂今儿中午吃什么?

马四喜　炸油饼。

〔郝有才意味深长地晃了晃脑袋。

老　田　散会!

〔毛主席著作讲用会场。巨幅毛主席画像。

〔群众已经坐好。老田提热水壶坐上主席台。其他军代表及班组长、马四喜入座。

老　田　同志们!今天毛主席著作讲用,由郝有才同志主讲。请马四喜同志介绍郝有才同志的先进事迹。

马四喜　同志们!昨日早晨,大家尚未上班,有才照例早到十分钟,有才照例提此水壶去到锅炉房打开水,不料于上楼梯拐角之处,一脚踩空,只听得砰的一声,壶胆瓶得粉碎。按例,有才可以收拾碎片,往总务科换领新胆。可有才同志不携碎胆前往总务科领取新胆,自己掏钱,到虎坊桥配购新胆一只,装于壶内。不声不响,若无其事。其高尚品德,实为难能可贵也。

老　田　同志们,郝有才同志前不久拿了人家四个羊蹄,受了批评,大家都知道。隔了没几天,他竟能斗私批修,做出这样的表现,事情不大,意义很深,这证明我团学习毛主席著作,取得显著的成绩,这是毛泽东思想又一次的胜利。现在,请郝有才同志讲用。

〔郝有才上。向毛主席像行九十度鞠躬,一次、两次、三次。

郝有才　(整理衣领,咳嗽)同志们!(众鼓掌)

郝有才　伟大领袖毛主席教导我们说——

〔众鼓掌。

郝有才　"瓶了,就瓶了!"

〔众愕然,忽爆发笑声。

〔军代表老田愕然,随即也大笑。

〔众大笑。

老　田　散会!

(剧终)

注　释

①　本喜剧小品剧本原载《新剧本》1992年第六期。初收《汪曾祺文集·戏曲剧本卷》,江苏文艺出版社,1993年9月。

1995 年

炮火中的荷花^①

一

黎明。

一箭粉红色的荷花。

荷花缓缓地展瓣。

一片荷花、荷叶。

荷花、荷叶。

荷叶的隙处,一双眼睛。尖锐、明亮的眼睛。

远处隆隆的炮声。

荷叶丛中飞出十几只水鸭子。

荷叶摇动。

荷丛中摇出一只小船。

撑船的是一个六十多岁的老人,瘦得像一只老鱼鹰,目光尖锐明亮。

炮声隆隆。

老人驻篙谛听。

"兔崽子们!"

老人用力一篙,小船贴水飞驶。

船篙滴水。

……

黄昏。

荷花缓缓地合上了瓣。

还是那只小船，还是那个老人。

远处炮声。

"兔崽子们！"

船上堆了些大包小包，还坐着一个干部。

"老人家，高寿啦？"

"小着哪，六十五。"

"精神还那么好，能使船。"

"能熬过小日本！"

"这大包小包都是什么？"

"米、面、油、盐、药、书、报、文件、信。"

"您早出晚归，真够辛苦的。"

"辛苦？你走南闯北，血里火里，不辛苦？咱们是中国人！"

"对！咱们是中国人！"

"要进荷花荡了，坐稳！"

小船从荷花荡窄口飞驶而入。

远处炮声隆隆。

二

月色如银。

水生的媳妇编着席。

大门没有关，女人在等她的丈夫。

"你们小苇庄游击组今天到区上开会，怎么开到这会儿？"

"讨论的问题多，也大。"

"他们几个哩？"

"还在区上。我先回来了。"

"讨论什么大问题？……你怎么脸色那么红，气喘吁吁的？"

水生笑了一下。女人看出他笑得不像平常。

"怎么了，你？"

"明天我就要到大部队上去了。"

女人的手指震动了一下。苇眉子划破了手。她把一个手指头放到嘴里吮了一下。

"今天县委召集我们开会。假若敌人再在同口安上据点，那和端村就成了一条线，淀里的斗争形势就变了。会上决定成立一个地区队。我是第一个举手报了名的。"

女人低着头说："你总是很积极的。"

水生说："我是村里的游击组长，是干部，自然要站在头里。他们几个也报了名。他们不敢回来，怕家里的人拖尾巴。公推我代表，回来和家里人说一说。他们觉得你还开明一些。"

女人没有说话。过了一会，她才说："你走，我不拦你，家里怎么办？"

水生指着父亲的小房，叫她小声一些。

"家里，会有别人照顾。可是咱的庄子小，这一次参军的就有七个。庄上青年人少了，也不能全靠别人，家里的事，你就多做些，爹老了……"

女人鼻子里有些酸，但她并没有哭。只说："你明白家里的难处就好了。"

水生叫女人舒开手，看看媳妇被苇眉子划破的手指。

女人手指的血珠已经凝住了。水生亲了亲女人的手指。

"千斤的担子你先担吧，打走了鬼子，我回来谢你。"

说罢，他就到别人家去了。

鸡叫的时候，水生才回来。女人还是呆呆地坐在院里等他。

鸡叫。

女人跳起来开门。

"你有什么话嘱咐嘱咐我吧!"

"没有什么话了,我走了,你要不断进步,识字,生产。"

"嗯。"

"什么事也不要落在别人后头!"

"嗯。还有什么?"

"不要叫敌人汉奸捉活的。捉住了要和他拼命。"

"我一定拼命。水生,你放心!我是你的,浑身上下都是你的!"

女人扑在水生胸前。

"我是你的……"

女人的眼泪哗哗地流了出来。

眼泪和荷叶上的露珠溶为一体,在如银的月色中发出珠光。

水生的媳妇给水生打点东西:一身新单衣、一条新毛巾、一双新鞋子。她把单衣检查了一遍,在扣子上又加了几针,她咬断线头。她用一块白布打了一个小包裹。

那几家的媳妇也在家打点包裹,也差不多是这几样东西。

女人们把包裹送到水生家,托水生带给她们的丈夫。

水生出庄。

水生的媳妇送出来。

全村男女老少也送出来。

水生对大家笑笑,上船走了。

船尾划出水纹。

水生回头向大家挥挥手。

水生的影子小了,淡了。他走远了。

四个青年妇女聚集到水生家来。甲、乙、丙、丁。

甲:"听说他们还在这里没走。咱们去看看。我不拖尾巴,可是忘下了一件衣裳。我自己纺,自己织的,他穿惯了,穿上可体。"

乙:"我有句要紧的话得和他说说。"

水生媳妇说:"听他说鬼子要在同口安据点……"

丙:"哪里就碰得那么巧,我们快去快回来。"

丁:"我本来不想去,可是俺婆婆非叫我去看看他,有什么看头啊!"

水生媳妇:"咱们空着手去?总得带点什么,好有个题目。"

甲、乙、丙、丁各展示出所带的东西。

甲带的是一包烤小鱼。

众:"烤小鱼,哪里没有!"

甲:"我自己烤的,另一个味儿!"

乙带的是一个丝线钩的钢笔套。

"我自己钩的!"

丙带的是一小口袋新枣。

众:"枣!不稀罕,不稀罕!"

丙:"我自己结的!"

众:"啥?"

丙:"我要告诉他,我有啦!"

众起哄。

甲问水生嫂:"水生嫂子,你手里捏的是什么?"

"是一双袜底子。水生走的时候,还差几针,这两天才纳完。"

众:"拿出来我们看看!"

水生媳妇拿出袜底,白地,蓝线纳的卐字不断头花纹。

众媳妇:"啊!卐字不断头!水生嫂子,你真是好针线!"

水生媳妇:"咱们就在这儿斗贫嘴呀!要去,快走!"

女人们偷偷坐了一只小船,划向对面的马庄。

到了马庄,她们不敢到街上去找,找到村头一个亲戚。亲戚说:"你们来的不巧,昨天晚上他们还在这里,半夜里走了。谁也不知道开到哪里去。你们不用惦记他们。听说水生一来就当了副排长,大家都是欢天喜地的……你们来,有啥事?……"

"没啥事,没啥事!"

几个女人羞红着脸告辞出来,摇开靠在岸边的小船。

万里无云。

风吹苇尖。

几个女人有点失望,也有些伤心,各人在心里骂着自己的狠心贼。媳妇甲骂出声来了。

"狠心贼!"

不久,她们就又说笑起来。

"你看说走就走了。"

"可高兴哩,比什么也高兴,比过新年,娶新——"

"新什么?新什么?"

"新媳妇!新媳妇!"

"拴马桩也不顶事了!"

"不行了,脱了缰了!"

"一到军队里,他一准得忘了家里的人。"

……

"现在你知道他们到了哪里?"

"管他哩,也许跑到天边去了!"

她们抬头看天边。

"唉呀,那边过来一只船。"

"唉呀,日本!你看那衣裳。"

"快摇!"

大船紧紧追过来了。

"快!"

大船追得很紧。

小船摇得飞快。

媳妇甲:"假如敌人追上了,就跳到水里去吧!"

大船来得飞快,明明白白是鬼子。

这几个青年妇女咬紧了牙,但是摇橹的手并没有慌,摇得很有节奏。

水声。哗哗哗。

哗哗哗。

哗哗哗!

水生媳妇:"往荷花淀里摇,那里水浅,大船过不去。"

一望无际的密密层层的大荷叶。

媳妇们努力地一摇,小船窜进了荷花淀。

惊起几只野鸭子,尖声惊叫。

小船停住橹。

媳妇们气喘,擦汗。

就在她们耳边响起了一排枪声。

"啊!"

整个荷花淀全震荡起来。

水生媳妇:"我们陷在敌人的埋伏里了。死吧。"

"死吧。"

"死吧。"

她们一齐翻身跳到水里。

"唔?"

"唔?"

"唔?"

"唔?"

她们听见枪声只是向着外面。

她们扒着船帮露出头来。

她们看见肥厚的荷叶下面,有一个人的脸,下半截身子长在水里。

媳妇甲:"那不是我们的水生吗?"

几个媳妇往左右看去,不久就都找到自己丈夫的脸,啊! 原来是他们!

那些隐蔽在大荷叶下面的战士,正在聚精会神地瞄准敌人射击,半眼也没有看她们。

枪声。

三五排枪声过后,他们投出了手榴弹,冲出了荷花淀。

大船击沉,一切都沉下去了。

战士们大声欢笑着打捞战利品:枪支、弹药、大米、面粉。水生拍打着水追赶一个在水波上滚动的东西,是一包用精致的纸盒装着的日本饼干。

水生追回纸盒,一只手高高举起。

"出来吧,你们!"好像带着很大的气。

媳妇们只好摇着船出来。

忽然从她们的船底冒上一个人来,水生的女人认识,这是区小队的队长。

"你们干什么来啦?"

水生的女人:"又给他们送一些衣裳来!"

小队长:"你们也没有白来,不是你们,我们的伏击不会这样彻底,现在任务已经完成,该回去晒晒衣裳了。情况还紧得很。"

小队长问水生:"都是你村的?"

"不是她们是谁,一群落后分子!"

战士们已经把打捞出来的战利品,全装在他们的小船上,准备转移。一人摘了一片大荷叶顶在头上,抵挡正午的太阳。几个妇女把掉在水里又捞出来的小包裹丢给了他们。

"接着!"

水生女人对一个战士喊:"你媳妇有啦!"

"什么?"

战士们的三只小船箭一样飞去了。

几个妇女摇着小船赶紧回家。她们全都像落汤鸡。湿衣服画出了她们年轻身材的轮廓。

"你看他们那个横样子,见了我们爱搭理不搭理的!"

"啊,好像我们给他们丢了什么人似的!"

"我们也真是不争气,过大淀的时候,那样慌张。"

"我们没枪,有枪就不往荷花淀里跑,在大淀里就和鬼子干起来!"

"我今天也算看见打仗了。打仗有什么出奇,只要你不着慌,谁还不会趴在那里放枪呀!"

"水生嫂,回去我们也成立队伍,不然以后还能出门吗!"

"刚当上兵就小看我们,过二年,更把我们看得一钱不值了,谁比谁落后多少呢!"

这一年秋天,她们学会了射击。冬天,打冰夹鱼的时候,她们一个个登在流星一样的冰船上,来回警戒。敌人围剿大苇塘的时候,她们配合子弟兵作战,出入在芦苇的海里。

柳树扬花,她们在战斗。

荷花吐箭子,她们在战斗。

芦花放穗,她们在战斗。

下大雪,她们在战斗。

三

一只小船。弯弯的月亮。

撑船的是我们见过的老大爷。

船上载着两个女孩子。

老大爷悠闲地撑着船。

女孩之一问:"我们会有危险吗?"

老大爷:"没事!你们什么也靠给我,我什么也靠给水上的能耐。一切保险。"

"您还能打仗?"

"能!"

"你没有枪。"

"我打仗不用枪。你们是哪里的?"

"马家甸。"

"马家甸,很远呀。到这儿干什么?"

"我们在风里雨里,泥里土里滚了一个月,都发了疟子,想在苇塘里休息休息,打打针。"

"苇塘里有军医,打两针就会好的。……多大了?"

"十五。"

"她呢?"

"十三。"

"这他妈的鬼子,折腾得孩子都不得安生! 你叫什么?"

"大菱。"

"她呢?"

"二菱。"

"你们睡一觉,什么事也没有了。安心睡吧。到苇塘里,咱们还有大米和鱼吃。"

孩子们在炮火里一直没有安静过,神经很紧张,一点轻微的声音,闭上的眼睛就又睁开了。现在又到了一个新鲜地方,有水有船,荡悠悠的,夜晚的风吹得长期发烧的脸也清爽多了,就更睡不着。

"姐,睡不着。"

"我也不想睡。"

孩子们这几个月在敌人的炮火里打滚,在高粱地里淋着雨过夜,一晚上不知道要过几道汽车路,爬几道沟。她们发着高烧,打着寒噤。

大菱说:"找部队去。找到部队就好了。"

"找部队去! 找部队去!"

二菱趴在船边,用两只小手淘着水玩。发烧的手浸在清凉的水里很舒服,她随手撩起一把泼在涂了泥和汗的脸上,连那短短的头发。

大菱轻声吆喝:"看你! 这时候洗脸干什么? 什么时候啊,还这么爱干净!"

二菱抬起头来望着老人,笑着说:"洗一洗就精神了!"

"不怕,洗一洗吧! 多么俊的一个孩子呀!"

远远有一片黄色的光,突然一转就转到她们的船上来。

小女孩惊叫了一声:"啊!"

"不怕,小火轮上的探照灯,它照不见我们。"

黄色的光在四下里探照。

老头子小声说:"不要说话,要过封锁线了!"

小船无声地,飞快地前进。当小船和黑乎乎的小火轮站到一条线上时,探照灯突然照向她们。两个女孩子的脸照得雪白。紧接着扫射过一梭机枪。

老头子叫了一声"趴下!"一抽身就跳进水里去,踏着水用两手推着小船前进。

大女孩把小女孩抱在怀里,倒在船底上,用身子遮着她。

子弹吱吱地在她们的船边钻到水里去,有的一见水就炸了。

大女孩负了伤,胳臂没有力量,再也搂不住小的了。小的觉得有一股热热的东西流到自己脸上来,连忙爬起来,带着哭声向老头子喊:"她挂了花了!"

老头子没听见,拼命往前推着船,还是柔和地说:

"不怕,他打不着我们!"

"她挂了花!"

"谁?"

老头子扒着船尾,跟着浮了几步,才又拼命地推了一把。

已经离苇塘很近,他用篙拨开外面一层芦苇,找到入口。

一钻进苇塘,他就放下篙,扶起大女孩的头。

大女孩微微睁了一下眼:"我不要紧。快把我们送进苇塘里去吧。"

月亮落了,苇塘有些飒飒的风响。老头子叹了一口气,停了半天,才说:"我不能送你们进去了。"

小女孩睁大眼睛问:"为什么呀?"

"我没脸见人。"

"老同志! 老爷爷! 你快把我们送进去吧。你看她流了这么多血,我们要找医生给她裹伤呀!"

老头子站起身来,拾起篙,撑了一下。

"咱们走! 我会当真丢下你们不管吗?"

小船拐弯抹角钻入苇塘深处。

"大江大海都过了,倒在阴沟里翻了船。我进出芦苇塘不知道有多少次了,从来没有出过事,这回……我老了,无儿无女,一见你们姐儿俩,打心里喜欢。没想到偏偏在你们身上出了问题!"

二菱:"爷爷,你是个大好人!"

"自己平日夸下口,这一次带着挂着花的人进去,怎么张嘴说话?这老脸呀! 大菱!"

"爷爷。"

"他们打伤了你,流了这么多血,等明天我叫他们十个人流血!"

两个孩子互相看看,没有答话。

"你们不信我的话,我也不和你们说。谁叫我丢人现眼,打牙跌嘴呢! 等到明天,你们看吧!"

小女孩子:"你这么大的年纪了,还真的能打仗?"

"为什么不能!"

"你没有枪。"

"不是跟你说过了吗,我打仗不用枪,愿意看,明天来看吧! 二菱,明天你跟我来看吧! 有热闹哩!"

中午,红日当天,气候闷热。鬼子的小火轮开得离苇塘稍远,又偷偷爬下来洗澡了。水淀里没有一个人影。从荷花淀里却撑出一只小船来。一个干瘦的老头子,站在船尾,有一篙没一篙地撑着。船上是一大捆刚从荷花淀里摘下的新莲蓬,老头子有一篙没一篙地撑着船,两手却忙着剥那肥大的莲蓬,一颗一颗投进嘴里。

鬼子冲小船吆喝,叫他过来。

老头子一篙一篙地撑着船,剥着莲蓬,船却慢慢地冲着这边来了。

小船离鬼子有一箭之地,只一篙,小船溜溜转了一个圆圈,又回去了。老头子扔给鬼子一把莲蓬。鬼子剥食着莲蓬,乱嚷嚷。

老头子七转八转,鬼子追赶着。

一个鬼子尖叫了一声，就蹲到水里去了。

几个鬼子"哇哇"叫，也蹲到水里去了。

这是一排废木桩，都有铁钩子。

鬼子都叫钩子钩住了腿，或三钩，或两钩。

老头子把船一撑，来到他们身边，举起篙来砸着鬼子们的脑袋，一个，一个，一个！

在芦花下面，有一个女孩子，她用密密的苇叶遮着，看着一场英雄的行为。

"爷爷，你真了不起！"

"我没有跟你吹牛吧？"

"没有！没有！"

"吃莲蓬吧！白洋淀的莲蓬又肥又嫩，哪儿也比不上。"

"好吃吗？"

"吃了咱白洋淀的莲蓬，可别忘了白洋淀！"

"忘不了！爷爷，我有个要求。"

"说！"

"我当你的孙女儿，你要不要？"

"要！要！二菱，我的好孙女！"

"爷爷！"

爷爷搂起二菱。

二菱剥莲蓬吃。

她把莲蓬壳丢进水里。莲蓬壳随着流水悠悠流去。

四

太阳落山。

一些孩子割芦草。

孩子陆续回去了。

原生割满了草筐刚要煞紧绳子往回走。

有人叫他一声："原生！"

是村西的一个姑娘，叫秀梅的。

秀梅一扯原生的袖子，往东一指，东面是深深的芦苇。

"什么？"

秀梅低声说："那边有一个小日本，拿着一支枪。"

"就一个人？"

"就是一个。崭新的一支大枪。"

"人们都回去了没有？"

"你一个人还不行吗？"

秀梅看了看那一把小镰刀："去吧，我帮着你。"

"你不用来。"

原生从小日本身后过去。小日本已经累得不行，脱了大皮鞋正低着头包裹脚上的潦泡，枪放在一边。原生一脚把他踢趴，拿起枪，回头就跑。

秀梅也跟着跑起来，遮在头上的小白布头巾也飘落下来。

秀梅边跑边叫："快！快！"

到了村边，两个人才站下来喘喘气。

秀梅说："我们也有了一支枪了，明天你就去当游击队！"

"也有你的一份呢，咱俩伙着吧！"

"你当是个雀虫蛋哩，两个人伙着！你拿着去当兵吧，我要那个有什么用？"

原生说："对，我就当兵。你听见人家唱了没有？男的去当游击队，女的参加妇救会。咱们一块去吧！"

"我不和你一块去，叫你们小五和你一块去吧！……我把草筐和手巾丢了，吃了饭，你得和我拿去，要不，爹要骂我哩！"

秀梅和几个妇女在织网，小五吃着甜棒走过，冲秀梅甩着话。

小五："把别人男人支走，自己倒消停呆着。"

秀梅："打仗是为了大伙，现在青年人，谁还愿意当炕头上的汉子呀,参军光荣!"

小五:"光荣当吃当喝?光荣也不能当男人,一块过日子!俺不要光荣,你光荣吧,有本事自己可就别寻婆家呀!"

水生媳妇:"小五,碍着人家吗,你不叫人家寻婆家,你有原生好等,叫人家等谁呀?"

秀梅:"小五,我不是和你赌气,我就不寻婆家,我们等着吧。"

小五:"说的比唱的好听。"气哼哼走了。

水生媳妇:"原生,十几岁的人,背起枪,说走就走,真是好样的,怎么修下这么个媳妇?"

五

河里结了冰。

一个干部砸破冰口,准备洗脸。

"咳咳咳!你不看见我在这里洗菜吗?洗脸到下边洗去!"说话的是一个十六七岁的女孩子。

"离着这么远,会弄脏你的菜?"

"菜是下口的东西呀!你在上流洗脸洗屁股,为什么不脏?"

"你怎么骂人?"

干部看看女孩子篮里的菜,忽然变得心平气和起来。

"我错了,我不洗了,你在这块石头上来洗吧!"

"你刚在那石头上洗了脸,又叫我站上去洗菜!"

"你看你这人,我在上水洗,你说下水脏。这么大一条大河,哪里就能把我脸上的泥土冲到你的菜上去?现在叫你到上水来,我到下水去,你还说不行,那怎么办哩?"

"怎么办,我还得往上走!"

干部哭不得也笑不得,只好说:"你真讲卫生呀!"

"我们是真卫生,你们是装卫生!你们尽笑话我们,说我们乡下人不讲卫生,住在我们家里,吃了我们的饭,还刷嘴刷牙,我们的菜饭再不干净,难道还会弄脏了你们的嘴? 为什么不连肠子都刷刷干净!"

这女孩子笑得弯下腰去了。

"对,你卫生,我们不卫生。"

"那是假话吗? 你们一个饭缸子,也盛饭,也盛菜,也洗脸,也洗脚,也尿泡,那是讲卫生吗?"

"这是物质条件不好,不是我们愿意不卫生。等我们打败了日本,占了北平,我们就可以吃饭有吃饭的家伙,喝水有喝水的家伙了,我们就可以一切齐备了。"

"什么时候,才能打败鬼子? 我们的房,叫他们烧过两三回了!"

"也许三年,也许五年,也许十年八年。可是不管三年五年,十年八年,我们总是要打下去,我们不会悲观的。"

"光着脚打下去吗?"

"你说什么?"

"说什么? 我问你为什么不穿袜子,脚不冷吗? 也是卫生吗?"

"咳,这是没有法子么,什么卫生! 从九月就反'扫荡',可是我们八路军,是非到十月底不发袜子的。这时候,正在打仗,哪里去找袜子穿呀?"

"不会买一双?"

"哪里去买呀,尽住小村,不过镇店。"

"不会求人做一双?"

"哪里有布呀? 就是有布,求谁做去呀?"

"我给你做。我家就住在那个坡子上。我姓吴,我叫吴召儿。你要没有布,我家里有点,还够做一双袜子。"

干部看看自己只穿了一双"踢倒山"的鞋子,冻得发黑的脚。

干部回到队上吃了饭,就到女孩子家里。她正在烧火。

"你这人倒实在,叫你来你就来了。"

屋里蒸气腾腾。

炕上有一个大娘和四十多岁的大伯。大娘背后还有一个雪白头发的老大娘。

大娘从炕角里扯出一块白粗布说："这是我们妞儿纺了半年线赚的，给我做了一条棉裤，下剩的说给她爹做双袜子，现在先给你做了穿上吧。"

"叫大伯穿吧！要不，我就给钱！"

"你又装假了，你有钱吗？"

大娘说："你家里人，会纺线吗？"

"会纺！我们那里是穿洋布哩，是机器纺织的。大娘，等我们打败日本……"

"占了北平，我们就有洋布穿，就一切齐备！"

这几天干部到吴召儿家去串门。袜子已经裁剪好，第三天，已经纳底子了，用的是细细的麻线。

"你们那里是用麻用线？"

"用线。"干部摸了摸袜底，"在我们那里，鞋底也没有这样厚！"

"这样坚实。保你穿三年，能打败日本不？"

"能够。"

十一月，八路军反"扫荡"了。那位干部当了小组长。村长给各组分配了向导，指示了打游击的形势。别的组都集合出发了，这个组的向导老不来。干部心里着急，在沙滩上转来转去。

村长来了，跑得呼哧呼哧。

"男的分配完了，给你找了个女的！"

"怎么搞的呀？村长！女的能办事吗？"

"能办事，一样能完成任务，是个女自卫队的队员。"

"就来就来！"

一会儿，向导来了。

干部一看，是吴召儿。

"你？"

"我!"

"怎么会是你?"

"怎么会不是我!看不起我?山上的路我最熟。我姑就住在神仙山上。"

吴召儿穿了一件红棉袄,一个白色的挂包里装着三颗手榴弹。

村长抱怨说:"这是反'扫荡',又不是到区里验操,也要换换衣裳!红的目标大呀!"

"尽是夜间活动,红不红怕什么呀,我没有别的衣服,就是这一件。走吧,同志。你那袜子还合脚吗?"

村长站在山坡上问:"路线记住了没有?"

"记下了,记下了!"吴召儿嚷着。

村长说:"别这么大声怪叫嘛!"

"你带的什么干粮?"

"你带的什么干粮?"

"小米炒面!"

"我尝尝你的炒面。"

吴召儿伸过手来接了一把炒面,放到嘴里,另一只手从口袋里掏出一把红枣送给干部。

"你吃枣。你们跟着我,有个好处。"

"有什么好处?"

"保险不会叫你们挨饿。"

"你能保这个险?你口袋能装多少红枣,二百斤吗?"

"我们走到哪里,吃到哪里。"

"就怕找不到吃喝哩!"

"到处是吃喝!你看前头树上那颗枣儿多么大!"

她飞起一块石头,那颗枣儿就落在前面地下了。

"荒年饿不死瞎家雀,何况咱们是人!到了神仙山,我有亲戚,我姑住在山上。她家的倭瓜又大又甜。今儿晚上,我叫她给你们熬着吃个饱吧!"

天黑的时候,才到神仙山的脚下。

像一间房子那样大的石头,横一个竖一个,乱七八糟地躺着。

干部们一个跟不上一个,身上出了汗,距离拉得很远。

吴召儿爬得飞快,走一截就坐在石头上望望这些干部笑,像在乱石山中开了一朵红花。

干部努力跟上去,爬到半山腰,实在走不动,见一块平放的石头,就倒了下来,喘息了好一会,才能睁开眼。

吴召儿坐在干部身边,把红枣送到干部嘴里说:"吃点东西就有劲了。谁知道你们这样不行!"

干部一躺下就起不来了,说:"我们就在这里过一夜吧! 我的同志恐怕都不行了。"

"不能,就快到顶上了,只有顶上才保险。你看那上面点起灯来的,就是我姑家。走! 现在,你们得听我的!"

在和天齐的地方,有一点红红的摇动的光,和星星分别不开。

北斗星转下山去,这一小组人才到了吴召儿的姑家。

钻过了扁豆架,倭瓜棚,吴召儿尖声娇气地叫醒了姑。

"姑,我来了!"

姑开了门:"下边又'扫荡'了吗?"

吴召儿:"又'扫荡'了。"

姑说:"上炕吧。"

一让上炕,好几个干部已经爬上去躺着了。

"这都是我们的同志。快给他们点火做饭吧。姑,我给他们熬倭瓜吃吧!"

吴召儿从炕头抱下一个大倭瓜。

姑拿根麻秸,在灯上取着火,就往锅里添水,笑着说:"今年摘下来的顶数这个大,我说过几天叫你姑父给你送去哩!"

"不用送,我来吃它了!"

吴召儿一刀切开倭瓜:"留着这瓜籽炒着吃。"

吃过了香的、甜的、热的倭瓜,大家都有了精神,躺在热炕上歇息。

吴召儿和她姑睡在锅台上。姑侄俩说不完的话:

"你爹给你买的新棉袄?"姑问。

"他哪里有钱,是我给军队上纳鞋底挣了钱换的。"

"念书了没有?"

"念了,炕上就是我的老师。"

第二天,吴召儿抱回一捆湿木棍。

"我一个人送一把拐杖,黑夜里,它就是我们的眼睛!"她用一把锋利的小刀修着棍子。这木头是一种山桃木,皮色紫黑,硬得像铁,打在石头上,发出铜的声音。

正要做早饭,一个披着黑山羊皮袄,手里提着一根粗铁棍的老汉进来了,吴召儿赶着叫声姑父。

老汉说:"昨天,我就看见你们上山来了。"

"你在哪里看见我们上来呀?"

"在羊圈里,我喊你来呀!你没听见!我来给你们报信,山下有了鬼子,听说要搜山哩!"

"这么高山,鬼子敢上来吗?我们还有手榴弹哩!"

"这几年,这地方目标大了,鬼子真要上来了,我们就不好走动。"

山下,一路的村庄都在冒着大烟。敌人像一条虫,在山脊上往上爬行。一路不断响枪,是各村伏在山沟里的游击组。

吴召儿说:"今年,敌人不敢走山沟了,怕游击队。可是走山梁,你就算保险了?兔崽子们!"

敌人的目标显然是在这个山上。

老汉用大鞭把一群山羊打得四散奔逃。

老汉登着乱石往山坡上奔跑。

吴召儿把身上的手榴弹全部拉开了弦。

吴召儿对干部说:"你去召集人,叫姑父带着你们转移,我去截兔崽子们一下。"

吴召儿在乱石堆中,跳上跳下奔着敌人的进路跑去。

干部喊:"红棉袄不行啊!"

"我要伪装起来!"

吴召儿把棉袄翻过来,棉袄是白里子。

吴召儿像一只黑头的小白山羊了。

吴召儿在乱石尖上跳跃着前进。

翻在里面的红棉袄不时被风吹卷,像从她身上撒出来的一朵火花。

吴召儿在山前连续投掷手榴弹的声音。

随着手榴弹的爆炸声,眼前下开了大雪,可是淀里的青冰上开着一丛一丛大红的荷花,红得像血。

六

(歌)

"大雁南飞头朝西,

远方的亲人你在哪里?

你在外要知道疼自己,

你身下铺的不是家乡的席。

穿衣裳到时候该换季,

吃茶饭不要一顿饱一顿饥。

家里的事情甭结记,

我比你在家时并不瘦,——瘦也瘦不了多一些。

亲人哩,

我想你!"

杨花。

荷叶。

芦苇。

雪片。

杨花。

荷叶。

芦苇。

雪片。

水生媳妇盘腿坐在炕上纳凵字不断头的袜底。

炕上睡着一个孩子。

水生媳妇把袜底看看,摞整齐了。

水生媳妇抚摸孩子的头发。

水生媳妇内心独白:"五年了,他走的时候我怀上的小华。小华快五岁了,日子过得真快。日子过得快么?不啊,日子过得真慢。日子究竟是过得快,还是慢?是快是慢,我们活过来了。我们还得活下去!"

她起身去关梢门。

水生斜背着一件日本皮大衣,偷过了平汉路,天刚大亮。

水生信步走着,看看麦地,又看看天,看看周围的村庄。

"这里离家不过九十里路,一天的路程。今天晚上就可以到家了。"

"小时候离开家十天半月,黄昏时候,望见自己家烟囱上袅袅升起的轻烟,心就醉了。现在这种感情没有了。我变得淡漠了,不太容易动感情。是不是打仗把我打出了一副铁石心肠?"

太阳平西的时候,他走到通到他家去的大堤。

太阳落到远远的树林里去了。水生透过树林,辨别自己的村庄。

家近了,就要进家了。

家使水生产生的不是兴奋激动,却是一阵心烦意乱。

"爹是不是还活着?他自来有个咳嗽痰喘的病。"

"我走的时候,她正怀着个孩子,现在⋯⋯?"

水生掏出烟袋,打火抽烟。

抽了两袋烟,水生平静下来。

"我怎么变得婆婆妈妈的了？走！"

水生大步走向自己的家。

水生在门口遇见自己的女人，她正在悄悄地关闭那外面的梢门。

水生热情地叫了一声："你！"

女人一怔，睁大了眼睛，咧开嘴笑了笑，就转过身子去抽抽搭搭地哭了。

水生看见女人的白布蒙鞋，就知道父亲不在了。

两个人在门外站了一会，还是水生把门掩好，说："不要哭了，家去吧！"

水生女人忙乱地点头。

灯光闪在窗户上。

"进来吧！还做客吗？"

女人从炕上拖起一个孩子来："来，这就是你爹。一天价看见人家有爹，自己没爹，这不现在回来了。"

水生女人泣不成声。

水生说："来！我抱抱。"

女人把孩子送到他怀里，他接过来。

"这么重！"

孩子从睡梦中醒来，好奇地看着这个生人，这个"八路"。

"还去睡吧。"

女人安排着孩子睡下，盖上被子。孩子却圆睁着两眼，再也睡不着。

女人要端着灯到外间屋去做饭，望着水生说："从哪里回来？"

"远了，你不知道的地方。"

"今天走了多少里？"

"九十。"

"不累吗？还在地下遛达。"

水生问孩子："你叫什么？"

"小华。"

"几岁了?"

女人在外边拉着风箱说:"别告诉他,他不记得吗?"

孩子回答说:"五岁。"

"想我吗?"

"想你。想你,你不来。"

女人在外面笑了,说:"真的! 你也想过家吗?"

"想过。"

"在什么时候?"

"闲着的时候。"

"什么时候闲着?"

"打过仗以后,行军歇下来,开荒休息的时候。"

"你这几年不容易呀!"

"嗯,自然你们也不容易。"

"嗯? 我容易。"她把饭端出来,放在炕上,"爹是顶不容易的一个人,他不能看你回来……"

水生女人看着水生吃饭。

水生问:"你老看我干什么?"

"我有五年没有看见你吃饭的样子了。"

水生想起爹,胡乱吃了一点,就放了碗。

女人收拾了碗:"就吃这么一点? 不如你们的小米饭好吃?"

孩子睡着了,睡得那么安静。

女人挨着孩子躺下,呆呆地望着孩子的脸。

水生媳妇的内心独白:"这是我的孩子么? 我好像从来没有见过这个孩子。她是从别人家借来的吧。她好像不是我生出来的。好像她不是我在潮湿闷热的高粱地里,丢鞋甩袜抱养大的。我常常在夜里醒来,向这个还不懂事的孩子翻来覆去的说一个题目:'你爹哩,他到哪里去了? 打鬼子去了……他拿着大枪骑着大……就要回来了,把宝贝放在马上……多好啊!'现在,你爹从天上掉下来了。娘有攒了五年的话要和他说说!"

水生从头到脚看了看媳妇。自纺自织的布,有条有理的陈设,还有她那两只眼睛里的坚毅强烈的光,深深激动。

水生说:"你真行!"

过了一会,水生问:"还不睡吗?"

"你困你睡吧,我睡不着。"

"我也不困,我是有点冷。"水生把大衣盖在身上。

女人抚摸着日本皮大衣,笑问:"说真的,这五年你想起过我吗?"

"不是说过了吗,想过。"

"怎么想法?"

"临过平汉路那天夜里,我宿在一家小店,小店里有个鱼贩子是咱们乡亲。我买了一包小鱼下饭,吃着那鱼,就想起了你。"

"胡说。还有吗?"

"没有了。你知道我是出门打仗去了,不是专门想你去了。"

"我们可常常想你,黑夜白日。你能猜一猜我们想你那段苦情吗?"

"猜不出来。"

"我们想你,我们可没想叫你回来。那时候,日本人就在咱村边。可是在黑夜,一觉醒了,我就想:你如果能像天上那星星,在我眼前晃一晃就好了。可是能够吗?"

高音广播的声音:"民兵自卫队注意! 明天,鸡叫三遍集合。带好武器和一天的干粮!"

水生机警地直起身子:"他们要到哪里去?"

"准是到胜芳。这两天,那里很紧。"

"他们知道我们来了。"

"你们来了? 你要上哪里去?"

"我们是调来保卫冀中平原,打退进攻的敌人的!"

"你能在家住几天?"

"就是这一晚上。我是请假绕道来看看你。"

"为什么不早些说？"

"还没有顾着啊！"

女人呆了。她低下头去，又无力地仄在炕上。过了半天，说：

"那就赶快休息休息吧，明天我撑着冰床子去送你。"

鸡叫三遍，女人就先起来给水生做了饭吃。

大雾。

女人把孩子叫醒，穿得暖暖的，背上冰床，锁了梢门，送丈夫上路。

出了村，她要丈夫到爹的坟上去看看。

水生说："等以后回来再说。"

"不行！今天就得去！爹一辈子为了我们。五年，你只在家里呆了一个晚上。爹叫你出去打仗了，是他一个老年人照顾了咱们全家。那是什么太平日子呀？整天价东逃西窜。因为你不在家，爹对我们娘俩，照顾的唯恐不到。只怕一差二错，对不起在外面抗日的儿子。每逢夜里一有风声，他老人家就先在院里把我叫醒，说水生家起来吧，给孩子穿上衣裳。不管是风里雨里，多么冷，多么热，他老人家背着孩子逃跑，累得痰喘咳嗽。是这个苦日子，遭难的日子，担惊受怕的日子，把他老人家累死……"

在河边，他们放下冰床。水生坐上去，抱着孩子，用皮大衣给他包好脚。

女人站在冰床子后尾，逗着孩子："看你爹没出息，当了五年八路军，还得叫我撑冰床子送他！"她轻轻用竿子一点，冰床子前进了。

河两岸芦苇上残留霜花飒飒飘落。

冰床催起的冰屑，在冰床前打起圈圈旋花。

冰床在飞。

前面有一条窄窄的水沟，水在冰缝里汩汩地流。

水生女人说了一声"小心"，两脚轻轻一用劲，冰床抬起头来，窜过去了。

水生警告她："你慢一些，疯了？"

女人擦擦脸上的冰雪和汗,笑着说:"同志,我们是送你到战场上去呀,你倒说慢一些!"

"擦破了鼻子就不闹了。"

"不会。这是从小玩熟了的东西。今天更不会。在这五年里,你知道我用这床子送过多少次八路军?"

"你把我送到丁家坞,到那里,我就可以找到队伍了。"

女人呆望着丈夫。停了一会,才说:"你给孩子再盖一盖,你看她的手露着。"她轻轻喘了两口气,又说,"你知道,我现在心里很乱。五年我才见到你,你只在家里呆不到半夜的工夫。我为什么撑得这么快?为什么着急把你送到战场上去?我是想,你快快去,快快打走了进攻我们的敌人,你才能快快地回来,和我见面。

"你知道我们这些留在家里当媳妇的,最盼望胜利。我们在地洞里,在高粱地里等着这一天。

"爹活着的时候常说,水生出去是打开一条活路。打开了这条活路,我们就得活,不然我们就活不了。

"你要记住爹的话,向上长进,不要为别的事分心,好好打仗。五年过去了,时间不算不长。只要你还在前方,我等你到死!"

水生下了冰床,他望着呆呆站在冰上的女人说:"你们也到村里暖和暖和吧。"

女人忍着眼泪,笑着说:"快去你的吧!我们不冷。记着,好好打仗,快回来,我们等着你的胜利消息。"

天上、地下,响着这句话:"记着,好好打仗,我们等着你的胜利消息。……"

七

(歌)

"红花莲子白花藕,

三尺长的大鲤鱼。

这些年咱遭了多少罪,

烧过房子破过堤。

转来转去还在大淀里,

今日东来明日西。

我舍不得生身父母地,

热土难离。

哎,热土难离。"

柳絮。

荷叶。

芦苇。

雪片。……

一只小船摇过大淀。摇船的是那个大伯。

大伯:"又是一年啦。炮火,饥荒……那两年我们只能挖地梨吃,可也熬过来了。白洋淀的人啊,皮实。"

有人唤渡:"爷爷! 爷爷!"

"谁? ——大菱、二菱! 你们怎么来啦?"

"听说你们这里保家自卫搞得好。把村里埋藏的、地主看家的、巡警队抓赌的枪都弄出来,背在肩上,大模大样的。还安上了大锅,成立了大队部。区长叫我们来看看,学习学习,取一点经验。"

"看看,看看吧。大菱养伤的那个苇塘,可不比以前了。有了医院,还有修械所……人说这是小延安。我送你们进苇塘看看,顺便摘几个莲蓬。二菱,还记得白洋淀的莲蓬的香味么?"

二菱:"记得,记得,记得!"

小船划进苇塘。

八

夏天。

一群妇女在一家梢门洞里做活。有水生媳妇、吴召儿、双眉……小五刚从娘家回来,穿得很鲜亮,站在一边摇扇子。

青年妇女见秀梅来了,都笑着说:

"这里有个大顽固蛋,谁也剥不开,你来说服她吧!"

小五:"我是顽固,谁也别光说漂亮话!"

秀梅:"谁光说漂亮话来? 咱村里,你挨门数数,有多少在前方抗日的,有几个像你一样的呀?"

"我怎么样,我没有装坏,把人家的人挑着去当兵!"

"当兵是为了国家的事,是光荣的!"

"光荣几个钱一两? 我看也不能当衣穿,也不能当饭吃!"

"是,光荣不能当饭吃,当衣穿。人活着不能就是穿衣吃饭,有更光荣的事。"

"要不叫你,俺家那个当不了兵!"

"你是说我和原生卡了一支枪,他才当了兵? 我觉得这不算错。"

"照你这么说,你还是国家的功臣呢,真是木头眼镜。"

"我不是什么功臣,你家的人才是功臣呢!"

"那不是俺家的人。我要和他离婚!"

秀梅说:"你不能离婚,你的男人在前方作战!"

"有个头没有?"

"怎么没有头,打败日本就是头。"

"我等不来。"

原生娘:"什么命呀,叫我们修下这样一个媳妇!"

秀梅:"大娘,那就只当没有这么个媳妇,有什么活,我帮你干,你就只当有我这么个闺女!"

自从小五走了,秀梅就常常到原生家去做活。看看水瓮里没水,就去挑了来,看看院子该扫,就打扫干净。伏天帮老婆拆洗衣裳,秋天帮老头收割打场。

秀梅娘说她:"人家媳妇散了,你倒成了人家的人了,整天不着家。你别觉着你爹不说你!"

"原生在外边打仗,他家缺人力,我去帮一把,不应当吗? 家里的事我什么时候落下了? 不就是多使一把力气,又轮着你来嘟哝人!"

原生的娘老是念叨:"原生你怎么就不来个信呢?"

"队伍开的远。原生一定是干部了,没时间。说不定哪天原生忽然回来了,大娘你才喜欢哩!"

秀梅帮原生家耕地。耕完地,天就快晌午了,三个人坐在地头上休息。

从南边过来一匹高大的枣红马,马上一个八路军。

马走近了,秀梅对老婆子说:

"一个八路军。"

秀梅吃惊似的望着那过去的人说:"大娘,那好像是原生哩!"

老头老婆全都抬起头来,说:"你看差了眼了吧!"

"不。"

骑马的人已经用力勒住马,问:"老乡,前面是尹家庄不是?"

秀梅一跳说:"你看,那不是原生吗,原生!"

"秀梅呀!"

马上的人跳下来。

"原生,我那儿呀!"

"娘,也在这里呀!"

撑船老汉满头大汗,手里扬着一个红纸大信封。一见原生的爹就说:"大伯,快家去吧,大喜事!"

"什么事呀？"

"大喜事,大喜事!"

人们全笑了:"你们喜报得晚了!"

"什么呀? 县里刚送了通知来,我接到手里就跑来了,怎么就晚了!"

"这不是原生已经来了? 你手里拿的倒是什么通知呀?"

"什么通知,原生还没对你们大家说呀? 咱们原生在前方立了大功,活捉了日本大佐,队伍里选他当特等功臣,全区要开会庆祝哩!"

"哈,这么大事,原生你还不肯对我们说呀,你真行呀!"

一个梢门洞里,几个姑娘媳妇给小学生化妆。双眉在擦拭锣鼓。

大菱、二菱走进来。

爷爷:"大菱、二菱你们来了!"

"我们来看看活捉日本大佐的特等功臣是什么样儿。"

二菱:"听说你们村有个双眉,能唱歌,会演戏,谁是?"

双眉:"我! 今天给原生庆功,咱把家庙里那套大鼓搬出来,咱也敲敲!"

爷爷:"好! 谁帮我去搬?"

庆功大会。

原生讲话,原生说自己立下一点功。

爷爷说:"好家伙,活捉了一个大佐,说是立了一点功。"

原生说:"这不是自己的功劳,是全体人民的功劳。"

爷爷:"你看人家话说的!"

接着是自由讲话,台下的妇女群里喊了一声,欢迎秀梅讲话,全场的人都喊赞成,全场的人都拿眼找她。

秀梅正愣眼瞧着台上,听得喊,脸飞红了。

秀梅到台上讲了这段话:

"原生立了大功,这是咱们全村的光荣。原生十五岁就出马打仗,那么一个小人,背着那么一支大枪。原生为什么出去打仗?为了光荣。有人说,光荣值几个钱一两,不对!光荣是无价之宝!干什么事都要有一点光荣。要不,活着为了什么?我的话完了。"

接着是游行大庆祝。

原生骑在马上,老想下来。路旁的记者赶紧把他捉住,摁在马上。

秀梅跑前跑后,满脸流汗。她拉着大菱、二菱的手,一再说:"这就是我们村里的原生,在战场上立了大功,胸前那个金牌子是毛主席奖的哩。"

原生一进村就把奖章轻轻地掩到口袋里去。

秀梅一定要他拉出来。

大鼓拉了出来。

众:"欢迎双眉指挥!"

双眉折了一根秫秸秆,跳到马车上:"将军令,一、二!"

原生回家,他爹说:"你什么时候才办喜事呢?依我看,咱寻个媳妇,也并不为难。"

原生说:"不忙。"

娘说:"那还得叫人家陪着你等着吗?"

"谁呀?"

娘说:"秀梅呀!你这个糊涂小子!"

秀梅的影子,忽然站在原生的面前,非常清晰。

秀梅、原生卡枪。

秀梅:"我把草筐和头巾弄丢了,你得帮我找回来,不然我爹要骂我。"

他们找草筐,找头巾。

头巾找到了。

头巾飘起来。

头巾变成一双白鹭。

白鹭越飞越远。

注　释

① 本电影文学剧本根据孙犁的《荷花淀》等小说改编,原载《电影创作》1995
年第四期。初收《汪曾祺全集》第七卷,北京师范大学出版社,1998 年
8 月。